기병과 마법사

차례

1부	7
2부	129
3부	249
작가의 말	381

1부

1

 가을을 알리는 첫 바람에는 재앙의 기운이 완연했다. 소라울의 낮고 긴 성벽 안에 사는 사람들은 가까이에서 나는 피비린내에 질려 아무도 그 냄새를 맡지 못했다.
 십이 년 동안 성군이었던 왕은 이듬해 3월에 폭군이 되었다. 이름 없는 충신은 머리가 깨지고, 세도를 누리던 권신은 머리만 달랑 남았다. 왕의 기병이 성내로 들어와 귀족, 고관대작의 저택 앞에 진을 쳤다. 사냥 때나 보던 정예 마군 기창대(騎槍隊)였다. 군권을 지닌 지방 귀족이 거병했다는 소식이 들리면, 기창병이 역당 수괴의 소라울 저택으로 밀고 들어가 가솔을 사냥했다. 다음 날 저자에는 사람 고기를 도축해 늘어놓은 점포가 생겨났다. 사는 사람은 아무도 없었고, 그득하게 쌓인 고기 위에 사람의 머리가 대롱대롱 걸려 있었다.

조정의 대소 신료는 적절한 때에 왕의 폭주를 막아내지 못했다. 성군이었던 시절을 기억한 탓이었다. 그러는 사이 왕은 조회(朝會)를 폐하고 국사에서 손을 떼다시피 했다. 왕이 있어야 할 자리는 엉뚱한 자들이 채웠다. 그들은 뇌물에 관직을 팔았고, 관직을 산 자는 관직값을 쥐어짰다. 백성의 고혈이었다.

"위는 처음부터 그렇게 될 자였다. 십이 년이나 참으며 기다려준 게지."

아버지가 담담하게 말했다. 비통함이나 놀라움이 전혀 섞이지 않은 말투였다. 윤해가 숨을 어떻게 가다듬어야 할지 망설이는 사이 아버지의 말이 다시 이어졌다.

"귀족들은 위가 자신들에게 조정의 관직을 너그러이 허락한다고 믿었겠지. 위는 지방의 토호들이 인질이 될 식솔을 아무 경계 없이 내준다고 생각했을 게고."

아비는 역사책에 딱 한 줄로만 기록되는 게 삶의 목표인 사람이었다. "왕에게는 영유라는 이름의 형이 있었다." 그게 그가 감당할 수 있는 가장 긴 기록이었다. 영위의 형으로 태어난 건 돌이킬 수 없으나, 거기에 단 한 줄만 더 남아도 다음 줄은 죽은 이유를 길게 설명하는 내용이 될 거라고 했다. 자기는 역모를 꿈꾼 적이 없지만, 누군가 역모를 꿈꾼다면 반드시 자기 이름을 빌리려 할 거라고. 실제로 그런 역모가 일어나지 않더라도 동생은 내내 그 생각을 하고 있을 거라고. 지난 십이 년간 윤해는 제 아비의 망상이 숙부보다 깊고 위험하다고 여겼다. 누구라도 그렇게 생각했을 것이다. 그런데 결국 아비가 옳았다.

아버지는 영민한 사람이었다. 고전에 능통하고 시문이 탁월하며 기예에도 두루 밝은 인물이었다. 왕이 되기에 적합한 사람이었다는 뜻이다. 어린 시절 윤해는 아버지가 돌 위에 물로 그림을 그리는 모습을 자주 지켜보았다. 완성되기도 전에 한쪽 귀퉁이가 증발해 사라지는 그림이었다. 거기에는 분명 천하를 호령하는 기상이 담겨 있었다. 험한 봉우리를 발아래 굴복시키는 호연지기도 자주 눈에 띄었다. 그러나 그 그림을 본 사람은 자기밖에 없었다. 봤다는 이야기도 해서는 안 된다고 했다.

모래 위에 작대기로 그린 그림은 그보다 오래 남았다. 물로 그린 것보다 획이 무뎠지만, 완성될 때까지 전체가 지워지지 않는 그림이었다. 아버지가 마당에 흙 그림을 그리면 윤해는 하던 일을 팽개치고 마루에 나가 앉았다. 발톱에서 시작된 조그만 그림이 어느덧 봉황이 되어 그 큰 마당을 가득 채울 때까지. 완성된 그림은 아주 짧은 시간 동안만 하늘을 우러렀다. 다음 순간 아버지가 비를 들고 마당을 다 쓸어버릴 테니.

아버지가 허락한 놀이가 또 있었다. 판과 기물 없이 말〔言〕로만 두는 장기였다. 규칙은 아버지가 정했고 놓이는 기물도 늘 달랐다. 말로 지형을 설명한 다음 그 위에 말로 기물을 놓고 말로 기물을 움직여 승부를 겨뤘다. 나이를 먹고 보니 그 놀이는 장기가 아니었다. 역사책에 있는 실제 싸움을 상상으로 책상 위에 옮겨놓은 거였다. 둘이 마주 앉은 책상 위에서 아버지는 백만 대군을 거느렸다. 백만을 동원해 먹이고 재워가며 성을 포위하고 적을 토벌했다. 말로만 이어지는 긴 원정 길은 막히는 데 하나 없이 장쾌하고 유려했다. 진법에, 축성술에, 둔전에, 병기 하나까지 어느 하나 모르는 게 없는 이의 구상이었다. 그러나 그 놀이도 불을 끄고 잠이 들면 하나도 안 남았다. 아무도 기록하지 않았고, 어린 윤해 말고는 아무도 기억하지 않았다.

아비는 주머니 속에 든 송곳이었다. 길이가 길고 끝이 너무 날카로워 뚫고 나오지 않기가 더 어려운 재목이었다. 그런데도 그 송곳은 주머니를 빠져나간 적이 없었다. 그래서 더 대단했지만, 윤해는 그런 아버지가 답답하고 싫었다. '차라리 모반을 해버리지!' 그런 생각을 한 적이 한두 번이 아니었다. 한 줄보다 길게 기록되면 안 되는 운명이란 윤해에게도 고스란히 대물림될 것이었다.

그래서 윤해는 오랜만에 들어온 혼담이 당혹스러웠다. '십 년 만인가? 내 나이가 지금 스물일곱인데.' 일찍 딸을 낳은 동갑내기들은 곧 제 새끼의 혼처를 물색할 나이였다.

좋았던 시절에는 좋은 집안에서 자주 혼담이 들어왔다. 지체 높은 유력가에, 똘똘하고 선량한 데다 나이도 얼추 맞는 뽀얗고 토실토실한 신랑감. 일찍 떠난 어미를 대신해 그 혼담을 다 물린 건 물론 아비였다. 너무 좋은 집안이라는 이유였다. 그 시절 윤해는 은난조와의 혼담에 가슴이 두근거렸고, 아비가 혼자 가서 혼담을 물린 뒤에는 열 달이 넘도록 방문을 걸어 잠갔다. 글 읽는 소리가 낭랑했던, 키가 작고 손이 야무진 난조.

엄혹한 시절이 되자 험한 집안에서 드물게 혼담이 들어왔다. 피 냄새를 좇아 갑자기 일어선 집안에, 비열하고 야비한 데다 나이는 한참 어린 주제에 살만 뭐처럼 뒤룩뒤룩 찐 물건들. 아비와 집안의 이름값이 그만큼 추락한 것이었다.

아버지의 말은 더 황당했다.

"이 집으로 하자."

"무엇을요?"

"혼처로 적당하겠다."

그렇게 대답한 후, 아버지는 긴 침묵을 억지로 밀어 넣었다. 문이 어디에 달렸는지 가늠조차 할 수 없는, 소라울의 성벽처럼 길고 낮은 침묵. 이 값으로 거래를 성사시켜, 낮아진 집안의 이름값을 영구히 기록으로 남겨버리자는 제안.
피 냄새가 코를 찌르는 시절이었다. 그 와중에 남편이 될 자는 뼈를 보는 것을 좋아한다 했다. 그 소문을 전해 듣고 윤해는 소스라치게 놀랐다. 세상에 그런 사람이 있었나. 어느 책에서도 본 적 없는 말이었다.
저자에서 탈놀이를 하는 패거리가 십이 년간 성군으로 살다 십삼 년째 봄에 돌아버린 왕 이야기를 하고 놀았다고 했다. 짓궂은 광대 탈놀이야 소라울에서는 자주 있는 일이었다. 지난 십이 년 동안은 특히 더 그랬다. 그런데 왕의 기병이 그 소문을 전해 듣기도 전에 윤해의 남편 될 자가 사병을 몰고 와 장터를 에워싸더니, 곰 잡는 사냥개 스무 마리를 풀었다. 저자는 또 아비규환이 되었다. 피가 땅을 적시고 비명이 하늘을 할퀴었다. 절규가 신음이 되고, 신음이 헐떡이는 숨으로 바뀔 때쯤, 남편 될 자가 다가가 아직 숨이 붙은 이의 몸에서 뼈를 발라 꺼내 들었다. 눈을 희번덕이고 침도 질질 흘렸다 했다.
"그래도 아가씨, 침을 흘렸다는 건 과장이겠지요. 전해 전해 들은 말이 다 그렇지요."
얼마 전 새로 들인 어린 몸종인 호미가 눈치를 보며 조심스레 덧붙였으나, 윤해는 치미는 불덩이에 목구멍이 타들어갔다.

그날 밤 윤해가 아비에게 물었다.

"아버지는 어찌하여 저를 버리시나요? 목숨을 부지하려고요?"

왕의 형인 영유는 흔들림 없는 눈을 하고 자애롭게 대답했다.

"살려고. 나도 살지만, 너도 살리려고."

"정말로 사는 게 맞나요? 산몸에서 맨손으로 뼈를 꺼내는 자 옆에서."

"그렇지? 그럼 역시 모반을 준비하는 편이 나을까?"

아비가 진지하게 말했다. 그 말이 진심이라는 것은 의심의 여지가 없었다. 어쩌면 한순간 심장이 두근거렸는지도 모른다.

그러나 반정을 도모하기에는 이미 늦은 때였다. 누가 충신인지 잘 아는 어진 임금으로 산 날이 길었던 만큼, 폭군 영위는 누구를 먼저 없애야 반역의 씨앗을 확실히 짓밟게 되는지도 훤히 꿰고 있었다. 혹시 그런 사람이 남아 있지 않을까 떠올리기도 전에, 시간을 태평성대로 되돌릴 자들의 몸은 뼈와 살과 피로 나뉘어 성 밖 여기저기에 뿌려져 있었다. 반정의 가장 결정적인 연결 고리가 되어줄 사람들이, 독려하고 다독이고 계획하고 결행해서 일이 틀어지지 않도록 고삐를 쥘 중신들이, 짐승의 먹이가 되어 산속 깊은 곳에 뿔뿔이 흩어진 뒤였다.

 둘이 마주 앉아 말로 두던 장기처럼, 무슨 수를 써봐도 금방 결판이 나는 싸움이었다.

 "살아요, 일단."

 윤해가 말했다. 긴 침묵 끝에 간신히 비어져 나온 말이었다.

 "그래, 살자."

 아버지도 머릿속에서 윤해와 같은 장기를 두고 있었을 것이다.

 "이런 날을 내다보고 평생 그렇게 사셨군요."

 "평생 그러고 살았지. 미안하다."

 "왕위를 마다한 것도 그래서였나요?"

 "그때 내가 왕위를 이었어도 딱 지금쯤 위가 모반을 일으켰을 거다."

 그러기 전에 먼저 없애버리면 되지. 이렇게 될 걸 미리 다 알았는데. 윤해가 한마디를 덧붙였다.

 "그런데 아버지, 저도 송곳인데요. 그렇게 가르치셨잖아요."

 말을 내뱉자 눈물이 왈칵 치밀었다. 혼자 생각하던 말을 맥락 없이 꺼내놓은 건데도, 아버지는 잠깐 생각하더니 다정한 목소리로 정확하게 대답했다.

 "칼날이지. 품은 내가 제일 잘 안다."

칼날이구나. 하지만 저건 감정에 취해 헛 나온 빈말일 거야, 윤해는 생각했다.

숙부를 망가뜨린 건 처음부터 불안이었다. 형제에게 똑같이 주어진 운명이었으나, 형은 느긋했고 아우는 초조했다. 일찌감치 아우가 이기는 싸움이었다.

그러나 왕위에 오른 아우는 편히 잠들지 못했다. 본색을 드러낸 뒤에도 마찬가지였다. 피 냄새를 진탕 맡은 뒤에야 왕은 겨우 하루나 이틀 치의 숙면을 얻었다. 침전에 불이 꺼지지 않는 밤이 나흘 넘게 이어지면 곧 피바람이 분다는 소문이 성안에 파다했다. 그 소문을 잠재우려고 중무장한 기병 5백 기가 밤낮으로 성내를 돌았다. 바람도 잘 가지 않는 좁은 골목 안까지 철갑 마주(馬胄)를 쓴 말 대가리가 고개를 디밀었다. 말은 냄새가 대단해서, 가까이 오기 훨씬 전부터 기척을 알 수 있었다. 이제 소라울 백성들은 왕의 침전에 언제 불이 꺼졌는지를 입에 담지 않았다.

사람 키의 세 배나 되는 창이 낮은 담장을 넘어와 익은 살구를 따가던 날이었다. 호미는 흉악한 것을 보았다며 호들갑을 떨었지만, 윤해는 절대 담장을 넘을 만큼은 커지지 않는 어린 호미의 목소리를 자장가 삼아 깊은 잠에 빠졌다. 느긋해서가 아니라 오히려 조급해서였다. 꿈에는 오랜만에 어머니가 나왔고, 사람처럼 괴나리봇짐을 지고 네발로 황급히 산길을 오르는 회색곰 두 마리가 나왔다. 또 알아들을 수 없는 말을 하는 야인 여자가 진지한 얼굴로 윤해를 불러댔다.

열흘 뒤에는 변방에서 사자(使者)가 당도해 초원의 동태가 심상치 않음을 알렸다. 변방의 야인족이 세력을 규합하여 거병하였음을 알리는 보고였다. 기회를 틈타 젊은 장수 몇 사람이 출병을 자처하는 소(疏)를 왕에게 올렸으나, 왕은 속내를 알아채고 허락하지 않았다. 그들이 바라는 건 원한을 사지 않고 소라울을 떠나는 것이었다.

신료가 절반도 남지 않은 조정에서 변방의 일을 의논하는 사이, 사자가 가지고 온 또 다른 이야기가 여항을 떠돌았다. 변경 너머 초원 깊이 자리한 옛 유적지에서 봇짐 진 회색곰 두 마리가 목격되었다는 이야기였다.

"그건 또 무슨 해괴한 소리일까요? 곰이 괴나리봇짐을 등에 맸으면 그걸 메어준 자는 무사하지 못했을 텐데요. 그보다 어찌하여 이런 밑도 끝도 없는 소문이 산 넘고 물 건너 도성까지 당도하였을까요? 아무도 궁금하지 않을 텐데."

그렇게 말하는 호미에게 윤해가 물었다.

"본 데가 거문담이라 하였니?"

"예, 아씨."

"야인이 연맹 족장 탄생 설화를 날조하려다 소문이 잘못

전해진 게 아니고?"

"그렇다면 봇짐을 메게 하였겠습니까? 보따리장수 같아 조금도 상서롭지 않은걸요. 두 마리가 나란히 네발로 뛰어 언덕 쪽으로 분주히 달아났다 하던데요."

윤해는 꿈이 생시 같고 생시가 꿈만 같아, 눈을 동그랗게 뜨고 처다보는 호미를 멍하게 바라보았다.

다음 날 꿈에는 전날 밤 꿈에 본 야인 여자가 말을 타고 나타났다. 손으로 자기를 가리키며 소리치는 모습이 선연했지만, 생시가 아닌 것만은 분명했다.

윤해는 꿈속에 오래 머무르고 싶었다. 눈을 떠 조반을 들다 호미가 전하는 소식을 들으면 저를 빼고도 세상일이 착착 진행되는 것이 아찔하게만 여겨졌다. 호미는 소라울 저자의 소문들 사이에 혼담이 오간 일을 조심스레 전했다. 전부 들어서 반가운 소식은 아니었다. 은씨 집안이 가세를 보존해 난조가 벼슬에 올랐다는 소리가 개중 제일 반가웠다. 나이 어린 호미는 윤해와 난조의 일을 모르는 듯 말을 전했다. 하기는 호미가 알 만한 사건이 있었던 것도 아니다. 아무 일도 없었지만, 그저 그게 세상 전부인 시절도 있었다.

'내가 너만 한 애였을 때는 말이지.'

호미는 박새처럼 삐초삐초 잘도 조잘거렸다. 난조의 처가 어떠하고, 늦게 본 아들이 어떻게 생겼고, 소라울의 고관 나리 중에 축첩하지 않은 사내는 그분밖에 없을 만큼 부부의 금슬이 어떠하다는 등의 이야기였다.

"그래서 그분이 이번에 서운에 드셨는데요."

"서운관(書雲觀)을 말하는 거니?"

"예, 구름도 기록하고 천문도 읽으신답니다."

"어려서부터 산학(算學)은 가르치는 박사가 놀랄 만큼 잘했더랬지."

"그분을 따로 아십니까?"

"들어 알고 있다. 고 자리에 앉아 조잘거린 게 어디 네가 처음이겠니? 그 소문을 맨 처음 들은 아이가 너일 리 없잖아. 방금 들은 이야기가 다 퍼지기 전에 아직 못 들은 사람에게 바로 전하는 게 제일 재미날 텐데, 성안에 나만큼 과문한 이가 또 있을까."

"어유, 아씨, 그 말씀은 반만 맞아요. 책상 옆에 쌓인 서책이 한 번에 옮기려면 허리를 삐끗할 정도로 무거운데, 사흘이 멀다고 새로 들이고 내시잖아요. 저는 아씨 서책 이야기가 궁금하답니다. 저는 들어도 못 알아들을 이야기겠지요?"

"호미야."

"예, 아씨."

"그거 다 병서야. 이 나라 책 중에 글이 살아 있는 건 이제 병서밖에 없어서 그래. 나는 죽어버린 글을 너무 많이 봤어.

그래서 십 년째 병서만 보고 있는데 이건 또 다 사람 죽이는 이야기이기도 해. 그걸 읽는 게 다 무슨 소용인지 모르겠어. 생생해서 읽는 건지 죽고 죽이는 이야기라 읽는 건지."

윤해가 병서를 읽는 건, 아버지와 두는 장기 때문이었다. 언젠가는 한번 아버지를 이겨보려고. 아주 특별한 날에만 마주 앉아 두는 그 대국이 드물게라도 계속 이어지게 하려고. 그러려면 계속 공부를 해야 했다. 마주 앉은 날이 언제가 되든, 흥미로운 수를 둘 수 있어야 했다. 아버지의 영민함이 영영 숨어버리지 않게 하려면. 그런데 이제는 그것도 다 부질없는 노릇이었다.

"그래도."

"소일거리잖니. 별거 없어. 어젯밤에 꾼 꿈처럼 실없는 이야기야."

"예."

호미가 씩씩하게 대답하는 바람에 윤해의 마지막 말은 바위에 새긴 듯 견고해지고 말았다.

혼담은 뻔뻔하기 그지없었다. 영씨 성을 탐해 들어온 혼담일 터인데, 그 참에 재산까지 다 털어 먹자는 속셈이 빤히 보였다. 혼담이 오간 지 얼마 되지 않아, 남편 될 자 종마금의 관작이 태사례(太師禮)까지 올랐다. 나이나 업적에 비해 과분한 작위였으나, 종씨 가문에서는 그렇게 생각하지 않았다.

오히려 새 관작에 맞게 지참금을 올리라는 요구를 공공연하게 보내왔다.

부친은 그 요구를 군말 없이 수락했다. 물론 윤해는 일이 어떻게 돌아가는지 잘 알았다. 종친의 재산은 허깨비 같아서, 잃으면 저절로 채워지고 남으면 어느새 사라지는 법이었다. 왕의 의심만 사지 않는다면, 누구에게 얼마를 빼앗기든 재산은 늘 그대로다. 충분히 누리되 집착을 보이지만 않으면 된다. 왕의 조카라면 어려서부터 저절로 몸에 익혀야 하는 마음가짐이었다.

윤해는 동갑내기 사촌인 공주 혜를 떠올렸다. 세상 돌아가는 일에는 아무 관심도 없고 원하는 것이 생기면 그저 가지면 되는 아이. 혜에게는 욕심이 있었다. 윤해에게도 있었지만 일곱 살이 되기 전에 잃어버린 감정이었다. 혜는 남의 욕심마저도 탐했다. 아이들의 연회에서 윤해가 오래 쳐다본 아이는 머지않아 혜의 단짝이 되었다. 어린 윤해는 아직 빼앗긴다는 게 뭔지 자세히 알지 못했지만, 살면서 그런 일이 수도 없이 반복되리라는 것은 어렴풋이 직감했다. 선왕께서, 그러니까 할아버지가 아직 정정하실 때였는데도 그랬다.

'도대체 얼마나 오래된 기억인지. 아버지만 비겁하다고 탓할 게 아니네.'

그래도 종씨 집안의 요구는 비위가 상했다. 어쩌면 이 나이가 되기 전에 비위도 진작 버렸어야 했을지 모른다.

 겨울에는 작은 모반이 있었다. 이제 진짜 모반이 일어났으리라 믿는 사람은 없었다. 다만 왕의 기병이 역도의 머리를 긴 창에 꿰어 도성 안 대갓집을 일일이 돌며 모두가 그 얼굴들을 바라보게 했으므로, 모반이라 말하는 것 말고는 다른 도리가 없었다. 머리는 담을 넘어왔다. 모두 다섯이었고, 윤해가 아는 얼굴도 있었다. 아는 얼굴과 모르는 얼굴이 모두 끔찍했다. 종친이 머무는 곳이므로 특별할 건 없어도 궁이라 불리는 집이었다. 안전하다 믿고 평생을 산 집의 낮은 담장 위로 그 흉측한 광경이 아무렇지도 않게 넘어 들어왔다.

 윤해는 도장으로 숨어들었다. 숨어들라고 만든 듯한 여인의 방이었다. 벽에 가만히 손을 대어보니 북풍의 진동이 손바닥으로 고스란히 전해지는 듯했다. 종잇장처럼 얇게만 느껴지는 벽이었다. 윤해는 더 깊은 곳을 찾아 아예 잠 속으로 빠져들었다. 눈을 감고 귀를 닫고 의식의 촛불마저 꺼버리면 더는 아무도 쫓아오지 않을 것 같았다.

 그런다고 해결되는 건 아무것도 없었다. 겨울은 점점 깊어갔고, 왕의 침전에 불이 켜진 밤은 조금씩 길어졌다. 낮이든 한밤중이든 문득 잠에서 깨어 눈을 뜨고 물어보면, 혼담은 잘 진행되고 있다고 호미가 속삭였다. 그 말을 듣고 다시 잠든 꿈속에, 창에 꿰인 백골이 담장을 넘어왔다.

닷새 후 아침에 종마금이 아비의 집 대문을 성큼성큼 넘어 들어왔다. 손님이 왔다고 고하는 소리가 들렸을 때, 윤해는 안뜰에서 호미와 함께 해바라기를 하고 있다가 본채 모퉁이 너머로 그 광경을 보았다. '저치가 그치구나.' 말에 탄 채로 대문을 넘어올 기세였지만, 허리를 잔뜩 굽히기가 싫어 마지못해 말에서 내린 모양새였다. 대문 바로 안쪽에는 아비의 식솔들이 마당에 고개를 조아리고 도열했다. 주인이 나오기를 기다리는 것이었다. 문밖에는 종마금이 끌고 온 사병들이 늘어서 있을 것이다. 어쩌면 사냥개도 대동했을지 모른다.

윤해는 줄 끝으로 쪼르르 달려가려는 호미를 만류해 도로 도장에 들여보냈다.

"밖으로 나와서는 안 될 것이야."

"아씨, 하지만."

"됐으니까, 내가 돌아올 때까지 다 읽은 서책이나 정리하고 있으렴."

호미는 영문도 모른 채 윤해의 방 안으로 모습을 감추었다.

윤해는 마당으로 나서며, 크지도 작지도 않고 높지도 낮지도 않은 목소리로 비굴하지도 떳떳하지도 않게 말했다.

"태사례께서 찾아오셨다고요. 이렇게 직접 뵙습니다."

종마금은 흠칫 놀란 눈치였으나, 거슬리지도 흥이 동하지도 않은 듯 무덤덤하게 물었다.

"그래, 친히 와보았지. 창강부원대군께서는 아니 계시냐?"

누군지 묻지도 않고 대뜸 튀어나오는 반말. 어지간히도 안하무인인 모양이었다. 시선이 삐뚤고 걸음이 벌써 약간 비척대는 사내. 윤해는 낯빛을 가다듬고 자연스럽게 답했다.

"간밤에 두통이 깊으셔서, 새벽에 의원을 불러 사랑에서 시침하고 계십니다."

"두통? 머리앓이란 말이지."

그의 입꼬리가 올라갔다. 약한 것을 멸시하는 마음이 표정에 담겨 있었다. 이름을 사러 온 그는, 파는 자의 이름을 존숭하지 않았다. 그렇담 뭘 사러 온 걸까?

"예, 바람이 차니 안에서 기다리시지요. 다실에 차를 내겠습니다."

차를 내어갔으나 종마금은 마시지 않았다. 그럴 것 같아서 굳이 지저분한 것을 찻잔에 집어넣지도 않았다. 소라울 사람들은 대개 차를 마시지 않으니 특별히 이상할 건 없었다. 차를 안 마시니 다실이 뭔지, 거기에 앉아 주인을 기다린다는 게 어떤 건지도 생각해본 적이 없을 것이다. 그는 방 안에 걸린 그림 쪽에 시선을 던져두고, 올 때부터 쥐고 있던 무언가를 부지런히 만지작거렸다. 그거라도 없었으면 손이 꽤 무안했을 터였다.

아버지가 사랑에서 나와 손님을 맞았다. 다과상이 들어간 걸 보니 물 말고 먹을 걸 달라고 한 자가 있는 듯했다. 신랑감이 장인을 직접 만나 혼담을 나누었다는 이야기는 별로 들어본 적이 없었으나 그 일은 그렇게 흘러갔다. 전례가 없는 일이라 윤해는 어디에서 어떻게 하고 있어야 적당한지 알 길이 없었다. 그래서 다른 식솔들과 마찬가지로 마당에 그대로 서 있었다.

이야기를 마친 종마금이 기분이 좋아져서 마당으로 나왔다. 아버지가 모두를 돌아보더니 마금에게 윤해를 인사시켰다.

"둘이 인사는 나누셨나? 이 아이가 바로 내 여식이네."

윤해는 공손하게 허리를 숙여 예를 표했다. 오래 연마한 춤처럼 딱 떨어지는 몸짓에, 종마금의 허리가 무심코 마주 숙여질 뻔했다. 그러나 다음 순간 그는 굽힐 뻔한 허리를 곧게 폈다. 그러면서 물었다.

"이자가 영윤해라고요?"

아씨의 이름이 함부로 불리자 도열한 식솔이 일제히 흠칫 놀랐다. 그렇게 말하는 종마금의 눈에도 놀라움이 가득 담겨 있었다. 그래, 놀랐겠지. 인사로 맞이하고 다실에 차까지 내주는 동안 단 한 번도 눈에 들지 않았던 나이 찬 여자가 배필감이라니. 윤해는 눈을 들지 않고도 그의 얼굴에 어린 실망감을 읽을 수 있었다. 돌멩이를 선물로 받은 기분일까? 윤해는 모욕감을 느꼈지만 드러내지 않았다. 모욕은 그 일이 일어난 맥락 속에 이미 분명하게 표현되어 있을 것이다. 그러니 재차 확인할 필요는 없다.

그가 사라지자 식솔들도 자기 자리로 흩어졌다. 호미가 방에서 나와 책 정리를 다 마쳤다고 일러주었다.

"그런데 아씨, 어찌 저를 도로 방에 들여보내셨어요?"

윤해가 대답했다.

"그자의 눈에 띄면 안 되거든."

"제가요? 어째서요?"

너는 어여쁘잖니. 이런 데서 저런 자의 눈에 들면 네 삶이 처참해져. 이런 시절에는 아버지도 바람막이가 되어주지 못할 거야. 아버지도 나도 실은 종이로 만든 벽이거든. 윤해는 가볍게 웃음을 지을 뿐 아무 말도 입 밖에 내지 않았다.

"가서 다실이나 정리하고 오겠니?"

"예."

윤해는 아버지를 따라 사랑채로 들어갔다. 마금이 뭘 더 달라고 했는지 듣기 위해서였다.

"집을 달라더구나."

아버지가 담담하게 말했다. 나를 보러 온 것도 아니고 집을 보러 온 거구나, 윤해는 생각했다.

"준다고 하셨어요?"

"그럼."

"저한테는 태어나 평생 자란 집인데요. 어머니가 돌아가신 집이고."

"윤해야."

아버지는 윤해를 말없이 바라보았다. 생략된 말이 길었지만, 안 들어도 무슨 말인지 알 것 같았다. 종마금은 숙부가 판 함정이고 마금이 달라는 건 숙부가 내놓으라는 것이나 다름없다. 숙부는 이 집에 딱히 원하는 게 없으니, 욕심 많은 자를 보내 대신 빼앗게 하는 걸 테지. 그때 얼굴을 찌푸리지만 않으면 집은 언제고 다시 생긴다. 그게 꼭 이 집은 아니겠지만.

'게다가 나는 곧 이 집 사람도 아니게 될 테지.'

빈주먹을 꼭 움켜쥐고 있는데, 다실 쪽에서 큰 소리가 났다. 호미가 내지른 비명 같았다. 비싼 그릇이라도 깼나 보다 하고 대수롭지 않게 넘기려는데, 떠들썩한 소리가 점점 더 커졌다. 윤해가 몸을 일으켜 밖으로 나가보니 일하는 사람 몇이 다실 문 앞에서 호미를 둘러싸고 서 있었다. 모두의 눈이 호미의 손바닥을 향한 채였다. 윤해는 그쪽으로 다가갔다.

"그게 뭐니?"

윤해가 묻는데, 호미가 손에 든 물건을 어찌해야 할지 모르겠다는 듯 고개를 뒤로 빼고 팔을 앞으로 길게 내뻗으며 소리쳤다.

"이게 뭐야! 아씨, 이게 뭐예요? 악, 이게 다 뭐야!"

심상치 않은 일이었다. 호미가 그렇게 이상하게 구는 건 처음이었다. 윤해가 빠른 걸음으로 다가가 접시 넘겨받듯 호미의 손을 두 손으로 받아들었다. 추워서 발개진 호미의 손바닥 안에는 짤막한 뼈마디 세 개가 들어 있었다. 마금이 손에 쥐고 만지작거리던 것.

'이건 아마 사람의 손가락뼈!'

윤해는 정신이 아득해졌다. 사람이 어떻게 이런 걸 지니고 다녀? 어떻게 이런 걸 가지고 놀아? 시야가 갑자기 검게 물드는 사이 호미의 놀란 비명이 또 한 번 들렸다. 이번에는 손바닥이 아니라 자기를 보고 내는 소리인 듯했으나, 윤해는 그 소리를 끝까지 듣지도 못하고 혼절하고 말았다.

꿈에, 또 엄마가 나왔다. 엄마로 알아보니까 엄마지, 사실 윤해는 엄마의 기억이 거의 없었다.

윤해야, 윤해야, 윤해야.

엄마는 윤해의 이름을 자꾸 불렀다.

응, 응, 응.

대답이 엄마에게 닿지 않았다. 이쪽에도 저쪽에도 속해 있지 않은 듯 이상한 장소였다. 윤해는 엉엉 울었다. 그 안이라서 마음껏 울었다.

엄마, 나도 송곳이야. 칼날이고 창이야. 그런데 내내 주머니 속에 갇혀 살았어. 이 나이가 되도록 신나게 밖으로 뛰어다니지도 않고 단풍놀이나 꽃구경을 가지도 않고 제일 안쪽 방에 처박혀서 십오 년 넘게 책만 읽었다고. 멋진 날개를 달고 태어났는데 펼쳐본 적이 없어. 접혀서 몸에 딱 붙어 있는 것만 같아. 아빠는 도와주지 않아. 아빠가 있어서 더 답답해. 아빠는, 아버지는, 이게 운명이래. 대를 잇고 또 이어봐야 달아날 구멍은 생겨나지 않을 거래. 아빠는 역사책에 딱 한 줄로 남는 게 꿈인 사람이잖아? 나는 그게 꿈이 아니야. 나는 더 길게 남고 싶어. 엄마, 나도 송곳이라고. 아빠를 똑 닮은 송곳이라니까. 이대로 영원히 지워지고 싶지 않아. 이렇게 사라지고 싶지 않다고. 뼈를 보면 눈이 돌아가는 광인 옆에 서는 단 하루도 살고 싶지 않아. 그래도 살아야 해? 이렇게 가늘게 이어지는 게 맞아? 나는 이걸 감당할 수가 없어.

그다음은 개가 나오는 꿈이었다. 어릴 적 키웠던 커다란 개였다. 개는 윤해를 등지고 서 있었다. 덩치가 정말 커다란 개여서 윤해를 향해 서 있었으면 무서웠을 것이다. 하지만 뒤돌아 서 있어서 든든했다. 개는 윤해를 지키고 서 있었다.

엄마가 말했다.

"애는 곰개란다."

"곰개?"

"곰처럼 커서 곰개. 고마, 가마, 가문, 거문, 이런 말은 다 곰이라는 뜻인데, 모두 크다는 소리야. 곰처럼 아주! 봐, 곰개도 크지? 밤새 양을 못 물어가게, 늑대나 범과도 싸워서 이기는 개란다."

초원의 야인이 키우는 곰개라고 해도 사실 그렇게까지 크지는 않았다. 어렸을 적 기억이라 윤해가 작은 만큼 개가 커 보이는 것뿐이었다. 꿈속의 곰개는 어린 윤해가 입을 벌리고 고개를 들어 올려다봐야 할 만큼 거대했다. 지금은 윤해가 어른의 몸이니 개의 덩치는 거의 소만큼 커져 있었다. 그런 짐승이 앞을 막고 서 있어서 그 너머에는 아무것도 보이지 않았다. 그래서 마음이 놓였다.

'아, 거문담은 검은 담이 아니라 큰 담이라는 뜻이겠구나.'

다음 꿈은 또 야인 여자였다. 뭐라고 하는지 하나도 모르겠는데, 나타날 때마다 무언가 고래고래 소리치는 여자. 악몽은 아닌데, 그저 말이 안 통해서 답답할 뿐인데.

답답해하다가 잠이 깼다. 한밤중이고, 방 안이었다. 호미가 앉은 채로 꾸벅 졸고 있었다. 그날은 호미가 윤해의 곰개였다. 윤해는 손을 뻗어 호미의 손을 살며시 잡았다.

사는 집까지 내어주기로 했는데도 혼례를 위한 흥정은 깔끔하게 마무리되지 않았다. 조건을 추가한 쪽은 이번에도 종씨 집안이었다. 준마 열 필을 더하라는 조건이었는데, 아비는 당장 좋은 말을 구할 도리가 없었으므로 선뜻 승낙하지 못했다. 집안일을 거드는 사람들은 종가가 일부러 일을 그르치려 한다고 투덜거렸다. 물론 그 말은 집 밖으로 새 나가지 않았다.

차라리 잘된 일일까, 모두가 마음을 놓을 무렵 종마금이 보낸 통인이 쪽문에 이르렀다. 통인은 집주인에게 서신을 전하고는 행랑에서 기다렸다. 답신을 가지고 오라는 명을 들은 모양이었다. 예에 어긋난 일이었으나, 아버지가 즉시 답신을 써서 통인에게 들려 보낸 뒤 윤해를 불러 내용을 전했다.

"종가에서 야회를 연다는구나. 내일 향월정에서 주연을 베풀고 광대를 불러 놀게 할 모양이야."

"초대받으신 겁니까?"

"내가 아니라 너다. 낮부터 와서 일을 거들라고."

아버지가 무책임한 침묵을 말끝에 밀어 넣었다. 그 자리에는 "상황이 이러니 어쩔 수 없구나"라는 말이 생략되어 있었다. 윤해는 또 숨이 턱 막혔다. 뱉은 이는 그로써 고고해지고 받은 이의 어깨는 구부러질 듯 버거워지는 비겁한 화법.

윤해는 서운한 기색을 감추지 않고 대답도 없이 자리에서 물러났다. 혼담도 정리되지 않았는데 시가 잔치부터 거들라니, 마금이 자기를 종으로 알아본 게 분명했고 아버지도 은연중에 동의한 셈이었다. 긴 한숨이 입김으로 변해 하늘로 올라갔다.

종씨 집안 여자들은 사납지 않았다. 홀로 옛 태평성대의 여염집 풍경 속에 사는 듯, 살갑고 다정한 것이 오히려 낯설었다. 야회를 위해 여기저기 불이 밝혀져 있었으나, 산불이 번질 것을 우려해 충분히 밝게 하지는 않았다. 윤해는 음식이며 그릇을 여기저기 들고 날랐다. 반쯤 녹은 눈이 신발에 붙어 도로 얼었다. 발갛게 식은 손을 옷 속에 거둬들일 틈도 별로 없었다. 집에서도 늘 하던 일이라 일이 서툴지는 않았지만, 그보다 사람 대하기가 까다로웠다. 호미가 따라나섰으나, 윤해는 호미를 어둠 속에 숨겨두고 불빛 아래로 다니는 일은 오히려 자기가 떠맡았다.

밤이 깊어지자 야회가 무르익었다. 빈 그릇을 쟁반에 거둬 임시로 만든 설거지 주방에 갖다 놓고 오는데, 종씨 집안 가솔이 윤해를 불러세웠다. 마금이 놀이꾼들에게 상으로 줄 금화를 가져오라 분부했는데, 금전에 관한 일이라 귀한 분의 손을 빌리는 게 좋겠다는 사정이었다. '뭘 그렇게까지' 하는 생각이 떠올랐으나, 종마금의 행실을 생각하니 조심하는 것도 이유가 있겠다 여겨졌다.

윤해가 승낙하자 가솔이 앞장서겠다 하였다. 그러나 채 다섯 걸음도 못 가 그 댁 마님이 찾는 소리가 들렸다. 이러지도 저러지도 못하는 가솔을 보며 윤해는 길을 일러주면 알아서 다녀오겠노라 말했다. 윤해는 벽에 걸려 있는 등롱 하나를 떼어 손에 들고 가솔이 일러준 대로 산길을 올랐다. 보기보다 가파른 오르막이었다. 뒤를 돌아보면 아직 불빛이 환했지만, 앞으로는 어두컴컴한 산길이었다. 응달진 산 위에 잔설이 남아 있어 걸음이 조심스러웠다. 희미한 등롱불만으로는 어둠에 길을 내기 어려웠다.

몇 굽이나 휘어진 산길을 따라 미끄러운 내리막을 조심조심 지나 마침내 종가 저택 후문에 다다랐다. 긴장이 풀리자 내내 살갗에 닿던 찬바람이 비로소 생생하게 느껴졌다. 진땀이 싸늘하게 식어갔다. 오들오들 떨며 사람을 불러 종마금의 방에서 금화 두 닢을 가져오라 일렀다.

"아이고, 이를 어째. 그 험한 길을 직접 오셨어요? 아랫것들이나 다니는 산길을. 누가 아씨를 이리 두었답니까?"

진정으로 누구냐고 묻는 말투여서 윤해는 이름을 대지 않았다.

"산보 삼아 내가 자청했네. 태사례의 면을 생각하면 예서 지체할 시간이 없네만, 자네도 하던 일이 급할 테니 따라나서지 말게."

만류하는 손을 뿌리치고 후문을 나와 산길에 들어서자 자기도 모르게 다리가 휘청거렸다. 설상가상으로 등불이 어두워져 키 큰 어둠이 방벽처럼 불쑥 자라났다. 사방이 꽉 막힌 기분이 들었다.

'어서 가야 하는데. 제때 금화를 못 꺼내면 마금이 누구 하나 물고를 낼 터인데.'

조급한 마음으로 산길을 더듬다 외진 곳에서 발을 헛디뎠다. 발목이 아파 멈춰 섰는데, 어디선가 부스럭거리는 소리가 들렸다. 청각이 예민해지고 온 신경이 그쪽으로 쏠렸다. 다시 아까 같은 소리가 났다. 마른 풀 위에 덮인 눈을 꽤 묵직하게 내리누르는 소리. 소리는 한동안 이어지지 않다가 조금 뒤 같은 자리에서 한 번 더 들려왔다.

윤해는 숨을 죽이고 그 자리에 똑바로 섰다. 등롱이 암흑을 걷어 만든 좁은 빈터 너머에서 날카로운 바람이 낮게 괴성을 질렀다. 바람이 길게 내지르는 비명의 끝에, 크헝 하는 거친 호흡이 섞여 들어왔다.

'늑대야!'

재빨리 퍼지는 발소리. 한 마리가 아니었다. 두 마리 아니면 세 마리였다. 발소리는 날렵하지만 묵직했다. 헥헥 하고 뱉어내는 숨소리가 내딛는 발소리에 딱 맞게 들렸다. 착각이 아니라는 뜻이었다. 소라울 인근에는 들개가 없었다. 하필 숙부가 폭군으로 돌아선 것과 때를 맞춰 덩치 큰 늑대 무리가 산을 장악했다. 사냥감이 궁해지면 민가를 습격해 소와 말을 물어가는 무리였다. 윤해도 그 소문을 들었다. 그만큼 떠들썩한 무리였다.

소리쳐 도움을 청해야 했으나 그러지 못했다. 다른 생각이 떠올라서였다. 이야기가 떠오르기도 전에 피 냄새가 먼저 훅 끼치는 듯했다. 사냥개 이야기가 떠오른 건 그다음이었다. 호미가 말해준 종마금의 일화. 목덜미가 오소소 움츠러들었다.

늑대일까, 사냥개일까? 어느 쪽이든 안전하지 않았다. 늑대는 자연의 순리대로 포악할 것이고, 사냥개는 인간의 악의만큼 잔인할 터였다. 찢겨 나가는 건 매한가지고, 다만 이야기가 달라질 뿐이었다. 영유의 독녀로 태어났다는 것 외에 역사책에 남을 다음 한 줄.

윤해는 등을 내려놓고 그 자리를 떠났다. 어둠의 장벽 너머 발소리가 두 갈래로 갈라졌다. 한 무리는 계속 윤해를 따르는 듯했고, 다른 하나가 갈라져 나와 등롱 쪽으로 움직였다.

역사책은 흡사 운명 같은 것이었다. 평생 아비를 짓누르던 그놈의 기록은, 아직 아무도 쓴 적 없는데 그 잘난 사내가 내내 두려움에 떨며 살게 했던 그 무시무시한 이야기책은 파멸을 명하는 긴 사령장 같았다. 윤해의 집안 사람들은, 제 발로 직접 가보기도 전에 누가 벌써 내놓은 기묘한 길을 얌전히 따라 걸었다. 길 끝에 놓인 건 소멸이었다. 어머니를 잃은 아버지는 새어머니를 들이지 않았다. 어머니를 못 잊어서가 아니라 길을 또 내지 않기 위해서였다. 윤해도 여태껏 배필을 얻지 못했다. 못 한 게 아니라 안 한 거였다. 그러면 다른 길이 생기고 마니까. 두 사람이 걸어온 길은 끝이 정해져 있었다. 아버지가 싸우기를 포기한 날부터, 윤해가 혜에게 욕심을 내어준 날부터.

그 긴 세월을 요약하면 이런 말이 되었다. 멸문. 큰 소리를 내지 않고 모두가 조용히 사라지는 것. 그중에서도 맨 뒤에 태어난 윤해의 소멸이 중요했다. 그로써 집안의 계보가 완전히 끝나는 것이므로. 쫓아오는 게 늑대든 사냥개든, 자연의 허기든 인간의 살의든, 그 단호한 결말이 달라지는 건 아니었다. 그러니 목을 내밀어 받아들이는 수밖에.

그러나 윤해의 발은 살 자리를 찾아 바삐 움직였다. 등롱을 내려놓은 자리 근처에 발걸음의 주인이 다가섰다. 어둠의 장벽 안쪽, 희미한 빛이 마련해둔 좁은 공터에.

'저건 종마금이야!'

윤해는 멀리서도 그의 그림자를 알아보았다. 목과 어깨의 생김과 약간 비척거리는 걸음걸이를 분명히 기억해냈다. 이건 어떻게 이어지는 이야기일까? 왜 종마금이 나를 죽이려

드는 걸까? 게다가 하필 이런 데서?

 마금이 보였으니 윤해를 쫓는 건 늑대가 아닐 것이다. 종씨 가문의 사냥개들이 넓게 퍼져가며 속도를 높였다. 멀리서 둘러싸려는 모양이었다. 퇴로를 막은 다음 하나가 달려들겠지. 다시 발휘할 일 없는 사냥감의 본능이 윤해의 심중에서 날카롭게 벼려졌다.

 마금은 혼인의 조건이 마음에 들지 않았다. 원래도 그랬지만 점점 더 마음에 차지 않았다. 마지막에 건 조건은 모든 걸 내놓은 아버지조차 당장은 들어줄 방법이 없었다. 마치 틀어지기를 바라고 하는 흥정처럼 풀어낼 방법 없이 난감할 뿐이었다.

 '저자의 눈에 제일 마음에 안 든 건 나였을 거야.'

 윤해는 신붓감이 누구인지 확인하는 순간 마금의 얼굴에 비친 실망을 떠올렸다. 그건 분명 절망감이었다. 주객이 크게 전도된 깊은 상처였다. 부원대군의 딸이 나이는 좀 많아도 미색은 빠지지 않는다는 소문을 어디서 듣기라도 한 게 아닐까?

 등불을 내려놓고 나자 밤눈이 한결 밝아졌다. 청각이, 발끝의 감각이, 조금 전에 지난 길을 더듬어가는 기억이, 어느 때보다 예민하게 깨어 움직였다. 윤해는 포위망을 피해 달아났다. 발소리를 감출 수는 없지만, 조급함은 숨길 수 있었다.

사냥꾼에게 그것은 아직 때가 아니라는 신호로 읽힐 터였다. 조금 더 기다리면 사냥감이 제 풀에 지쳐 쓰러질 거고 덮치는 건 바로 그 순간이야, 하는 사냥꾼의 지혜를 일깨울 것이었다.

'혼담을 아예 없던 걸로 하려는 거구나. 나를 죽여서. 밤길에 늑대에 물려 죽은 걸로 꾸며서!'

욕심밖에 없는 인간의 잔인한 살의에 욕지기가 치밀었다. 화가 혈관으로 퍼져갔지만, 긴장과 두려움에 금세 압도당했다.

금화를 가지고 오란 건 모함을 위해서겠지. 시킨 적 없다고 딱 잡아떼면 혹여 자기 짓인 게 발각되더라도 도둑을 잡은 게 될 테니. 그랬다가는 내 명예마저 더럽혀지고 말 텐데. 터무니없는 혐의지만 세상 사람들은 그의 말을 믿어버릴 것이다. 어쩌면 왕이, 자라는 내내 다정했던 윤해의 숙부가 그의 말을 직접 보증할지도 모른다.

윤해는 걸음을 재촉했다. 멀리 퍼져가던 포위망 한쪽이 갑자기 조용해졌다. 보이지는 않지만 그쪽에 낭떠러지라도 나타난 듯했다. 윤해는 부지런히 앞쪽으로 나아간 다음 포위망이 사라진 쪽으로 방향을 틀었다. 그때부터는 다급함을 숨기지 않고 전력을 다해 내달렸다.

'빠져나갈 수 있을 거야. 지금 이대로라면.'

호흡이 금세 거칠어졌다. 발에 챈 돌이 난폭하게 구르고 두껍게 내려앉은 눈 뭉치가 요란하게 부서졌다. 손에 쥔 금화를 따로따로 멀리 내던졌다. 하나는 소리가 나지 않았고, 다른 하나는 날카로운 소리를 냈다. 그 소리에 추격이 빨라졌다. 처음으로 개 짖는 소리가 났다. 생각해보니 무서운 일이었다. 지금껏 한 번도 안 짖었다니, 애초에 겁줄 생각 같은 건 없었다는 말이었다.

'할 수 있어! 인적이 있는 데까지만 가면 돼. 그럼 이건 살인이 되는 거야.'

추격은 매서웠지만 포위망은 열려 있었다. 그 와중에도 살길을 떠올리지 못하는 처지가 참담했지만, 이야기의 결말을 살짝 뒤틀 수 있는 것만으로도 전력을 다해 달려갈 이유가 됐다.

'소리를 질러서 위치를 알릴 거야. 조금만 더 가면.'

이제는 모든 게 몸서리치게 싫었다. 왕도, 아버지도, 이런 세상에 태어난 것도, 그걸 피해 방 안에 틀어박힌 것도. 누가 이기고 누가 지든, 불안한 게 누구고 고상한 쪽이 누구든, 영위와 영유는 결국 똑같은 인간이었다. 영윤해의 삶을 막다른 길로 내모는 사람. 달아날 곳 없는 막막한 궁지에서 홀로 소멸하는 운명을 마련한 자들.

그때 발끝에 불안한 것이 느껴졌다. 가팔라지는 짧은 오르막이었다. 윤해는 망설이지 않고 재빨리 그 길을 기어올랐다. 무릎과 손바닥을 써서 산짐승처럼 기었다. 마침내 올라선 오르막의 끝에서 윤해는 갑자기 멈춰 섰다. 멈춰 설 수밖에 없는 자신의 처지를 깨달았다. 그곳은 막다른 길이었다. 둘러 갈 데도 없는 까마득한 절벽 아래였다.

하.

기막힌 한숨이 터져 나왔다. 그걸로 끝이었다. 어차피 그렇게 될 결말이었다. 소리칠 숨 같은 건 남아 있지도 않았다. 그런 건 벌써 오래전에 길바닥에 전부 쏟아낸 뒤였다.

부질없는 삶이 한스러웠다. 이렇게 부서질 걸 차곡차곡 열심히도 쌓았구나. 호미의 손이 떠올랐다. 엄마의 목소리가 생각났다. 지금 나보다 어린 나이에 일찍 세상을 떠난 엄마. 그래서 용서할 수 있는 육친. 혹시 오래 살아남았다면 똑같이 나를 막아서는 장벽이었을 어머니.

숨을 거칠게 몰아쉬며 뒤로 돌아섰다. 손을 뻗어 등 뒤에 놓인 절벽을 매만졌다. 진짜였다. 부인할 수 없는 궁지였다. 눈앞에서 사냥개가 모습을 드러냈다. 늑대와 구별하는 게 무의미할 만큼 커다란 짐승이었다. 개들은 막다른 길에 몰린 윤해를 삼면에서 에워싸고는 때가 됐다고 컹컹 짖어댔다. 그 뒤 먼 곳 어딘가에서 뼈를 탐하는 자가 따라오고 있었다. 짐승이 내비치는 이빨의 살의가 달빛 아래에 날카롭게 드리웠다.

이제 정말 끝이었다. 부디 고통이 짧기를. 이제 바라는 건 그것밖에 없었다. 저 손이 뼈를 꺼내 가기 전에 숨통이 먼저 끊어지기를.

무릎이 꺾이고, 몸이 앞으로 고꾸라지기 직전이었다. 모든 것을 포기하고 준비된 끝을 맞이하려는 찰나였다. 처음 겪지만 이미 너무 잘 아는 결말이었다.

정말 그걸 바란다고?

그때 이상한 목소리가 들렸다. 여자 목소리였다. 아무도 없는데. 짐승 셋과 남자 하나뿐인데. 침착한 목소리였다. 그보다 이상한 건 왠지 귀에 익은 음성이라는 점이었다.

윤해는 꺾이는 무릎을 세워 절벽 앞에 똑바로 섰다.

그걸 바라는 게 맞아?

다시 그 목소리였다. 맹렬하게 짖어대는 사냥개 소리 덕분에 무언가가 떠올랐다. 꿈에 나타나 알아듣지도 못할 말을 고래고래 외치던 사람. 야인 여자였다. 그 목소리가 틀림없었다.

'지금은 왜 알아들을 수 있는 거지? 결국 이건 내가 나에게 하는 말일까?'

호흡이 가라앉았다. 숨쉬기를 멈췄는지도 모른다. 마음이 침착해지고 정신이 또렷해졌다. 생생했던 두려움이 조금 모호한 무언가로 바뀌었다. 뜻밖의 여유를 틈타 윤해는 빠르게 답을 찾아냈다. 야인 여자의 목소리로 던져진 질문에 대한 답.

'나는 그런 걸 바라지 않아.'

마침내 마금이 시야에 들어왔다. 개들이 그를 알아보았다. 마지막 명령을 기다리는 모양새였다.

'내가 바라는 건 이런 게 아니야.'

윤해의 마음속에 분노가 일었다. 정확히 누구에 대한 분노인지 모르겠지만, 당장은 종마금을 향하는 게 분명했다. 목소리가 들렸다.

그럼 너를 구해.

'어떻게?'

그럼 너를 구해.

목소리는 대답이 없었다. 닿지 않는 꿈속의 메아리처럼 같은 말을 반복할 뿐이었다.

그보다 먼저 말을 꺼낸 건 눈앞까지 다가온 종마금이었다.

"물어!"

개들에게 보내는 신호였다. 배필이 될 뻔한 윤해가 아니라. 개들이 달려들었다. 두 마리가 몸통으로 달려들고 하나는 목을 향해 뛰어들 것처럼 자세를 낮추고 빠르게 다가왔다. 윤해는 눈을 똑바로 뜨고, 쫙 벌린 채 다가오는 턱과 거기에 달린 이빨을 바라보았다. 그러면서 생각했다.
 '그래. 그럴게.'
 방법은 모르지만, 정말로 윤해가 자신을 구하기로 마음먹은 순간이었다.

 그러자 변화가 일어났다. 자아의 경계가 사라지고 무언가가 윤해를 향해 빠르게 밀려들어왔다. 어디서 오는지는 알 수 없었다. 그게 뭔지도 몰랐다. 다만 몸속 어딘가에 공허가 자리 잡더니 빠르게 몸 전체로 퍼져 나가는 느낌뿐이었다. 그 속으로 커다란 것이 밀려들어왔다. 기억이, 자아가, 세상이, 우주가, 삼라만상의 날카로운 이빨이, 혹은 공허 그 자체가. 구체적으로는 느낄 수 없고 단지 채움과 비움으로만 감지할 수 있는 무언가가 몸속으로 들어왔다가 몸 밖으로 빠져나갔다. 윤해는 얼핏 생각했다. 자기가 문이 된 것 같다고. 그 문을 통해 방금 무언가가 지나간 게 틀림없다고.
 꿈을 꾸듯 정신이 아득해졌다.
 '그래, 이건 다 꿈일지도 몰라. 산길을 헤맨 것도, 야회에 일손을 보태러 온 것도.'
 정신을 잃고 고꾸라지기 직전에, 윤해는 시야를 가득 채운 무언가를 보았다. 뒷모습, 엉덩이, 꼬리, 그리고 커다란 머리가 달린 짐승의 뒤통수. 등을 진 채 시야를 가리고 있어서 마음이 놓이는 것. 밤중에 양을 물어가지 못하게 늑대도 범도 싸워 물리치는 짐승. 윤해가 살짝 올려다봐야 할 만큼 큼지막한 덩치. 그래서 이름에도 크다는 말이 들어간 네발짐승. 곰개였다.

세상에 한 번도 존재한 적 없는 거대한 곰개가 윤해와 사냥개 사이를 가로막았다. 그러더니 곰처럼 묵직한 앞발을 휘둘러 개 두 마리의 두개골을 순식간에 부숴버렸다. 윤해의 목을 노리고 낮게 다가서던 한 마리는 곰개에게 목이 물려 허공에 높이 내던져졌다. 곧바로 등뼈가 으스러진 사냥개는 땅에 닿기도 전에 숨이 끊어졌다.

그게 다가 아니었다. 신음조차 내지 못한 채 부서져버린 세 개의 죽은 존재 위로 곰개의 육중한 몸이 날아올랐다. 그 커다랗고 시커먼 덩어리가 뼈를 탐하는 인간의 육신을 덮쳐 한입에 머리 전체를 다 집어넣었다. 그러더니 목을 위로 쭉 뽑아 들어 입에 든 것을 몸통에서 분리해냈다. 종마금이 고통스럽게 비명을 질렀지만 아무 소리도 새어 나오지 않았다. 그마저도 곰개가 다 삼켜버린 탓이었다.

윤해가 운명으로부터 자신을 구한 날이었다.

2

 거문담은 초원 한가운데에 우뚝 솟은 요새였다. 꼭대기에서 내려다보면 말로 한나절 가야 하는 거리까지 주변 일대가 다 보였다. 눈 좋은 마목인(馬牧人)이라면 지평선 끝에 걸린 양의 수까지 셀 수 있겠지만, 생업이 바쁜 초원의 종족들은 고대 요새의 검은 담벼락을 오르는 일에는 그다지 관심을 보이지 않았다.
 마목인에게 거문담은 그저 편리한 이정표였다. 거문담의 꼭대기는 처음 세워지기는 반듯한 원형이었으나, 세월에 여기저기 이가 나가면서 보는 방향에 따라 모양이 조금씩 달라졌다. 거문담이 이지러진 모양만 보면 거기가 초원 어디쯤인지 금세 알아볼 수 있었다. 달을 보고 날을 세는 것과 같은 이치였다.

그래서 그 근방 초원에서는 거문담을 중심으로 방위가 나뉘었다. 마목인의 말로 동쪽이 정향(正向)인 것은 해가 뜨는 방향이 그쪽인 탓이었다. 이들에게 해가 지는 서쪽은 배향(背向)으로 불렸는데, 경작인에게 배향은 북쪽을 가리키는 말이었다. 임금의 용상이 남쪽으로 놓여 있어서였다. 그런 까닭에 술름고리의 경작인 성주가 북문인 배문을 지키라 명령하면 술름오름의 마목인 군장이 마병(馬兵)을 이끌고 서문으로 향하는 일이 허다했으므로, 결국 조정에서 방위를 통일하여 동면(東面)하고 선 거문담을 기준으로 북쪽을 좌, 남쪽을 우로 정했다.

우향, 우촌, 우동(右洞), 우면(右面), 우야(右野)는 모두 거문담 남쪽 지대를 이르는 말이었다. 어느 때는 작은 마을을 뜻하고 어느 때는 남쪽 초원 전체를 일컬었으므로, 지도에 경계를 표시할 수 있는 영역은 아니었다. 오히려 말하는 이나 듣는 이에 따라 칭하는 바가 다른 혼란스러운 이름이었다.

그 광대한 우향의 한가운데에 술름고리 성이 세워져 있었다. 영씨 왕조 사라국의 최북단, 경작인 세계와 마목인 세계의 경계에 자리한 변경 요새였다. 또한 마목인의 눈에 그 성은 경작인이 모아둔 부가 쌓여 있는, 초원에서 가장 탐나는 약탈 목표였다.

술름고리 방어군 좌기대대감(左騎隊大監) 다르나킨은, 석양을 받은 거문담의 그림자가 얼마나 길어질 수 있는지를 바라보며 새삼 경외감을 느꼈다. 자연물처럼 여겨지는 거대한 인공물. 고대인이 빚어낸 그 웅장한 그림자는, 머지않아 다르나킨의 눈앞에서 펼쳐질 일은 개의치 않는 듯 초원 저편을 한가롭게 뒹굴고 있었다.

그러나 그 한적함에 시선을 오래 빼앗기고 있을 수는 없었다. 그보다 훨씬 가까운 곳에서는 지난가을 정향 마목인 스무 개 부족을 규합한 추장 토르가이가 기병 2천, 보병 1천 8백을 거느리고 술름고리 성을 노려보고 있었다. 토르가이의 군세는 좌우에 각각 기병 6백, 중앙에는 나머지 기병 8백으로 나뉘어 아군 진영을 향해 거리를 좁혀왔다. 중군 기병은 1천 8백 보병의 호위를 받고 있었다.

'돌격 명령만은 내리지 말았으면.'

다르나킨은 생각했다. 이런저런 잡생각을 하지 않는 다르나킨이었지만 불안한 예감이 드는 건 어쩔 수 없었다. 그는 다음에 일어날 일을 알 것 같았다.

중군과 우군에 돌격 명령이 떨어지고, 대열이 고르지 않은 토르가이의 기병을 얕잡아본 아군 기창대가 밀집대형으로 돌격을 감행한다. 조운진(鳥雲陣)을 이룬 토르가이의 중군은 구름이 산봉우리를 넘듯, 혹은 새 떼가 삼림을 스치듯 중군

창보병 사이사이로 숨어든다. 마주 선 보병 대열을 정면에서 들이받기에는 다소 겁이 많은 아군 군마들이 빽빽하게 늘어선 창병 대열 사이에 난 틈으로 머리를 돌린다. 기수가 기대하는 바는 아니다. 그 방향으로 쭉 달려가면 돌격의 파도를 피해 숨어 있던 적 기병이 나타나 같은 눈높이에서 싸움을 걸어온다. 그사이 아군은 돌격 속도가 서서히 줄어들고, 결국 주력 기병 전체가 제자리에 멈춰 선다. 뒤를 돌아보는 순간, 말과 기수 모두가 깨닫게 된다. 조금 전 지나온 보병 대열의 틈새가 어느새 닫혀 있고, 긴 창을 든 적 보병이 빽빽한 숲처럼 사방에 정렬해 있다는 사실을. 그렇게 기병이 궤멸하고 만다. 왕이 직접 하사한 병장기로 중무장한 자랑스러운 술름의 1천 5백 정예 기병이 전부 포위되어 섬멸당한다. 그게 다음에 일어날 일이었다.

다르나킨은 또 생각했다.

'토르가이가 마목인이기는 하지만, 다른 비슷한 정향 마목인 부족을 전부 복속시킨 비결은 기병이 아니라 저 창병 1천 8백 명일 텐데. 창병을 기병에게서 떼어내기 전에는 무슨 수를 써도 승산이 없어.'

그러나 다음 순간, 어김없이 돌격 준비를 알리는 깃발이 올라갔다. 나팔 소리와 북소리가 들리고, 중군과 우군의 기창병이 밀집대형으로 간격을 좁히며 돌격을 준비했다.

'성주는 조상 모시듯 돌격을 숭상하는구나!'

별동대인 다르나킨의 좌기대는 그 명령에 따를 필요가 없었다. 성주의 자랑스러운 정예 기병에 다르나킨의 좌기대는 포함되지 않았다. 그가 할 수 있는 건 곧 벌어질 파국을 부지런히 수습하는 것뿐이었다. 다르나킨은 다시 생각이 없어졌다. 원래도 다르나킨은 전장에서 생각을 많이 하지 않는 편이었다. 그저 몸이 시키는 대로 먼저 움직일 뿐이었다.

마침내 성주가 돌격 명령을 내렸다. 그다음에 일어난 일은 다르나킨이 상상한 그대로였다. 예상을 벗어나지 않는 너무나 손쉬운 파국.

주력 기병이 속수무책으로 궤멸하는 사이, 다르나킨은 북쪽으로 멀리 돌아오는 마목인 연맹군의 우군 기병을 기사(騎射)로 저지했다. 덕분에 술름고리 쪽으로 퇴각하는 보병의 도주로가 간신히 확보되었다. 그런 다음 그는 곧장 좌기대를 몰아, 더 멀리 2차 포위망을 만들며 아군의 도주로를 향해 달려오는 토르가이군 좌군 쪽으로 내달렸다. 그 또한 패주하는 보병의 퇴로를 열기 위함이었다. 하늘에서는 서서히 해가 지고 있었다.

밤이 깊어서야 술름으로 돌아와보니 고을 안이 온통 초상집 분위기였다. 돌격 명령을 내린 장본인인 술름 성주 한음사가 맨 앞줄에서 적의 창에 꿰뚫려 죽었고, 뒤이어 휘하의 장수들이 모두 비슷한 운명을 맞이했다고 했다. 좋은 갑옷을 입고 무리 지어 다니며 호탕하게 웃던 패거리였다. 비통한 이야기가 성내를 떠도는 가운데 다르나킨의 부대가 온전히 생환하자 성안의 분위기가 한층 미묘해졌다.

늦은 밤에 다르나킨이 들으니, 성에는 이제 지휘관이 없다고들 했다. 보사솔(步射率), 보창솔(步槍率) 같은 제감(弟監)급 무관은 남아 있지만, 직급이 다르나킨보다 아래인 게 문제였다. 다르나킨의 직급은 대감이었다. 그들에게 중요한 건, 다르나킨의 마목인 좌기대를 견제할 사라인 무관이 없다는 점이었다. 단지 그뿐이었다. 그래서 다르나킨이 뻔히 살아 있는데도, 살아남은 지휘관이 없다는 말이 도는 것이었다.

마목인을 상대하려면 마목인 기병이 필요하지만 그렇다고 마목인에게 남은 병력의 통솔을 맡길 수는 없는 모순. 생각이 거기에 이르자 술름의 생존자들은 자연스레 다르나킨에게 책임의 화살을 돌렸다.

"대감은 왜 돌격 명령에 응하지 않고 별동대로 움직이다 혼자 살아 돌아왔는가? 돌격 당시에 성주를 가까이에서 호위하였다면 성주가 능히 토르가이의 수급을 가지고 돌아올 수 있지 않았겠는가?"

술름마리의 지주 호족 중 가장 나이 많은 자가 다르나킨에게 물었다. 성주의 친척인 한사량이었다. 다르나킨은 성주가 좌기대의 돌격을 금한 일을 굳이 말하지 않았다. 그건 제감들에게 물어보면 금방 알 수 있는 일이었다. 좌기대가 밤이 깊도록 뛰어다니며 패주하는 보병을 온전히 구해낸 일도 생색내지 않았다. 전장에서 다르나킨은 대체로 생각이 길지 않았고, 토르가이의 위협이 끝나지 않은 지금도 그 점은 마찬가지였다.

"우선 내일 당장 우리가 살아남는 게 중요하지 않겠습니까?"

다르나킨이 되묻자 한사량은 길게 토를 달지 않고 자리를 떴다. 그가 설득당하지 않았음은 누구나 알 수 있었다. 외적은 못 막아도 원한은 반드시 갚고야 마는 뒤틀린 능력의 소유자들. 한사량은 아마도 복수를 결심했을 것이다. 다르나킨도 그 점을 모르지 않았지만, 마음에 깊이 새기지는 않았다. 대신 제감을 시켜 말 한 마리를 불러오게 한 다음, 살아 돌아온 전마들을 살피러 말을 몰고 나갔다.

윤해는 북쪽으로 향하고 있었다. 말 여섯 마리가 끄는 마차에는 영씨 가문의 기가 꽂혀 있었다. 얼핏 보면 왕실의 기로 보였지만 활짝 펴져 있을 때 가만히 들여다보면 봉황의 날개가 접혀 있는 모양을 쉽게 알아볼 수 있었다. 그래도 마차는 왕이 빌려준 것이었다. 나라에서 가장 잘 만든 마차여서 빠르게 질주해도 순풍을 탄 배 정도로 흔들림이 적었다. 앞에서 달리는 스무 명의 호위 기병도 모두 왕의 시위대(侍衛隊)였다. 그들이 모시는 건 어쩌면 윤해가 아니라 왕의 귀중한 마차인지도 몰랐다.

어쨌거나 마차는 술름고리로 향했다. 종친의 기를 달고 여섯 마리의 말이 끄는 마차는 거침없는 속도로 소라울에서 멀어졌다. 윤해는 지난 일이 까마득하게 느껴졌다. 종마금이 죽었으므로 파혼 자체는 문제가 되지 않았다. 다만 사고의 원인을 알 수 없었다. 사냥개 세 마리를 단숨에 도륙하고 종마금의 머리를 산 채로 쥐어뜯은 짐승의 정체는 조사를 아무리 해도 밝혀낼 수 없었다.

황당하게도 종가에서는 그 모든 참극이 윤해의 소행이라 우겼다. 그 주장은 조정에서 받아들여지지 않았다. 다만 종씨 가문의 원한이 깊다는 사실이 드러났으므로 두 가문을 가까이 둘 수는 없다는 게 어전의 판단이었다. 윤해는 나중에, 왕에게 그 의견을 올린 자가 은난조의 부친인 태보(太保) 은함인이라는 이야기를 들었다.

태보가 또한 주청하기를, "야인이 변경을 침탈하매 성주가 전사하고 기병 주력이 궤멸하여 국경의 기강이 어지러우니, 왕실 종친으로 하여 술름의 성주로 삼아 조정의 수성 의지가 굳건함을 내외에 보임이 마땅하다" 아뢰었다. 왕이 흠칫 놀라 태보를 노려보자 그가 기다렸다는 듯 덧붙였다.

"창강부원대군을 성주로 임명하시되 부임은 그의 여식으로 대신하게 하소서."

이 말은 태보 은함인이 부원대군 영유의 의견을 들은 후 스스로 판단하여 고한 방안이었다.

그리하여 윤해는 아비를 대신하고 왕실을 대표해 변경에 허수아비로 안치되었다. 내용은 유배에 가까웠고, 북방으로의 유배는 더 가혹한 형벌로 받아들여지는 법이었지만, 결국 소라울을 벗어나게 된 셈이었으므로 윤해는 그 처결이 내심 반가웠다.

그러나 일은 원하는 대로만 풀리지 않았다. 원한이 깊어진 종씨 가문은 탈출에 상응하는 대가를 원했다. 왕이 하사한 마차를 받으러 궁에 다녀오던 날, 윤해는 집 앞 공터에 갑자기 들어선 손님 없는 푸줏간을 보았다. 늘 그렇듯 좌판에 어느 짐승의 것인지 알 수 없는 뼈와 고기가 널려 있는데, 그 위에 호미의 머리가 걸려 있었다. 겪을 고초를 다 겪고 마지막에 베인 고통스러운 얼굴이었다. 윤해는 고개를 돌릴 틈도 없이 그 광경을 다 눈에 새기고 말았다.

종마금이 죽은 날, 윤해를 따라 야회 일을 거들러 갔던 호미는 분풀이로 종가에 붙들려 내내 그 집 옥에 갇혀 있었다. 윤해는 마차와 어지(御旨)를 받으면 곧장 어명으로 호미를 빼내어 변방으로 함께 달아날 참이었다. 종가는 그런 윤해의 마음을 읽은 듯 선수를 쳤다. 윤해는 욕심냈던 무언가를 또 잃고 말았다.

술름고리로 가는 마차 안에서 윤해는 며칠 동안 소리 죽여 울었다.

'나는 당신들을 한 점씩 천천히 씹어 삼킬 거야.'

그 결심에 이르기까지 닷새가 걸렸다. 그래도 눈물은 멎을 줄을 몰랐다. 깊이 잠들지 못해 꿈도 꾸지 못했다. 곰개를 불러낸 밤 이후, 야인 여자는 다시 꿈에 나타나지 않았다. 이제 윤해는 정말로 혼자였다. 꿈으로도 달아날 수 없는 외톨이. 꿈속에서 본 것들은 윤해가 자기 자신에게 하는 다짐이었을지도 모른다. 곰개가 현실이 되어 튀어나오는 조금 괴이한 다짐이었지만.

변경이 가까워지자 술름고리에서 먼저 전갈을 보내왔다. 전황에 대한 간단한 보고였다. 소라울로 장계를 올리는 김에 하나 더 작성해 형식상 지휘관인 윤해에게도 보낸 듯했다. 사라는 형식을 숭상하는 나라였다. 보낼 것은 보내야 하는 게 사라의 풍속이었다.

손에 잡히는 건 뭐든 다 읽는 윤해는 버릇처럼 장계를 읽었다. 그리고 숙소에 들기 전 술름고리로 파발을 보내, 부임하면 곧바로 읽고 싶으니 보다 긴 보고를 준비하라 일렀다.

궁금한 대목이 있어서였다. 목적지에 당도하기까지 이틀밖에 남지 않은 밤에 술름고리에서 다시 보고서가 도착했다. 또 버릇대로 밤을 새워 읽었다.

윤해는 한음사가 토르가이에게 대패하던 날 초원에서 무슨 일이 있었는지 알게 되었다. 참으로 기이한 일이었다. "아침 일찍 좌기대가 척후로 나가 야인 부족 둘이 토르가이의 연맹에 추가로 합류한다는 사실을 알아냈다. (…) 아침에는 좌기대가 북면까지 진출해 추가 합류 징후가 없다는 것을 확인하고 다시 본대로 돌아왔다. (…) 좌기대가 중군 기병이 교대로 사용할 말을 몰아왔고, (…) 오후에는 좌기대가 술름마리 주민을 고리 안으로 모두 피신시킨 다음 식량과 재산을 안전한 곳으로 옮겨 보관했다. (…) 오후 늦게 좌기대가 토르가이의 우군을 유인해 본대에서 분리시키고, (…) 좌기대가 척후로 먼저 고지를 선점해 중군 기병과 보병이 유리한 곳에 자리 잡게 했다. (…) 한음사가 돌격하는 사이 좌기대가 기사로 엄호했다. (…) 한음사가 대패하고 후방에 대기하던 보병이 패주하자 좌기대가 적 우군 기병의 추격을 저지했다. (…) 적 좌군이 크게 돌아 매복하기 직전에 좌기대가 먼저 매복해 패퇴시켰다. (…) 좌기대가 추격군을 상대로 교전해 시간을 끌고, (…) 밤새 좌기대가 (…)"

보고서 곳곳에 보이는 내용이 너무 이상해서 눈물을 흘리는 것도 잠시 잊었다.

'이 좌기대는 도대체 몇 명이나 되는 거지? 매복하러 오는 적군을 역으로 매복해서 격퇴하는 건 도대체 어떻게 하는 거야? 병서라면 나도 볼 만큼 봤는데 그런 묘기는 어디서도 본 적이 없어. 아버지도 들어본 적 없을 거야. 그보다, 이렇게 했는데 왜 이 좌기대대감에게 패전의 책임이 있다는 거지? 뭐가 어떻게 돌아가는 거야?'

마차가 술름고리의 영역에 들어가자 주둔군 기병이 와서 함께 호위했다. 윤해는 시위(侍衛)에게 넌지시 물었다.

"지금 합류한 게 혹시 술름고리 마군 좌기대인가요?"

시위가 놀라 되물었다.

"그걸 어찌 아셨습니까?"

모를 방법이 없었다. 좌기대는 어디에나 있는 게 술름의 법칙 같았다.

술름고리의 방벽은 높지 않았다. 소라울을 둘러싼 울과 비슷하나 그보다는 약간 높고 조금 더 두꺼웠다. 방벽을 '울'이 아닌 '고리'로 만든 건 돌담이 아니라 중간중간 돌출된 방어탑이었다. 탑 옆쪽에 난 창으로 활을 쏘면 벽을 기어오르는 적을 떨어뜨릴 수 있었다. 경계를 표시하는 울타리가 아니라 진짜 방어 시설인 셈이었다.

윤해가 짐을 푼 곳은 술름고리 객사(客舍)였다. 왕을 대신

하여 소라울에서 파견된 자가 머무는 곳으로, 성주가 공무를 보는 술름고리 누각(樓閣)보다 웅장하고 거만한 건물이었다. 윤해가 허수아비가 아니었다면 대청에 가만히 앉아 있는 것만으로도 대단한 권세가 뿜어져 나왔을지 몰랐다. 그러나 윤해는 어디까지나 허수아비였다.

얼마 후 소라울에서 보낸 짐이 당도했다. 구실아치나 가솔 등 일하는 사람들이 분주히 오가는데, 한사량이라는 자가 찾아와 뵙기를 청했다. 술름마리의 토박이 지주로, 전사한 성주 한음사의 당숙이라고 했다. 윤해는 그 말이 의아했다. 마을과 고을을 통할하는 원칙이 묘하게 일그러진 듯해서였다. 마리는 현지의 토호가 사당과 향교로 장악하는 영역이고, 고리는 중앙에서 임명한 관리가 마군과 함께 상주하며 지배하는 성읍이었다. 그런데 어찌하여 마리의 토호인 한음사가 고리의 성주에 임명되었던 걸까?

한사량의 청탁은 이랬다.

"술름에는 고리와 마리 외에 오름이 더해져 있습니다. 마목인이 사는 천막촌이지요. 이름대로 자주 옮겨 다녀서 위치가 일정하지는 않습니다. 그 오름의 우두머리를 목감(牧監)으로 삼아 고리의 마군이 쓸 말을 키워 조달하게 하는데, 보통은 이 목감이 좌기대의 대감을 겸합니다. 그런데 지난번 전투로 성주 한음사가 전사할 때 휘하의 용장이 모두 죽어

대감 이상 군관은 좌기대대감 하나밖에 남지 않았습니다. 그러니 대영솔께서 직접 전장에 나서야 군의 기강이 바로 서고, 고리와 마리가 오름까지 더불어 탄탄하게 정립(鼎立)하여 설 것입니다."

마목인에게는 절대 지휘를 맡길 수 없다는 소리였다. 윤해는 왕에게서 제수받은 자기 직함을 새삼스레 떠올렸다. 보기대대영솔(步騎隊大솔率) 영윤해. 부재 성주인 아비를 대신해 술름고리의 보병과 기병을 모두 거느리는 관리. 아비의 딸로 태어났다는 진술을 넘어 역사책에 남을 두 번째 기록이었다. 허수아비 역할 이상을 해서는 안 되는 직책. 소라울을 간신히 벗어났어도 아비의 가훈은 여전히 유효했다. 영유와 영윤해에게 한사량의 청탁은 반역의 혐의를 쓰고 죽으라는 말이나 다름없었다.

윤해는 한사량이 소라울의 일에 무지하다고 여겼다. 사량이 청탁의 대가로 보낸 물건의 목록을 보면 더 그랬다. 어디서 구했는지, 소라울에서도 보기 드문 화려한 문갑이며 장롱, 책상 같은 가구들이 줄줄이 마당에 늘어서 있었다.

'저걸 들이면 나는 죽습니다. 이건 유배고, 안치를 확인하러 온 시위가 아직 소라울로 돌아가지도 않았어요.'

윤해는 그 자리에서 선물을 물리고, 객사를 수리하라고 지시했다. 붙어 있는 것을 뜯어내지 않는 한에서 들여낼 수 있는 화려한 물건은 전부 들어내 창고에 고이 보관했다. 며칠 후에 아버지가 챙겨 보낸 소박해 보이는 가구가 소라울에서 당도했다. 윤해는 그제야 비로소 방에 가구를 들여놓을 수 있었다.

그러고 나서도 한사량의 청탁은 끊이지 않았다. 윤해는 종친인 자기가 와 있으니 조정이 술름을 버리지는 않을 거라고 안심시키는 것밖에 할 말이 없었다.

"마군이 새로 당도할 거고, 그러면 도통사(都統使)든 순검사(巡檢使)든 누가 와도 오지 않겠소?"

사라의 귀족은 기병을 보유할 수 없었다. 사병은 허용됐지만 보병만 가능했고, 기병은 모두 왕에게 속한 병종으로 조정에서 임명한 자만이 통솔할 수 있었다. 귀족인 한음사가 기조상서(騎曹尙書)의 사령장*을 어떻게 받아냈는지는 이해가 안 갔지만, 아무튼 원칙은 그랬다.

한사량은 끈질기게 간청했다.

"도통사나 순검사가 오기까지 몇 달이 걸릴지 알 수 없는데, 그때까지는 대영솔께서 술름의 보기(步騎)를 모두 통솔하셔야지요. 오름의 목감이 그 일을 대신할 수는 없으니."

본격적인 침공은 일어나지 않았으나, 술름 방어군의 주력

---

* 기병을 부릴 권한이 담긴 명령장.

을 대파한 토르가이는 활동 영역을 초원 전체로 넓히고 있었다. 그 기세라면 거문담 동쪽의 정향뿐 아니라 사라의 영역으로 여겨지던 우향까지도 마목인의 손에 떨어질 게 자명했다.

토르가이가 다시 세력을 규합하여 술름고리 쪽으로 정렬하자, 윤해는 마지못해 전장으로 나갔다. 사량의 끝없는 청탁 때문이기도 했지만, 그보다는 달낙현이라는 이름의 좌기대대감을 직접 보고 싶은 마음이 컸다. 윤해가 당도한 지 며칠이 지나도록 달낙현은 한 번도 고리에 돌아오지 못했다. 초원의 상황이 그만큼 급박하게 돌아간다는 의미이기도 했다.

얼굴을 직접 드러낼 수는 없었으므로, 윤해는 우선 벽과 지붕이 있는 마차를 구했다. 그런데 왕의 마차처럼 흔들림이 없는 마차는 나라 전체에 왕의 마차 한 대밖에 없어서, 윤해는 백 걸음도 채 못 가 마차를 멈춰 세우고 가마를 불러야 했다. 폭풍에 표류하는 난파선을 탄 듯한 진동에 허리가 끊어질 것 같아서였다. 갈아탄 가마는 여덟 명이 지는 큰 가마였는데, 그 근방에서 그런 걸 가진 이는 한사량밖에 없었다. 돌고 돌아 다시 한씨 집안이었다.

윤해는 양쪽 군대가 대치한 곳에서 충분히 떨어진 데에 가마를 세워두고, 창문을 들어 전장을 내려다보았다. 본격적인 접전이 일어날 것 같지는 않았지만, 기병끼리의 신경전은 계속되는 듯했다. 맨 먼저 윤해의 눈에 띈 건 아군 진영의 중앙에 모여 있는 기창대였다.

"중군은 궤멸했다고 하지 않았소?"

말을 타고 가마 옆까지 따라온 한사량이 사정을 설명했다. 대영솔의 가마 옆에 설 자격이 있는 자가 아니었지만, 누구라도 서 있으면 그쪽이 지휘관인 줄 알 터이므로 오해하도록 내버려두었다.

"기수는 궤멸했습니다만 전마는 아직 남아 있어 말을 탈 수 있는 자를 모두 모아 기병처럼 보이게 세워두었지요."

"야인이 속을까요?"

"알 수 없지요. 그래도 당장 공격받고 있지는 않으니."

속지 않을 것 같았다. 같은 허수아비로서 하는 생각이었다. 토르가이가 공격을 망설인다면 그건 마목인 연맹 내부 사정 때문이지 저 허수아비 때문은 아닐 것이다.

아군에 진짜 기병은 좌기대뿐이었다. 그런데 막상 좌기대는 본대 근처에 있지 않았다. 기록에서 보았듯 별동대로 나가 본대의 지휘를 받지 않고 자유롭게 움직이는 모양이었다.

'저기서 먼지를 일으키며 달리는 게 좌기대겠군.'

깃발을 알아볼 수 없을 만큼 먼 거리였지만, 움직이는 모양을 보니 어느 쪽이 아군인지 알 것 같았다. 윤해는 좌기대의 수를 눈어림으로 세어보았다. 세는 요령을 따로 익히지는 못했으나 딱 봐도 채 1천 명이 안 돼 보였다.

윤해가 사량에게 물었다.

"좌기대는 간소해 보이는군요. 몇이나 되지요?"

"5백입니다. 성주께서 그보다 커지지 못하게 못 박아두었지요."

윤해는 고개를 끄덕였다. 겨우 5백이라니, 저 약소한 병력이 초원 전체를 누비면서 3천 명 같은 전과를 올리고 있었다. 거리가 너무 멀어 좌기대대감 낙현의 모습은 알아볼 수 없었다. 그래도 저 무리 안에 날카로운 송곳이 들어 있음은 부인할 여지가 없었다.

여느 마목인처럼 눈이 좋은 다르나킨은, 언덕 위 가마에 탄 여자의 얼굴을 자세히 살폈다. 왕의 조카답게 고상함이 느껴지는 이목구비였으나 한사량의 것으로 보이는 가마를 빼면 화려해 보이는 치장품이 하나도 없었다. 마치 여염의 부인 같은, 그렇게 보이고 싶은 모양새였다. 다만 찡그린 눈매에 학식과 호기심이 담겨 있는 것으로 보아, 전황을 모르고 구경하는 건 아닌 듯했다.

다르나킨은 말 머리를 돌렸다. 그날 내내 다르나킨은 적진영 주위를 넓게 돌면서 때때로 화살을 쏴 적진 여기저기를 자극해보고 있었다. 어디를 공격하면 어느 부족이 어떻게 반응하는지 알아보려는 것이었고, 결국은 잘 훈련된 토르가이의 중군 보창대를 기병으로부터 분리할 방법을 찾아내기 위함이었다.

그 일을 계속하면서 가끔 고개를 돌려 가마 탄 여자 쪽을 바라보았다. 그리고 생각했다. 한 가지 생각에 오래 머물고 싶지는 않았지만 딱 하나만은 간절히 바랐다.

'제발 돌격 명령은 내리지 말았으면.'

가마 옆에는 기수가 늘어서 있었다. 아마도 그들의 발 앞에는 휘(麾)가 대략 열 개쯤 널려 있을 것이다. 사라 사람들은 깃발 신호를 좋아했다. 전장에는 많아야 열 개쯤 가지고 다니지만, 병서에 나와 있는 건 도합 스물네 종류나 됐다. 혼란스러운 싸움터에서 병사들이 제대로 수행할 수 있는 명령은 기껏해야 다섯 개쯤이다. 그중에서는 추격이 제일 쉽고, 진의 간격을 펼치거나 좁히는 건 그래도 할 만했다. 후진 명령은 거의 있으나 마나였다. 후진기가 오르면 병사들은 천천히 뒤로 물러나는 게 아니라 그 자리에서 즉시 패주한다. 너무 이르게 전의를 상실하고, 대열을 이탈해 무기를 버리고 냅다 뒤로 달린다는 뜻이다.

그 많은 휘 중에서 다르나킨이 가장 싫어하는 건 돌격기였다. 기창 돌격은 정말이지 과대평가된 전술이었다. 잘 훈련된 보병의 벽을 중무장한 기병의 힘만으로 정면에서 깨부수겠다니. 상대가 오합지졸이면 의외로 잘 먹히는 전술이기는 하다. 돌격 명령을 내리는 마군장은 속수무책으로 깨지는 적의 보병 대열을 보며 명장이 된 듯한 기분마저 느낀다. 살아 돌아오는 경우라면 다 그렇다. 반대로 궤멸한 기병은 처참한 기분을 느끼겠지만, 궤멸하였으므로 기분이 어땠는지 말할 기회가 없다. 성주 한음사에게 일어난 일이었다.

'아!'

불길한 예감이 또 들어맞았다. 언덕 위 가마 옆에 휘가 올랐다. 돌격 준비 명령이었다. 중앙에 있는 아군 오합지졸 기병에게 돌격대형으로 간격을 좁히라는 지시가 떨어진 것이었다.

제일 싫어하는 명령이었지만, 다르나킨은 길게 생각하지 않고 적진의 변화를 살폈다. 적 보창대의 움직임이 기민해졌다. 좌우로 길게 늘어선 대형 전체의 길이는 변함이 없지만, 끝에서 끝까지 쭉 이어져 있던 대열 중간중간이 갈라지며 일선 보창대 전체가 여덟 개의 네모로 나뉘었다. 즉, 중간중간 빈틈이 생겨나는 대신 각각의 덩어리는 전보다 훨씬 빽빽해졌다. 보병 이선의 변화도 일선과 비슷했는데, 다만 밀집된 대형의 개수가 일곱으로 하나가 적었다. 돌격하는 아군 기병이 일선의 빈틈을 지나면 이선에 놓인 또 다른 창병 대열과 만나게 되는 셈이다.

다르나킨은 상대 보병 진영 일선의 맨 오른쪽 밀집대형 가까이로 말을 몰았다. 좌기대에 따로 명령을 내리지는 않았지만 다들 알아서 그 뒤를 따랐다. 이래도 되나 싶을 만큼 가까이, 화살 사정거리 안까지 다가가자, 다르나킨은 밀집한 창병을 향해 화살을 쏘아댔다. 별다른 명령은 내리지 않았지만, 대략 5백 기의 좌기대가 그를 똑같이 따라 했다. 간격을 좁힌 채 돌격에 대비하던 적 보병은 화살 공격을 맞고도 대열을 넓히지 않았다.

'돌격하기 전까지 최대한 화살을 퍼붓자.'

다섯 번, 여섯 번, 일제사격을 퍼부었다. 그러자 토르가이의 일선 맨 우측 제대는 거의 대열이 붕괴될 만큼 혼란에 빠졌다. 다르나킨은 쉬지 않고 화살을 뽑아 활에 쟀다. 그러면서 거침없이 화살을 쏴댔다.

그런데 문득 이상한 생각이 들었다. 돌격 명령이 떨어지지 않고 있었다. 다소 의아했지만 개의치 않고 다시 두 차례 더 일제사격을 퍼부었다. 조바심이 난 상대 보병 대열이 집중사격을 피해 조금씩 간격을 넓히는 게 보였다. 그때 후방에 있는 아군 본대에서 마침내 돌격을 알리는 나팔 소리가 울렸다. 그러자 적의 창병이 다시 밀집대형으로 돌아가 곧 있을 충돌에 대비했다. 다르나킨은 마지막으로 화살을 퍼부으며 생각했다.

'돌격 명령만은 제발!'

그런데 기적 같은 일이 일어났다. 언덕 위 대영솔의 가마 옆에서 돌격 준비 해제를 알리는 휘가 올랐다. 다르나킨은 그 기를 보자마자 재빨리 뒤로 물러났다. 더 이상의 집중사격을 피하기 위해 빠르게 간격을 넓힌 토르가이군이 기병을 보내 추격했으나 다르나킨은 이미 사정거리를 훌쩍 벗어난 뒤였다.

좌기대는 후방으로 돌아와 새 말로 갈아타고 전통(箭筒)을 가득 채웠다. 잠시 후 다르나킨이 다시 전장으로 나오자 또 한 번 언덕 위에서 돌격 예비 신호가 떨어졌다. 이번에도 토르가이군은 준비된 진형으로 돌격에 대비했다. 일제사격의 표적이 되기 딱 좋게 좁은 공간에 모여 들었다는 의미였다. 이번에도 다르나킨은 뻔뻔하게 사정거리 안까지 달려들어갔다. 사냥터를 두고 으르렁대는 두 마리 맹수 사이를 눈치 없이 맴도는 파리 떼 같았다. 그런 다음 다시 화살을 마음껏 퍼부었다. 이번에도 돌격 예비 신호는 능청스럽게 늘어졌다. 화살이 계속 쏟아졌고, 빽빽하게 붙어선 적의 우측면은 다시 빠르게 허물어졌다.

그 일이 반복되자, 토르가이의 우군 기병이 갑자기 대열 밖으로 돌출되어 나왔다. 다르나킨은 서서히 물러나며 추격대를 활로 공격했다. 그러자 술름군 진영 언덕 위에서 나팔 소리가 들렸다. 이제 진짜 돌격 신호가 들릴 차례였는데, 실제로 들린 건 조금 전과 똑같은 돌격 준비 신호였다. 토르가이의 추격대는 다르나킨을 더 깊이 따라나서지 않았다. 돌격에 대비해 진형을 갖추려는 것이었다.

다르나킨은 추격대가 물러난 거리만큼 잽싸게 다가가 다시 창병 대열에 화살을 퍼부었다. 상대 진영이 움찔거리는 모습이 보였다. '어차피 술름의 중군 기병은 허수아비일 텐데 어서 달려 나가서 해치워버리지!' 하는 마음이 이글거리는 게 보였다. 하지만 토르가이는 허락하지 않았다. '만에 하나 저 중군이 허수아비가 아니면 어쩌려고.' 그렇게 판단한 모양이었다. 중요한 싸움도 아닌데 유리한 입장에서 괜한 모험을 할 필요는 없었다. 마목인답지 않은 선택이었지만, 그것이야말로 토르가이가 마목인 부족을 수십 개나 병합한 비결이었다.

다르나킨이 이제는 정말 물러나야겠다고 마음먹을 때쯤, 기가 막히게도 돌격 해제 신호가 들렸다. 정말 딱 알맞은 신호였다. 다르나킨은 언덕 위를 올려다보았다. 가마에 난 창이 닫히고, 가마꾼들이 가마를 메는 모습이 보였다. 정면에서는 토르가이군이 진영을 뒤로 훌쩍 물렸다. 아마 토르가이도 깨달았을 것이다. 술름고리 쪽에 뭔가 심상치 않은 변화가 생겼다는 사실을.

한사량은 윤해가 전장에서 휘를 시험 삼아 들었다 내렸다 한 일이 내심 마음에 드는 눈치였다. 그의 청탁대로 대영솔이 좌기대대감을 길들이려 한 것이다. 사량은 그렇게만 알고 있었다. 싸움을 잘 모르는 그는 토르가이가 진영을 멀찍이 물린 이유를 짐작하지 못했다.

윤해는 글로만 보던 달낙현의 좌기대가 눈앞에서 움직이던 모습이 눈에 선했다. 그의 좌기대는 말 그대로 전장 전체를 돌아다니며 기창 돌격 외에 필요한 모든 일을 다 했다. 기록에 나와 있는 대로 전후방 좌우 측면 할 것 없이 어디에나 안 가는 곳이 없었다. 상대도 어차피 마목인인데, 그 마목인과 비교해도 월등히 부지런하고 훨씬 더 빨랐다.

객사로 돌아와 이제 겨우 신발을 벗고 대청에 올라설 때쯤, 객사 구실아치가 손님이 왔다고 일렀다. 대문 쪽을 돌아보니 야인 복장의 무관 하나가 먼지를 뒤집어쓴 채 걸어오고 있었다. 보라색 네모가 촘촘하게 늘어선 바둑판무늬의 얇은 양모 바지가 눈에 띄었다. 행색이나 거동을 보니 아무래도 좌기대대감일 듯했으나, 사실 그건 말도 안 되는 일이었다.

'설마 그 좌기대가 여기에도 와 있을 리 없지. 조금 전까지 성외에 있었으니까. 나는 이제 겨우 신발이나 벗는 참이고.'

그때 손님이 고개를 숙여 예를 표하며 대단히 공손한 투로 말했다.

"대영솔을 이제야 뵙습니다. 토르가이의 군세가 북으로 물러갔기에 전장을 정리하고 귀환했습니다."

낭랑한 목소리였다. 글 읽는 선비와는 또 다르게, 전장에서 오래 살아남은 자의 강인함이 담긴 음색이었다. 기골이 장대하기보다는 호리호리하게 날렵한 몸매였으나, 다부진 몸에 눈빛이 강렬한 사내였다.

그럴 리가 없다고 생각하며 윤해가 물었다.

"그대는 혹시?"

"좌기대대감 다르나킨이라 합니다."

"설마."

이름이 다르나킨이라 했다. 달낙현이라고, 심지어 어디에는 월낙현이라고도 씌어 있는 이름의 원래 소리는 저렇게 발음되는 모양이었다. 윤해는 마음을 가라앉히고 직책에 맞는 대답을 했다.

"다르-나킨 대감. 수고가 많았소. 덕분에 구원군을 기다릴 시간을 며칠이나마 더 벌었습니다."

그러자 낙현이 말했다. 짧지만 가장 필요한 말이었다.

"덕분입니다."

"덕분? 내가 뭘 했다고? 이제 부임해서 짐이나 풀었을 뿐인데."

"휘를 들어주신 덕분에."

"휘? 그거야……"

윤해는 의아했다. 그저 시험 삼아 들어본 것뿐인데. 그것도 한사량의 성화에 못 이겨 전황에 방해가 안 될 만큼 아주 조금만 움찔거렸을 뿐인데. 윤해가 다시 말했다.

"그거야 대감이 움직이는 걸 보고 따라 한 것뿐이잖소."

그 말에 낙현이 밝게 웃었다. 분명 많은 말이 생략된 듯했으나 낙현은 짧게 한마디를 보탤 뿐이었다.

"돌격기는 들지 않으셨으니까요."

낙현이 꾸벅 고개를 숙이고 문을 나갔다. 윤해는 좀처럼 나이를 가늠할 수 없는 마목인의 이름을 여러 번 소리 없이 발음해보았다. 다르나킨, 다르나킨, 하고.

다시 고개를 돌려 방으로 들어가려는데, 객사 구실아치가 긴급한 서신이 왔다며 윤해를 재차 불러세웠다. 서신을 받아 봉투를 열어보니 짤막한 전황 보고가 들어 있었다. "토르가이의 군세가 북으로 물러갔기에 전장을 정리하고 귀환했습니다"라고 쓰여 있었다. 조금 전 낙현이 말로 한 보고와 같은 내용이었다. 서신을 보낸 자는 물론 달낙현이었다. 선비처럼 정갈하게 쓰지 않고 아이들 글씨처럼 알아볼 수 있을 정도로만 투박하게 쓴 글씨체가 그의 목소리를 똑 닮아 있었다.

 글씨를 보고 있자니 자기도 모르게 웃음이 났지만, 윤해는 그 사실을 자각하지 못했다. 다만 윤해는 생각했다.

 '세상에, 호미야! 여기엔 자기가 보낸 서신보다 먼저 당도하는 사람이 있어.'

 그날 밤은 오랜만에 꿈을 꾸었다. 이유는 알 수 없으나 어쩐지 생생하고 영험해 보이는 꿈이었다. 윤해는 하늘 위에서 아래를 내려다보고 있었다. 삐죽 튀어나온 산 하나 없이 완만한 언덕만 드문드문 솟은 넓은 평원이었다. 염소 떼나 양 떼가 점점이 지나가는 듯했지만 너무 멀어 도저히 알아볼 수 없었다. 구름이 여기저기 그림자를 드리웠다. 초록 바다에 떠 있는 섬처럼 보였다. 그 모든 풍경 속에서 가장 웅장한 것, 거문담 유적이 그림자를 북쪽으로 짧게 드리운 채 서 있었다.

 그런데 자세히 보니 해에 가려 생긴 그림자 말고 다른 그림자가 보이는 듯했다. 얼룩 같기도 하고 무늬 같기도 한 무언가가 거문담 주변에서 소용돌이치고 있었다. 빨려 들어가듯, 거문담을 향해 둥글게 휘어져 들어가는 어둑어둑한 흔적. 소용돌이 그림자는 온 초원을 다 덮고 있었다. 술름고리는 당연히 들어 있었고, 점점 희미해지는 테두리를 더듬어가면 변경 마을이라 부를 수도 없는 사라국의 드넓은 경작지까지 포함될 것 같았다.

'나는 얼마나 높이 올라와 있는 걸까.'

그 생각이 들자마자 추락하며 깨는 꿈이었다.

윤해는 허우적거리듯 잠에서 깼다. 술름고리가 유배지로 정해진 건 아버지의 주청에 따른 것이었지만, 그건 결국 윤해의 의사가 실현된 일이기도 했다. 괴나리봇짐을 메고 언덕 쪽으로 부지런히 뛰어가는 회색곰 두 마리가 나오는 꿈, 그리고 거문담 근처에서 정말로 그런 곰을 봤다는 목격담. 둘을 연결 지을 수 있는 건 윤해밖에 없었다.

윤해는 그 일을 잊지 않았다. 분명 거문담에는 무언가가 있었다. 느닷없이 나타나 자기를 구한 말도 안 되는 크기의 곰개. 그걸 설명할 실마리가 그곳 어딘가에 있을 게 분명했다.

아직 날이 밝기도 전에 객사 서리(胥吏)를 불러 말을 내어 오라 일렀다. 서리가 말을 탈 줄 아시느냐고 묻더니 길잡이를 하나 붙여드리겠다고 아뢰었다. 말몰이꾼이라는 뜻이었으나, 말 위에 탄 자를 짐짝으로 대하는 의미로 들릴까 봐 다르게 말한 모양이었다. 윤해는 말고삐를 잡아줄 사람으로 적당히 새겨듣고 그리하라 하였다.

치마 위에 말군(襪裙) 바지를 덧입고 마당에 나서니 말몰이꾼이 말 두 마리를 이끌고 나와 있었다. 한 필에는 안장이 채워져 있고 다른 하나에는 아무것도 없었다. 전통에 활을 멘 말몰이꾼의 얼굴을 등롱 빛에 자세히 살펴보니 다름 아닌 대감 달낙현이었다.

"밤새 평안하셨습니까?"

윤해는 인사하는 좌기대대감에게 거두절미하고 물었다.

"길잡이라 들었는데 어찌 대감께서 나와 계십니까?"

"은밀히 움직이실 듯하여 제가 나왔습니다. 다른 사람 눈에 드는 일을 피하고 계시지요? 입단속을 하느니 이게 편합니다. 차분한 말과 활달한 말을 데려왔는데 안장은 일단 차분한 쪽에 올렸습니다."

낙현은 윤해를 거들어 말 위에 앉히더니 자기는 안장도 없는 말에 훌쩍 뛰어 올라탔다.

"거문담으로 가시지요?"

낙현의 말에 윤해가 또 놀라 되물었다.

"그걸 어떻게 알고 묻지요?"

"달리 갈 데가 없어서요. 이렇게 일찍 나서서 갈 데는 사방 천지에 거기뿐이라."

객사 문밖에는 개 한 마리가 줄에 묶여 있었다. 곰개였다. 크기는 했지만 그렇다고 소처럼 크지는 않은 보통 곰개.

두 사람과 말 두 마리와 개 한 마리는 등불도 없이 초원으로 향했다. 곧 해가 뜨기도 하겠지만, 이목을 끌지 않는 게 우선이라 불은 밝히지 않았다. 이따금 짐승의 기척이 들리면 곰개가 뛰어갔다가 금방 돌아왔을 뿐, 두 사람의 출타를 눈치챈 사람은 아무도 없었다. 그렇게 조심했는데, 막상 초원으로 나서니 수억 개나 되는 별이 탁 트인 하늘에서 지상을 내려다보며 조용히 속닥이고 있었다. 그런 곳에서는 그 어떤 것도 은밀하지 않을 것 같았다.

이윽고 동쪽 하늘 끝이 밝아졌다. 거문담이 바라보고 선 방향, 정향이었다. 윤해는 북쪽을 향하고 있었으므로 오른쪽에서 빛이 들고 있었다. 해가 올라오자 별들이 하나둘 자취를 감추는 모양이, 작게 속닥거리던 벌레 소리가 큰바람 소리에 묻혀 잠잠하게 들리는 것과 비슷하게 느껴졌다.

"옛날 사람들은 거문담을 거인에 비유했다고 합니다. 해 뜨는 쪽을 바라보고 있고, 오른쪽에는 술름고리가 있지요. 술 빚는 고을이라는 이름치고는 별 대단한 술이 없어서 실망하셨지요? 실은 옛날 옛적에 거문담에 제사 지내던 사당이 있던 데라고 합니다. 그때 쓰던 제삿술을 빚던 마을이 술름마리이고요, 제가 어렸을 때 듣기로는 거문담이 오른손잡이라 술잔을 오른쪽에 두었다고 합니다. 가마담, 고마담, 검담, 그때는 이름도 제각각이었고요. 자란 다음 그 전설을 되짚어 보니 곡주를 빚을 만큼 경작을 많이 하는 데가 이 근방에는 거기밖에 없더군요. 왼손잡이 거인이었어도 주안상은 그쪽에 놓는 수밖에 없었겠지요."

앞서가던 낙현이 조근조근 말했다. 그의 손에는 윤해가 탄 말의 고삐에 붙들어 맨 끈이 들려 있었다. 누가 보면 손발이 묶인 채 유배지로 끌려가는 여자처럼 보였을지도 몰랐다.

윤해가 물었다.

"대감은 몇 살이라 하였소?"

"정확히는 모르고, 같이 자란 이들이 스물대여섯 살이라 합니다. 저는 그보다 많을 수도 있고 적을 수도 있지요."

"어쩌다 나이를 놓치셨소?"

"부모가 버려서 세는 사람이 없었지요. 버린 건지 죽은 건지는 모릅니다. 앞에서부터 차곡차곡 세지 않으면 아무도 모르는 게 나이라 필요할 때 갑자기 셀 방법이 없는데, 그래도 크게 불편하지는 않습니다."

윤해는 그 일에 관해서 더 묻지 않았다. 대신 다른 궁금한 것을 물었다.

"우문인지 모르겠으나, 궁금한 게 있습니다. 어떻게 좌기대는 전장 어디에나 있는 거지요? 어제 들으니 병력은 5백이 다라고 하던데. 장계에 기록된 보고를 보면 못해도 3천은 돼야 말이 될 것 같더군요. 그렇지 않습니까?"

"아, 그 일은……"

낙현이 뜸을 들이다 말을 이었다.

"별거 아니고 사소한 오해가 있어서 그렇습니다."

"오해라고요?"

"소라울에 올리는 장계에는 사람 머릿수로 병력을 세게 되어 있습니다. 성주도 그걸로 만족했고요."

"그럼 달리 세는 방법이 있소?"

"목감이라면 조금 다르게 세지 않겠습니까?"

"다르게요? 다른 방법이 있나요?"

"만약 대영솔께서 목감으로 술름에 부임하셨다면 다른 수를 먼저 세셨을 겁니다. 초원의 마목인들이 다 그렇게 하지요."

"아!"

"쉽지요? 말의 머릿수를 세면 셈이 조금 다릅니다. 좌기대에 속한 말은 2천 2백이거든요. 5백 명이 그걸 갈아타면서 계속 돌아다니는 겁니다. 기병 하나에 서너 필의 군마가 필요해서 그렇습니다. 장계에는 쓰지 못했는데, 마목인의 눈으로 본 전황은 이렇습니다. 술름고리 전체에 군마 1만 마리가 있었는데, 일전의 전투에서 2천 정도를 잃었습니다. 죽고 다친 말과 빼앗긴 말을 합친 수입니다. 지금은 8천이 남았지요. 현재는 그게 전부 좌기대에 속해 있습니다. 중군에 내어 준 7백 정도를 빼고요. 토르가이는 말을 9천 마리쯤 데리고 있습니다."

"그렇게 세는 거군요. 그럼 아직 크게 밀리지 않는 거네요. 가만, 그래도 기병의 머릿수가 중요하기는 할 텐데요. 아무리 명마라도 말이 입에 창을 물고 달릴 수는 없으니."

"그럴 수는 없지요. 물론 그렇기는 한데, 토르가이는 사라인을 잘 모르니까 또 저만의 오해를 하고 있을 겁니다. 사라의 경작인은 인구가 워낙 많으니까 기병 같은 건 좀 잃어도 쉽게 채워질 거라고요. 반대로 이렇게 좋은 말은 한번 잃으면 절대 짧은 시간 안에 채워지지 않을 거라 여길 겁니다. 분명히 그렇습니다. 마목인이니까요. 말을 잃지 않았으니 마군은 건재할 거다, 토르가이의 판단은 그럴 겁니다. 경작인에 관해서보다는 말을 훨씬 잘 알아서 생기는 오해입니다."

낙현이 자기가 탄 말의 목을 쓰다듬으며 말했다. 목감의 자부심 같은 게 느껴지는 손짓이었다. 그런 낙현의 등에 대고 윤해가 말했다.

"그래서 허수아비 중군 기병에 돌격 준비 신호를 내려도 상대가 긴장하는군요. 탄 사람이 누군지는 몰라도 말은 정예 군마가 틀림없으니까."

"바로 그렇습니다. 지금 토르가이의 남하를 막고 있는 건 돌로 쌓은 술름의 고리가 아니라 이런 용맹한 말들일 겁니다. 숫자를 다르게 세보면 금방 자명해지는 일입니다. 토르가이처럼 세면 토르가이가 보는 대로 보일 테니까요."

두 사람이 거문담에 다다를 무렵에는 해가 이미 중천에 떠 있었다. 멀리서도 보이는 높은 담이었지만, 반대로 가도 가도 닿지 않는 신기루 같은 곳이기도 했다. 윤해는 솟아 있는 건물만 보고 거리를 짐작했지만, 낙현은 방향을 정할 때만 유적을 참고하고 남은 거리를 가늠할 때는 초원의 지형을 살폈다. 다 똑같은 풀밭이라 생각했는데, 낙현의 눈에는 다르게 보이는 듯했다.

두 사람은 마침내 거문담 입구에 이르렀다. 원래부터 있던 입구라기보다는 지진 같은 자연재해로 돌담이 무너진 곳이었는데, 그게 향하는 방향이 해 뜨는 쪽이었다.

예전에 읽은 책에서 말하길, 거문담에는 처음부터 입구가 없다고 했다. 드나들기 위한 시설이 아니라는 말이다. 고대인들은 왜 드나들지도 못하는 공간을 저렇게 거대한 벽으로 둘러쌌을까? 깜빡하고 입구 내는 걸 잊은 걸까? 물론 그럴 리는 없었다. 분명 의도가 있었을 텐데, 그게 뭔지는 전해지지 않았다. 단지 위세를 과시하기 위해서였을까? 그것도 아니었다. 그랬다면 좀 더 아름다운 구조물을 세웠을 것이다.

목적을 알 수 없다는 점은, 거문담을 연구한 고금의 모든 학자가 끝내 해결하지 못한 궁극적인 수수께끼였다. 딱히 목적이 없었으리라는 가정은 성립하지 않았다. 누구든 저만한 구조물을 세우려면 나라가 휘청일 정도로 재화를 쏟아부어야 한다. 모두가 동의할 수 있는 분명한 목적이 없었다면, 남아 있는 높이의 절반도 쌓기 전에 나라가 먼저 무너졌을 터였다.

윤해는 말에서 내려 입구 쪽으로 다가갔다. 벌어진 틈새는 안전해 보였다. 애초에 그만큼이나마 성벽이 무너진 게 더 신기한 일이었다. 전해지는 말과는 달리, 거문담이 지배하는 초원은 지진이 나지 않는 곳이었다.

윤해는 고개를 들어 한참 동안 위를 올려다보다가 성벽 안쪽으로 걸어 들어갔다. 무너진 지 오래된 돌담 위에는 흙이 쌓이고 풀이 자라 있었다. 어딘지 모르고 걸으면 평범한 언덕길로 보일 법한 입구였다. 입구 꼭대기에서 담 안쪽 아래를 내려다보니, 술름고리와 술름마리를 다 합친 것보다 넓은 공간이 펼쳐져 있었다. 소라울 8문 안보다는 조금 좁지만 그보다 작은 성읍은 전부 품을 수 있는 크기였다. 성읍이 들어서 있었다면 난공불락이라고 불렸을 요새. 그러나 그 안에는 아무것도 없었다. 그러니까 그 성벽은 애초에 성벽도 아닌 셈이었다.

"대감은 봇짐을 진 곰이 나타났다는 소문을 들은 적이 있소?"

윤해가 물었다. 낙현은 윤해가 혼자 둘러볼 수 있도록 입구 아래에서 말과 함께 기다리고 있었다. 낙현이 손을 뻗어 어딘가를 가리키며 큰 소리로 답했다.

"이 문을 나와 저쪽 좌향 쪽으로 뛰어갔다 합니다. 그러니까 북쪽으로요. 봤다는 자가 누군지 아무도 알 수 없는 이야기지만요."

윤해는 고개를 끄덕인 후 거문담 안쪽으로 혼자 걸어 내려갔다. 돌벽으로 둘러싸인 공터에는 남쪽 벽의 그림자가 짙게 드리워 있었다. 북쪽 절반은 그나마 빛이 조금 들었지만, 남쪽 절반은 지난번 내린 눈조차 녹지 않고 쌓여 있는 지경이었다. 윤해는 뭐라도 찾으려는 듯 보이는 모든 것을 눈여겨 바라보았다. 그러나 어디를 봐도 흙과 돌과 마른 풀뿐, 특별히 눈에 담아야 할 것은 아무것도 없었다.

'그래도 분명 뭔가가 있을 거야. 어쩌면 땅속 깊은 곳에 묻혀 있을지도 모르고.'

기록에 나와 있기를, 거문담의 땅은 아무리 깊이 파고들어 가도 무엇 하나 나오는 게 없다고 했다. 성벽 안팎의 높이가 별로 다르지 않으니 애초에 고대의 성읍 같은 게 땅속에 묻혔을 리도 없다는 것이었다. 직접 삽을 들고 여기저기를 파봤다는 기록도 이미 수백 년 전부터 전해오고 있었다.

목적 없는 발걸음이 어느새 공터 한가운데에 이르렀다. 내부가 막힘 없이 탁 트여 있어서 그렇지 절대 가깝지는 않은 거리였다. 입구부터 거기까지 걸어오는 사이 그림자의 위치도 조금 달라진 듯했다. 위쪽에서 불어 들어와 좁은 입구 쪽으로 빠져나가는 바람 소리가 괴이하게 울렸다. 커다란 울림통 속에 들어온 듯 신경을 긁는 소리가 사방에서 들려왔다. 거대한 짐승의 목구멍에 들어온 것 같은 고립감.

문득 위를 올려다보았다. 모든 방향으로 펼쳐진 검은 장벽이 일제히 안쪽으로 기운 듯했다. 움직이는 것은 아무것도 없었지만 모든 것이 가운데를 향해 휘어진 듯했다. 거문담의 장벽은 실제로 안쪽을 향해 조금 휘어진 모양이라고 했다.

윤해는 새삼 위화감을 느꼈다. 그런 곳에 서 있으면 당연히 느껴져야 할 감각이 어김없이 찾아들었다. 고립감과 폐쇄감이었다. 달아날 곳 없는 공간의 위압감. 종마금이 죽던 밤, 막다른 절벽 앞에서 느낀 공포가 되살아났다. 그것의 다른 얼굴은 절망감이었다. 덫에 걸린 사냥감의 본능으로 직감한 날카로운 죽음의 감각.

윤해는 빠른 걸음으로 입구 쪽을 향했다. 걸어도 걸어도 함정을 벗어나는 기분은 들지 않았다. 사방을 둘러싼 벽이 파도처럼 덮쳐오는 듯했다. 달빛에 쫓기는 밤길처럼, 아무리 걸어도 떨쳐낼 수 없는 풍경. 좀처럼 발이 떨어지지 않는 악몽과도 같은 길.

숨을 헐떡이며 입구에 다다랐다. 언덕을 올라 틈새 밖으로 나서니 밝은 빛이 눈앞에 쏟아졌다. 낙현이 아까와 똑같은 곳에 앉아 윤해를 올려다보고 있었다. 그 얼굴을 대하자 비로소 안도감이 밀려왔다.

술름고리로 돌아가는 길에 낙현이 물었다.

"빈터 가운데까지 가셨습니까?"

"그랬지요."

"그 느낌은, 모두가 좋아하지 않습니다. 그래서 입구 언저리만 들락거리다 나오지요."

혼자만 그런 건 아니니 자책하지 말라는 말 같았다.

"그렇더군요."

또 한참 뒤에 낙현이 물었다.

"다시 오실 계획이십니까?"

"당분간은 그러지 않으려고요. 당장 필요한 답은 얻은 듯하여."

그날 밤은 침소로 들어가 일찍 잠들었다. 윤해는 또 꿈을 꾸었다. 커다란 짐승이 되는 꿈이었다. 너무 거대해서 사지가 어디에 붙어 있는지 감각하기도 어려운 짐승이었다. 그걸 다 파악하고 나니 사지 말고도 팔이 몇 개나 더 있는 걸 알게 되었다.

짐승이 된 윤해는 덫에 갇혀 있었다. 사방이 완전히 가로

막힌 거무스름한 돌벽이었다. 자기가 내지르는 괴성마저 벽을 타고 도로 자기에게로 쏟아지는 장벽. 산만큼이나 키 큰 짐승에게도 만만하지 않은 높이의 돌담. 그건 분명 낮에 느낀 지독한 고립감의 연장이었다. 그래도 팔 같은 것을 뻗으면 무언가 시커먼 것이 하늘로 솟구쳐 올라 장벽 꼭대기에 닿을 것이다. 거기에 손 두 개를 걸치고 팔을 힘껏 당기면 함정을 벗어날 수 있을지도 모른다.

그런데 그렇게 마음을 먹기도 전에 하늘에서 불이 번쩍였다. 태양처럼 이글거리는 커다란 불덩이가 위로 난 구멍을 통해 아래로 쏟아져 들어왔다. 불꽃은 점점 커졌다. 어느덧 장벽 안이 환해졌다. 짐승의 거대한 그림자가 사방을 둘러싼 키 큰 장벽에 무섭게 드리웠다. 뜨거운 열기가 머리와 어깨와 팔을 불살랐지만, 갑옷처럼 단단한 피부는 불에 타지 않았다. 고통은 느껴졌지만 치명상을 입을 정도는 아니었다.

그때 윤해는 생각했다. 윤해가 꾸는 꿈속의 짐승이 하는 생각이었다.

'그걸 펴야겠군.'

윤해는 깨달았다. 짐승의 몸에는 날개가 있었다. 시커먼 등가죽 아래에, 어깻죽지에 달린 또 다른 팔처럼, 뼈와 신경과 핏줄이 이어진 날개가 숨어 있었다.

그래, 이걸 펴자. 두 다리를 힘껏 짓쳐 뛰어오른 다음 아무도 모르는 그 날개를 쫙 펼치면, 그러면……

"너의 세계로 빠져나갈 수 있지."

생생한 목소리가 꿈 전체를 뒤흔들었다. 윤해는 눈이 번쩍 떠졌다. 술름고리 객사 천장의 우아한 목조 구조가 윤해의 목적 없는 시선을 지붕 가운데로 이끌고 있었다. 너무나 생생한 누군가의 목소리가 넓고 텅 빈 침전을 오래 맴돌았다.

윤해는 어쩌면 거문담의 수수께끼를 풀 수 있을 것 같았다. 드나들 곳 없는 장벽, 한가운데 섰을 때 느껴지는 극한의 고립감, 이제는 정말 꼼짝없이 갇혔다는 판단, 덫에 걸린 사냥감의 본능적인 절망감까지.

낮에도 짐작했지만 이제는 확신이 들었다. 그것은 커다란 함정이었다. 그 안에 갇힌 괴물이 빠져나가지 못하게 단단히 틀어막는 높고 견고한 함정. 그게 거문담의 목적일 것 같았다.

3

 사라의 집은 바닥이 높았다. 부엌 아궁이에 불을 때면, 뜨거운 공기가 아무렇게나 흩어지지 않고 일부러 내놓은 길을 따라 바닥을 수평으로 흘러간다. 굴뚝은 연기가 지나는 길의 끝에 수직으로 나 있다. 사라인은 그 뜨거운 공기가 지나는 길 위에 돌을 놓는다. 돌을 굽는 셈이다. 집은 그 위에 얹어 놓은 장식 같은 것이다. 적어도 마목인의 눈에는 그렇게 보인다.
 다르나킨은 술름고리 객사를 올려다보았다. 지붕이 웅장하고 길게 드리운 처마가 멋진 건물이지만, 이 집 또한 본질은 바닥이다. 사라인은 잘 때도 방바닥에 붙어서 자고, 깨어 있을 때도 바닥에 앉는다. 공들여 지은 방바닥이 너무 소중한 나머지 방에 오르기 전에는 꼭 신발을 벗는다. 신발을 신고 바닥에 오르는 건 집에 대한 모욕이다. 집으로 인정하지 않겠다는 뜻이다. 정확하게는 "너 따위가 머무는 곳을 사람이 기거하는 집으로 인정하지는 않겠다"라는 과격한 선언이다.

"안으로 모시게."

영윤해의 목소리가 객사 안에서 들려왔다.

'안으로?'

다르나킨은 당황스러웠다. 보고를 하러 온 적은 수없이 많았지만, 객사나 동헌 안으로 들라는 말을 들은 건 처음이었다.

'신발을 벗어야 하는 건가?'

신발 두 짝을 한 손에 들고 말을 타듯 마루 위로 성큼 올라섰다. 구실아치에게 신발을 내미니 손짓으로 마루 아래 댓돌을 가리켰다. 댓돌 위에는 다른 이의 신발이 놓여 있었다.

'저걸 밟고 마루에 올라서는 거구나.'

돌이켜보니 그렇게 오래 술릉에서 지냈어도 사라인이 집 바닥에 오르는 광경은 본 기억이 없었다.

맨발로 디딘 마룻바닥이 차가웠다. 구실아치가 내미는 버선을 신고 안으로 들어갔다.

집은 방이 열여섯 개였다. 가로세로 각각이 네 칸이었는데, 바깥에 있는 열두 칸은 외풍을 맞아 싸늘했다. 대영솔이 쓰는 공간은 가운데에 있는 네 칸이었다. 여름에는 뗄 수 있는 문이 달려 있어, 다 닫아놓은 겨울철에는 집 안에 든 집처럼 아늑해 보이는 공간이었다.

앞에 있는 문을 열고 안으로 들어가려는데 구실아치가 고개를 가로저었다. 그쪽으로 출입하면 안 된다는 뜻으로 읽혔다. 그를 따라 건물을 반이나 돌아가니 마침내 열어도 되는 문이 나왔다. 거기까지 그리 멀지 않은 거리를 걸어오는 사이, 다르나킨은 사라인이 왜 자기 집 방바닥을 섬기다시피 하는지 알 것 같았다. 구운 돌 위에 얹은 방바닥은 계절을 잊게 할 만큼 따스했다. 세상은 겨울인데 마치 봄 위를 걷는 기분이었다.

'사라인은 돌격과 형식과 방바닥을 섬기는구나.'

그가 문 안으로 들어서자, 책상을 앞에 놓고 바닥에 앉은 대영솔이 의아하다는 표정으로 올려다보았다.

"좋은 일이 있으신가 봅니다."

비로소 다르나킨은 자기 얼굴에 떠오른 표정을 짐작할 수 있었다.

대영솔을 본 건 며칠 만이었다. 원래도 대영솔은 바깥출입이 잦지 않았지만, 거문담에 다녀온 뒤로는 보기가 더 어려웠다. 옛 유적에서 무얼 보고 왔는지, 고심이 부쩍 많아진 눈치였다. 그렇다고 객사 구실아치들이 말했다. 그러나 다르나킨으로서는 지체할 여유가 없었다. 이쪽은 이쪽대로 상황이 급박했다. 무엇보다 그에게는 도움이 필요했다. 다가올 폭풍을 함께 버텨낼 언덕이 그 어느 때보다 절실했다.

다르나킨의 청에 따라 윤해가 관속(官屬)을 모두 물린 다음에야, 다르나킨은 품에 든 물건을 꺼냈다. 다르나킨은 야인들이 겨울에 입는 옷을 입고 있었다. 품이 커서 안에 몇 겹을 더 입었는지 알 수 없는 옷이었다. 그가 꺼내놓은 건 글씨 한두 자가 적혀 있는 짤막한 천 조각 뭉치였다.

"이게 뭡니까? 좋은 소식입니까?"

대영솔이 물었다.

"실은 나쁜 소식입니다."

다르나킨은 얼른 정신을 차려야겠다고 생각하며 답했다. 방석 아래 바닥이 뜨끈뜨끈해서 좋았다. 마음이 온통 그쪽에 쏠려 있었다.

그제야 다르나킨은 대영솔 앞에 놓인 낮은 책상이 눈에 들어왔다. 마찬가지로 언뜻 소박해 보이던 문갑과 넓은 방 한쪽에 우두커니 서 있던 장롱에도 눈이 갔다. 천장이나 문살처럼 객사에 붙박이로 달려 있는 것들이 더 화려하고 웅장했지만, 왠지 눈이 오래 머무는 건 들어서 옮길 수 있는 세간살이 쪽이었다.

"대감, 뭘 그리 넋을 잃고 보고 있습니까? 오늘은 대감답지 않습니다."

윤해가 또 의아한 듯 물었다. 다르나킨은 서둘러 말을 돌렸다.

"아, 예. 이것은 간자(間者)가 보내온 첩지(諜知)이온데, 모호한 것이 많아 모두 모아왔나이다."

대영솔이 눈썹을 움직여 호기심을 드러냈다.

"첩지요? 야인 진영에 간자를 심어두셨습니까?"

"심어두었다기보다는 어릴 적 동무가 지금은 그쪽에 가 있습니다. 우리 오름에도 적의 간자 일을 하는 자가 있을 수 있지만, 그걸 다 잡아낼 수는 없습니다. 원래 그런 거라."

"원래요?"

"새 같은 거죠. 새는 국경을 따지지 않으니까. 간자라 부르니까 그때부터 간자지 일부러 집어넣은 건 아닙니다. 원래 마목인은 땅에 매여 있지 않아서 뭉치고 흩어지는 게 빠릅니다. 보통은 흩어져 있습니다만, 뭉칠 때는 또 지금의 정향인처럼 이삼십 부족이 초원의 비구름처럼 크게 들고 일어나지요. 흩어놓고 보면 언제 그랬나 싶게 작은 세력이기도 합니다."

"그렇습니까? 또 배웁니다. 그럼 나쁜 소식이라는 건 뭐지요?"

다르나킨은 윤해의 책상 앞에 다가앉아, 가져온 천 조각을 손에 들어온 순서대로 늘어놓으며 말했다.

"이런 걸 화살에 매어 싸움 중에 이쪽으로 쏘아 보내면, 싸움이 끝난 뒤에 잽싸게 거둬들입니다."

"솔밭에서 바늘 찾기 같을 텐데요."

"약속된 위치가 있어서 생각보다 쉽습니다."

"과연, 그렇겠군요. 그래서요?"

다르나킨은 객사 주인의 눈을 똑바로 바라보았다. 정말 의지할 만한 사람인지 확신이 필요해서였다.

"적진에서 보내는 서신이니 길게 쓸 형편은 못 되고, 간자에게는 적진의 진짜 사기만 살펴달라 일렀습니다."

"대감이 전장에서 직접 부딪쳐도 알지 못하는 진짜 사기라는 게 따로 있습니까?"

제대로 된 질문이었다. 다르나킨은 조금 안심이 됐다.

"훈련으로 꾸며낼 수 있는 사기도 있으니까요. 토르가이는 신중한 자이지만, 실은 난폭한 자이기도 합니다. 감정을 잘 드러내지요. 그걸 적에게까지 드러낼 만큼 분별 없는 자는 아니지만 가장 가까이에 있는 자들은 별것 아닌 일로 고초를 겪기도 합니다. 귀나 코가 잘릴 수도 있고요."

윤해는 그 말을 듣고 굳은 표정을 지었다. 소라울의 일이 떠오른 탓이었다.

"그래서요?"

다르나킨이 답했다.

"추장(酋長)은 곧 깃발입니다. 추장 자신이 사기이고 기세지요. 깃발이 제대로 서 있으면 사소한 패전은 문제가 되지 않습니다. 반대로 깃발이 꺾이면 아직 싸울 수 있는 싸움도 지레 포기하는 경우가 허다합니다."

"그러니까, 군의 기세는 높으나 추장의 기세는 꺾여 있는 때가 있다?"

곧장 핵심으로 파고드는 질문에, 다르나킨은 새삼 대영솔이 병법을 꽤 잘 이해하고 있을 거라 짐작했다. 싸움에서 중요한 건 당장 사상자를 얼마나 내느냐가 아니라 무리의 기세를 꺾는 일이라는 것 정도는.

대영솔의 방 한쪽에 쌓여 있는 병서가 괜한 장식품은 아니라는 사실은, 가마를 타고 언덕에 올라 휘를 들고 내리는 솜씨만 봐도 알 수 있었다. "그저 좌기대의 움직임에 맞춘 것뿐"이라고 겸손하게 답하기는 했지만, 그렇다 해도 신기하기는 마찬가지였다. 술름의 어느 사라인 성주도, 마목인 목감이 이끄는 좌기대에 본대를 맞출 생각은 한 적이 없었다. 형식을 너무 숭상한 나머지 눈앞의 일을 외면한 결과였다. 그런데 지금의 대영솔은 형식이 아니라 실재를 보고 있었다. 그것 말고는 아무것도 안 보이는 듯했다.

"그렇습니다."

다르나킨은 짧게 대답했다. 더 긴 설명을 해야 할 줄 알았는데, 그럴 필요가 없어 보였다.

"그러니까 간자에게 토르가이의 기세를 써서 보내라고 했다는 말이지요? 단지 그것만."

"보내는 첩지는 짧을수록 안전하니까요."

"좋네요. 자, 그럼 그 나쁜 소식이란 건 뭔가요? 애매한 건 또 뭐고?"

"여기를 보시면."

천 조각을 보느라 눈을 떨구는데, 다시 책상이 눈에 들어왔다. 화려하고 섬세한 무늬가 표면에 가느다랗게 새겨져 있었다. 깊지도 않고 선이 또렷하지도 않아서 과시하는 문양은 아니었다. 자세히 들여다보지 않으면 아예 눈에 띄지도 않을 장식이었다. 눈이 침침한 노인이나 그 비슷하게 눈이 나쁜 경작인이라면 그저 소박한 물건으로 보았을지도 모른다. 그러나 마목인의 눈에는 훤히 보였다. 책상 다리를 휘감고 올라오는 작은 곡선이 상판에서 어렴풋이 봉황의 형상으로 합쳐지는 모습이.

"대감?"

다르나킨은 다시 정신을 붙들고 말을 이었다.

"여기를 보시면 아시겠지만, 첩지에 적힌 글은 길지 않습니다. 너무 짧아서 무엇에 관한 내용인지 모르면 뜻이 애매하지요. 혹시 이날 첩보 내용을 알아보시겠습니까?"

"글쎄요. 이게 글자는 맞나요?"

"아닙니다. 막대기를 그린 겁니다. 풀이하면, 토르가이가 몽둥이로 측근 중 누구를 팼다는 뜻입니다. 아마도 휘하의 장수겠지요."

"저런. 적이 먼저 주웠어도 그렇게 새기기는 힘들겠군요."

"그렇습니다. 이런 날은 적의 사기가 높지 않습니다. 이런 날일수록 겉으로는 군기가 바짝 들어 보이지만 실제로는 반대지요. 그렇게 쓰는 게 요령입니다. 이걸 잘하는 유능한 간자인데, 최근에 이자가 이 일에 너무 맛을 들이는 바람에 표현이 약간 난해해졌습니다."

"맛을 들여요?"

"너무, 뭐라고 하면 좋을까요?"

"너무 운치 있게 쓰려고 애쓴다? 시문을 짓듯이?"

"시문을 짓듯이! 그 말씀이 맞습니다."

다르나킨은 이 영민한 사라인이 마음에 들었다. 대영솔은 그 방에 놓인 가구 같았다. 자기를 드러낼 생각이 없고, 자세히 보지 않으면 소박하다 못해 투박해 보일 지경이지만, 조금만 눈여겨보면 알 수 있었다. 소박하되 아름답고 검소하되 화려하며 단순하되 정교한 최상품이라는 사실을. 품을 많이 들여 정성스레 매만지고 흠결이 없도록 오래 다듬은 물건이라는 것도.

자세한 사정은 몰라도, 대영솔이 자기를 숨기는 이유도 바로 그 때문일 것이다. 조금만 오래 눈이 머물러도 금방 고귀함이 드러나고 말 테니. 그런 사람은 고난을 겪는다. 초원에서나 소라울에서나 마찬가지일 것이다.

"이게 바로 어제 날아온 첩보입니다."

다르나킨은 맨 마지막으로 회수한 천 조각을 가리켰다. 윤해는 거기에 씌어 있는 글자를 유심히 들여다보았다. 글자인지 그림인지, 아니면 모양을 흉내 내 만든 글자를 대충 흘려 쓴 건지 구별이 안 됐다.

"뭔지 모르겠는데요. 옛 마목인의 글자 같은 걸까요?"

"글쎄요. 그럴 수도 있지만 마목인은 대체로 옛날 글자에 관심이 없고, 누군가 관심이 있대도 이자는 절대 아닐 듯합니다."

둘은 책상 위에 놓인 조각 천을 한참이나 말없이 들여다보았다. 다르나킨이 먼저 입을 열었다.

"이게 무슨 뜻인지는 몰라도 앞선 기별을 쭉 이어서 보면 토르가이의 공격 채비가 순조롭게 진행되는 건 분명해 보입니다."

"나쁜 소식이란 그거였군요. 내분 중이기를 기대했는데, 지금 한 말씀이 사실이면 소라울에서 도통사가 오기를 기다릴 때가 아니겠군요. 어디 한번 자세히 설명해보시지요. 나는 봐도 무슨 말인지 알기가 어려워서."

긴급하게 소라울로 장계가 올라갔다. 윤해가 직접 쓰지 않고 서리(書吏)에게 내용을 불러준 다음 새로 문장을 지어 쓰게 했다. 실제로 글을 쓴 이가 누구인지 알 수 없게 하려는 조치였다. 누가 쓰든 이름이야 어차피 대영솔의 것을 빌리게 되어 있었으므로, 쓴 사람을 감추는 데는 그만큼이면 충분했다. 장계에 담긴 말은, "야인이 세력을 규합해 총공세를 준비하고 있으니 속히 지원군을 파견해달라"고 임금께 청하는 내용이었다. 자칫하면 또 역사책에 한 줄이 되어 남을 만한 일이었다.

파발이 밤새 말을 달려, 불과 엿새 뒤에 조정에서 회신이 당도했다. "그러지 않아도 잘 준비하고 있으니 작은 도발에 크게 날뛰지 말고 변경을 잘 지키라"는 내용이었다. 왕의 이름으로 온 답신이었지만, 그 또한 실제로 쓴 이가 누구인지 알 수 없는 글이었다.

다만 술름고리에서 보내온 장계는 기별지(奇別紙)에 실려 조정 신료들에게 두루 읽혔다. 서운관감(書雲觀監) 은난조가 윤해에게 따로 서신을 보내온 것도 그것이 계기였다. 무관도 문관도 아닌 천문을 기록하는 일관(日官)의 서신이었으나 그의 부친이 조정의 최고 어른인 태보 관직에 이른 자였으므로, 지난번 일도 그렇고 역시 남의 눈에는 의미심장해 보일지도 모를 일이었다.

열어본 서신의 내용은 뜻밖에도 다정했다. "직접 뵈온 지 오래이나 늘 가까이 지내다 멀어진 생각을 하니 계절이 변해 천구에서 사라진 별을 궁금해하듯 빈 데가 허전하옵고" 하는 인사로 시작하는 편지였다.

'이자가 또 어느 집안을 멸하려고?'

윤해는 습관적으로 발끈했지만, 서신을 접어 봉투에 고이 넣고 책상 위에 몇 날을 모셔두었다. 형혹성(熒惑星)이 어쩌고 역행이 어쩌고 하는 일관의 상투어가 길게 이어진 편지의 끝에는 심지어 이런 말도 적혀 있었다. "이번에 옛 태복감(太卜監) 서고에서 발견한 고천문서를 고증하다 혹 거문담에 관한 언급이 아닌지 확인할 기록이 여럿 나왔습니다. 그 일을 겸하여 좋은 계절에 술름으로 한번 찾아뵙고자 하나이다."

윤해는 그 말을 떠올리며 거듭 생각했다.

'아, 이자가 정말 또 어느 집안을 멸족하려고 이러는 걸까.'

그러면서도 좋은 계절이 올 때까지 술름에서 한번 살아보고 싶어졌다. 겨우 그 정도 다정함에 별안간 눈물이 치밀어

오르지 않는 평범한 나날을, 짧게라도 마음껏 누려보고 싶었다.

아비의 서신은 난조의 편지보다 조금 늦게 당도했다. 아버지는 건조하게 조정의 분위기를 전했다. 그 전 장계에서 야인이 초원으로 물러갔다는 소식을 전한 이후 조정은 이미 마음을 놓은 것 같다고 했다. 모두가 정말로 야인의 위협이 정리됐다고 믿는 건 아니지만, 한번 안심하기로 결의한 뒤에는 되돌리기 힘든 게 조정의 사정이라 했다. 태평성대란 말이 그렇게 무거운 거라고. 편지의 끝에는, "아무튼 네가 신경 쓸 일이 아니니 그저 건강하게 겨울을 나다가 때가 되어 부르거든 돌아오거라" 하는 까끌까끌한 인사가 붙어 있었다. 윤해는 부친의 서신에 회답하지 않았다. 하기는 난조의 편지도 마찬가지였다.

대신 윤해는 출타가 잦아졌다. 우선 좌기대 병력을 구백구십까지 늘리도록 재가한 다음 새로 충원된 기수들이 훈련하는 광경을 보러 자주 밖에 나갔다. 여덟 명이 드는 가마에 탄 채였지만, 돌아오는 길에는 말들을 유심히 살피기도 했다. 한사량이 부관처럼 대동했으나, 윤해의 본의와는 상관없는 일이었다.

다만 윤해는 한사량의 추천대로 한음사의 장자인 한채주를 보사대영감(步射隊令監)으로 임명했다. 마군은 왕의 것이므로 기대 하나의 수를 1천 이상으로 늘리려면 왕이나 병부(兵部)의 재가가 필요하지만, 보병은 지방의 귀족이나 성주가 사정에 따라 재량껏 늘려도 됐다. 그렇게 해도 왕의 심기를 거스르는 일이 아니었다. 윤해는 한채주에게 술름의 요새 방어를 맡길 계획이었다. 대신 원래 방어군에 속한 자 중 경험 많은 보창병을 뽑아 야전 중군 보창대에 충원했다.

'왜냐하면, 호미야, 이건 결국 피할 수 없는 싸움이 될 거거든. 허수아비로 죽을 수는 없으니까.'

확실히 토르가이의 군세는 멀리 물러나 있었지만, 윤해나 낙현은 정향의 야인이 평정되었다고 생각한 적이 한 번도 없었다. 당연한 일이었다. 평정은 자연히 생기는 현상이 아니고 누군가 직접 해야만 이루어지는 일인데, 그 일을 할 당사자인 두 사람은 아직 토르가이를 제대로 물리친 적이 없었다. 놔두면 알아서 분열되는 게 마목인이라고도 하지만, 지금의 정향 마목인에게는 그럴 이유가 없어 보였다. 토르가이가 조용한 건 뭔가 다른 일을 꾸미고 있기 때문일 것이었다.

두 사람에게 그 겨울은 태평성대가 아니었다. 윤해는 낙현이 자기를 훈련하려 한다고 생각했다. 그건 나쁘지 않았다. 책에서만 본 보병과 기병이 실제로 어떤 건지 체감하는 건 윤해에게도 도움이 됐다. 특히 초원의 마목인 기병이 사라의 경작인 기병과 어떻게 다른지 직접 보는 것은 술름이 아니고

서는 할 데가 없는 경험이었다. 윤해는 싸우는 법을 익혀야 했다. 말로 이루어진 장기판에서 아버지를 상대하는 정겨운 놀이가 아니라, 실물을 두고 싸우는 법을 연마해야 했다. 탈출은 아직 완성된 게 아니었고, 윤해에게는 분명 이겨야 할 싸움이 있었다.

윤해가 누구인지에 관한 소문은 편지보다 더디게 술름에 당도했다. 마물을 부려 남편감을 잡아먹고 변방으로 쫓겨났다는 소문이었다. 초원에서 그 소문은, 윤해 자신이 마물로 변하는 걸 누군가 봤다는 이야기로 바뀌었다.

'터무니없는 소리야. 그 일을 목격한 건 나밖에 없는데.'

윤해는 소문의 원형이 어땠을지 궁금했다. 소라울에서는 어떻게 알려져 있을까? 아마도 종씨 집안에서 시작된 말이겠지. 호미를 보내놓으면 금방 알아왔을 텐데. 당사자 앞이라 조금 망설이면서도 결국은 삐초삐초 다 일러바쳤을 텐데.

호미와 달리 낙현은 그런 말을 전하는 사람이 아니었다. 그래도 윤해는 알 수 있었다. 술름의 초원이든 고리의 망루 위든, 가는 곳마다 다 똑같았다. 뚫어져라 쳐다보는 시선을 느꼈고, 뚫어지지 않겠노라 스스로 두꺼워졌다. 그렇게 겨울이 지나가고 있었다.

그러던 어느 날이었다. 아침 해가 뜨자마자 낙현이 객사

문을 두드렸다.

술름고리의 건물에는 담이 없었다. 폭설이 내리면 대문 밖에 쌓인 눈에 고립될 수 있어서였다. 그런데 객사에는 담과 대문이 있었다. 대문이 있는 다른 건물은 고리의 성벽이 유일했다. 밤새 대기하며 눈을 치울 사람이 있는 곳들이었다. 그런데도 낙현은 해가 뜨기를 기다려 객사 문을 두드렸다. 윤해의 잠을 방해하지 않기 위해서였다. 윤해는 얼른 안으로 들이라 일렀다.

"간자에게서 새로 연통이 왔습니까?"

윤해가 물었다.

"아닙니다."

"그럼?"

"뭔지 알아냈습니다, 지난번 그림."

윤해는 낙현이 그림이라고 말한 사실을 놓치지 않았다. 순식간에 잠이 달아났다. 윤해는 다르나킨에게 방석을 권했다.

"무슨 그림이지요?"

"좌향입니다."

"좌향? 북쪽 초원을 말하는 겁니까?"

낙현은 일전에 보았던 수수께끼의 천 조각을 꺼내놓았다.

"거문담 일대의 마목인은 거문담을 보고 방위를 꽤 정확하게 알 수 있습니다."

"그렇다고 하더군요."

"방위를 알아보는 요령은 거문담의 윗면을 보는 겁니다. 성벽의 위쪽은 허물어진 모양이 고르지 않아서 이지러진 모양을 자세히 보면 현재 있는 곳의 방위를 알 수 있거든요."

"그것도 대충은 알고 있습니다만, 그럼 그 그림이 그걸 나타낸 겁니까?"

"예, 먼 북쪽에서 거문담 윗면을 바라본 모습입니다. 저도 좌향 쪽은 좀처럼 갈 일이 없어서 단번에 알아보지 못했는데, 지난밤에 문득 그 생각이 나서 그쪽에서 자란 자에게 확인해보니 좌향에서 본 거문담이 맞습니다. 들고 난 데를 과장해서 그리기는 했지만, 간자가 어렸을 때 자기 오름의 위치를 그런 식으로 기억했을 겁니다. 그걸 보고 집을 찾아오라고 부모가 일러주었겠지요. 그러니까 이건 좌향 출신인 간자가 자기 고향의 위치를 그린 겁니다."

윤해는 낙현의 얼굴을 멀뚱멀뚱 바라보았다. 그게 무슨 의미인지 생각해봤지만 그럴듯한 답이 떠오르지 않았다. 결국 답을 알아내지 못하고 낙현에게 물었다.

"그럼 어떻게 되는 거죠?"

"두 가지 의미가 있습니다. 하나는 꼭대기라는 점. 토르가이의 사기가 가장 높다는 뜻이지요. 다른 것도 아니고 거문담 꼭대기를 그렸으니 분명 그 뜻일 겁니다."

"가장 나쁜 소식이군요. 다른 하나는요?"

"토르가이의 사기가 높은 이유입니다."

"이유?"

"원래 토르가이의 부족은 대대로 정향의 초원에서 활동하던 자들입니다. 정향 부족은 아무리 유력한 오름이어도 좌향에 세력이 미친 적은 없습니다. 반대로 좌향에 지배당한 적은 여러 번 있지요. 우향은 이곳 술름이니 연맹할 부족이 없고, 배향은 거리가 멀어서 좌우향을 지나지 않고는 교류가 잘 안 될 겁니다. 결국 손을 뻗을 곳은 좌향뿐이라는 건데."

"설마 그 의미인가요?"

낙현이 고개를 끄덕였다.

"이 첩지는 분명 그 뜻입니다. 좌향의 마목인 부족이 토르가이에 합류했다는."

윤해는 한숨을 내쉬었다. 새벽의 술름고리 객사 안에서 그 소리는 생각보다 크게 들렸다. 윤해가 왠지 속삭이는 목소리로 물었다.

"얼마나 합류할까요? 그것까지는 알 수 없겠죠?"

"실은 그것도 알 수 있습니다."

대답하는 낙현의 말투가 너무 단호해서 윤해는 조금 주눅이 들었다. 토르가이의 간자가 그 모습을 봤다면, 술름고리 보기대대영솔의 사기는 구들장 아래에 있다고 그려 보냈을 것이다.

윤해는 마음을 졸이며 낙현에게 물었다.

"합류하는 부족이 얼마나 되죠?"

"토르가이의 기세가 하늘에 닿을 만큼이겠죠. 거문담 꼭대기를 그렸으니까요."

초원의 바람에서는 재앙의 냄새가 났다. 윤해는 거문담이 냄새의 발원지라 믿었지만, 다르나킨은 토르가이가 나타날 초원 너머를 바라보고 있었고, 술름마리의 토호들은 윤해의 악취를 좇아 코를 킁킁댔다.

'머지않아 보기대대영솔이 유배 온 허수아비라는 걸 모두가 알게 될 거야. 이대로 가면 보병은 보병대로 깃대를 따로 올리게 될 텐데. 좌기대가 내 휘를 바라보는 것도 소라울에서 도통사가 당도하기 전까지고. 내가 설 곳이 점점 좁아질 거야. 소문처럼 정말로 마법을 보여줄 게 아니라면.'

하지만 그건 윤해가 바란다고 아무렇게나 꺼내놓을 수 있는 게 아니었다. 마법이라니. 사실 그건 윤해 자신도 어떻게 된 영문인지 모르는 일이었다. 이게 무슨 일이냐고 다른 이에게 묻고 싶은 건 윤해 또한 마찬가지였다. 그러나 윤해는 점점 그 물음에 답해야 하는 자리로 몰려가고 있었다. 뜻 없이 던지는 수만 개의 질문은 창끝보다 매섭게 사람의 목숨을 노린다.

한사량은 수리를 핑계로 가마를 거두어갔다. 윤해의 곁에서 수행하는 일도 그만두었다. 대신 술름마리의 사당에 호족들을 모아 대영솔을 규탄하자고 밤낮으로 부추겼다. 토르가이의 척후병이 우향의 초원에 모습을 드러낸 무렵이었다.

'더 늦지 않아서 차라리 다행이야.'

윤해는 사량의 가마를 도로 징발해, 본대에 속한 보병과 마군을 이끌고 성 밖으로 나갔다. 아직 바람이 매서운 계절이었고, 토르가이의 척후는 빠르고 과감하기로 유명했다. 얼마 안 되는 병력으로 아군 영역 깊은 곳까지 침투했다가 빠져나가곤 했는데, 중간에 아군을 만나면 척후라는 말이 어울리지 않게 격렬한 싸움을 벌이기도 했다. 그 뒤에는 대병이 기다리고 있었으므로 섣불리 추격하기도 어려웠다. 초원은 이미 살벌해져 있었다.

그래도 윤해는 안전한 성안에서 벌어지는 암투가 얼마나 무서운지 알았으므로, 성 밖의 전장이 더 무섭지는 않았다. 궁지를 벗어나려면 반드시 이겨야 할 싸움이었다. 그러는 와중에 자신이 직접 대병을 이끄는 것처럼 보일 필요도 있었다. 그래서 윤해는 직접 전장에 섰다.

"저 진법은 대관절 이름이 무엇이냐?"

"글쎄요, 과연 이름이 있는 진법일지."

한사량이 고리의 망루 위에서 한채주에게 물었지만, 처음 보는 진법이기는 젊은 쪽도 마찬가지였다. 사라의 방어군은 술름고리 남쪽에 자리를 잡았다. 대열 맨 왼쪽에 요새를 두고, 시선은 동쪽을 바라보며 남북으로 길게 늘어선 진형이었다.

"북쪽을 보고 동서로 늘어서는 게 맞지 않습니까?" 하고 한채주가 물은 적이 있지만, 윤해는 꼭 그래야 하는 건 아니라고 말할 뿐, 별다른 이유는 대지 않았다.

게다가 술름 방어군은 우기대(右騎隊)가 아직 복구되지 않아 양 날개에 마군을 세울 수가 없었다. 그래서 윤해는 좌기대가 설 자리에 성을 두고, 우기대가 있던 자리에는 좌기대를 배치해 중군 대열의 우측면을 지키게 했다.

"말로만 들으면 그럴듯한 구상이지만, 실제로도 그럴지는 해봐야 알지요."

채주가 사량에게 말했다. 그는 진법이 통하지 않으면 맨 먼저 대영솔의 뒤를 칠 사람이었다. 사량도 마찬가지였다.

자기가 구상한 진이기는 했지만, 실제로 펼쳐진 모습이 어색하기는 윤해도 마찬가지였다. 취약하기 마련인 본대 양 측면을 기병과 성으로 보호한다는 이론 자체는 틀릴 리가 없었다. 성만큼 방어에 적합한 것은 없으니까. 낙현도 분명 가능한 진법이라고 했다. 그런데 막상 밖으로 나와보니 성은 너무 크고 기병은 자리에 없었다. 오른쪽 측면을 지키기로 한 좌기대는, 낙현의 그 좌기대답게 가만히 자리를 지키고 있지 않았다. 온 초원을 다 누비며, 대충 오른쪽이라고 할 수 있는 곳 어딘가를 끊임없이 쏘다녔다. 그 좌기대니까 적이 본대 우측면을 노릴 때까지 가만히 두지는 않겠지만, 아무튼 그쪽이 휑해 보이는 건 사실이었다.

'상체는 흉갑에 투구까지 쓰고 하체는 맨몸으로 나온 기분이야.'

게다가 잘 보이지도 않는 어디 먼 곳에서 낙현이 활에 맞아 낙마하기라도 한다면 윤해는 결국 혼자 초원에 남는 셈이었다. 주위에는 보사, 보창, 기창대가 도열해 있고 대열의 왼쪽은 고리로 보호되고 있었지만, 윤해는 그 병력과 성벽이 정말로 자기에게도 열려 있는 안식처인지 확신이 없었다.

마침내 토르가이의 본대가 고리 앞까지 다가오자 윤해는 조금 부끄러워졌다. 술름고리의 병사들이야 대영술에게 대놓고 뭐라 하지 않겠지만 상대에게는 그럴 이유가 없었다. 아니나 다를까, 경험 많은 토르가이의 마목인 군대는 술름의 진을 보고 당황한 기색이 역력했다. 그래서 한 번에 진을 펼치지 못하고 어느 방향으로 자리를 잡아야 할지 여러 번 망설였다.

처음에는 늘 하던 대로 남쪽을 바라보고 동서로 날개를 펼쳤지만, 두 차례나 슬금슬금 방향을 바꾸더니 결국 서로 마주 보고 남북으로 서는 방향으로 진을 옮겼다. 원래대로라면 야인이 술름고리군의 왼쪽 측면을 자연스럽게 포위하는 진영이 될 테니 그대로 서 있는 게 나았지만, 술름의 좌익에 성이 놓여 있으니 기병으로 그쪽을 아무리 공격해봐야 술름의 본대가 제압될 리 없는 탓이었다.

양측이 마주 서자, 늘 하듯 토르가이의 척후가 술름 진영 쪽으로 쑥 다가오더니 술름의 고리를 손가락으로 가리키며 말했다.

"더러운 우리로 돌아가 흙바닥에 가만히 코를 처박고 있으면 이번에는 조용히 지나가주겠다."

남쪽으로 내려가 다른 촌락을 약탈하겠다는 소리였다. 그들이 물러가자 윤해 또한 낙현에게서 배운 대로 마병 셋을 보내 도발에 적당히 화답했다.

"말버러지는 입을 다물어도 냄새는 틀어막을 수 없으니 조용히 있고 싶으면 구덩이나 파서 그 안에 파묻혀라."

그러자 답이 돌아왔다.

"진형이 이게 뭐냐? 제대로 서서 싸우지?"

거친 욕설을 기대했는데 의외의 충고였다. 그래서 오히려 당황스러웠다. 윤해는 어쨌거나 욕으로 대응했다. 다르나킨이 조언한 대로 냄새 이야기를 더 했다.

"악취가 하도 고약해서 바람을 마주 보고는 숨도 제대로 못 쉬겠다!"

인사가 끝나자 곧바로 싸움이 시작됐다. 형식적인 의례가 아니라 서로에게 세를 과시하고 경우에 따라 상대의 사기를 꺾을 수도 있는 진지한 기싸움이라고 했다. 아버지에게서는 배울 수 없었던 지식이었다.

토르가이의 우익에 선 기병이 자기 진영 뒤쪽을 돌아 좌익 쪽으로 위치를 옮겼다. 어차피 술름군은 좌익이 없으니 양날개를 전부 남쪽에 배치해 다르나킨이 선 쪽으로 밀어붙이겠다는 의도였다.

다르나킨은 술름에서 조금 떨어진 곳에서 토르가이의 좌익과 우익이 모두 자기 쪽으로 다가오는 것을 보았다. 예상한 일이었고, 당황스럽지는 않았다. 요즘 좀 생각이 많아지기는 했지만, 일단 말에만 오르면 다르나킨은 생각보다 몸이 더 빨리 움직이는 마목인으로 돌아갔다.

다르나킨은 말을 달려 가까운 쪽에 서 있던 상대 좌익 쪽으로 향했다. 좌기대가 지체 없이 그를 따랐다. 활로 거리를 재면서 전면전을 피하고 상대를 그 자리에 묶어놓는 것만으로도 좌기대의 역할은 다할 수 있었다. 어쨌거나 비어 있는 본대의 측면이 공격받지만 않으면 되는 셈이었다. 그런데 토르가이의 우익이 바로 그 약점을 향해 진군하고 있으므로 무작정 시간만 끌 수는 없었다. 역으로 상대 좌익에 오래 붙들리면 그사이 우익이 아군 본대 측면으로 파고들 수도 있었다.

다르나킨은 돌파를 시도했다. 제발 돌격만은 하지 말라던 다르나킨치고는 의외의 선택이었다. 좌기대의 움직임을 본 상대가 간격을 좁히며 마주 다가왔지만 다르나킨의 좌기대는 아직 창을 앞으로 겨누어 쥐지 않았다. 거리가 꽤 가까워질 때까지 좌기대는 활을 손에 쥐고 있었다. 시위를 떠난 화살은 말이 가볍게 진격하는 속도까지 더해져서 한층 맹렬하게 상대 진영으로 날아갔다. 아마 말이 뒷발로 땅을 딛는 박자에 맞춰 활을 든 손을 쭉 뻗으며 쏘는 화살 같았다.

토르가이의 좌군 기병은, 점점 속도를 높이며 다가오는 다르나킨의 마군에게서 이상한 점을 발견했다. 돌격하는 마군 병력에 창이 아예 없다는 점이었다.

'뭐지? 돌격이 아닌가? 저러다 또 갑자기 돌아서서 말을 반대로 달리며 화살을 퍼부을 셈인가?'

그러나 사라의 마목인 기병은 말의 머리를 돌릴 기미를 보이지 않았다. 창은 아예 없고, 허리에 찬 칼도 꺼내지 않은 채 계속 활만 쏘아대고 있었다.

'뭐야? 이건 뭐 하는 거지? 땅버러지 놈들 오늘따라 왜 이

렇게 이상하게 구는 거야?'

 더 이상한 건 그렇게 끝까지 쏴대는 화살이 그다지 날카롭게 날아오지도 않는다는 점이었다. 토르가이 좌군 기병들은 한 번 더 의아해졌다. 간격을 좁히고 돌격대형으로 달리고 있는데 왜 바로 옆에서 달리는 자 중에 활에 맞아 쓰러지는 자가 아무도 없을까? 밀집대형이니, 양쪽이 부딪치는 때부터는 이쪽이 유리하겠지만 그전까지는 퍼붓는 화살에 희생자가 나오는 게 보통인데. 그러기 딱 좋은 대형인데! 앞을 보면 사라인 마군이 분명 열심히 화살을 쏴대는 게 보였다. 그렇다면 저 많은 화살은 다 어디로 간다는 말인가?

 그때 묘한 일이 일어났다. 토르가이 좌군 기병 진영이 오른쪽부터 급격히 무너지고 있었다. 밀집대형이 무너지고 이탈하는 자들이 속출했다.

 '뭐야? 무슨 일이 일어나는 거야?'

 아직 무슨 일이 일어나는지 모르는 기병들이 오른쪽을 슬쩍 곁눈질했다. 다섯 개의 부족으로 이루어진 좌익 중 맨 오른쪽에서 달리던 부족이 대형을 포기하고 전선을 이탈하는 모습이 보였다. 어찌 된 일인지 영문을 파악하지 못해 당황하는 찰나, 화살이 가까운 곳을 스쳐 지나가는 소리가 들렸다. 오른쪽 귀에만 들리는 소리였다. 꽤 가까운 곳. 한두 개가 아니었다. 마치 소나기처럼 수십 발이 좁은 곳에 후두두 떨어지는 소리였다.

다음 소나기가 쏟아지기까지는 그리 오랜 시간이 걸리지 않았다. 먼저 들린 건 우는살 소리였다. 화살촉 자리에 빈 깍지가 달린 화살이 날아들면서 날카로운 피리 소리가 하늘을 갈랐다. 빈 하늘에 예리한 궤적을 그리며 날아온 화살은 아직 대열을 유지하며 달리던 마목인 기병 맨 오른쪽 병사를 타격했다. 하필 그 화살에 맞은 기병은 당황했다. 갑옷을 꿰뚫리지는 않았지만, 심장을 맞은 것처럼 저릿한 깨달음이 생겨났다. 다음에 일어날 일이 무엇인지, 자기가 그 화살을 맞기 전에 자기 오른편에서 달리던 자들에게 무슨 일이 일어났는지 단번에 이해가 됐다. 다음 순간, 그의 눈앞으로 수십 개의 화살이 쏟아져 내렸다.

그다음도, 또 그다음도, 대열의 맨 오른쪽에 서게 된 자들은 생각했다.

'설마 지금 맨 오른쪽 한 줄만 노리고 쏘는 거야? 그런데 지금은 내가 그 자리고?'

눈치 없는 자들은 화살에 맞아 낙마하고, 눈치 빠른 자들은 대열을 이탈했다. 다섯 개 중 두 개 부족이 대열을 포기할 때쯤에는 남은 부족 전부가 다르나킨의 규칙을 깨달았다. '맨 오른쪽에 서 있는 자는 죽는다.' 그러자 좌익 다섯 개 부족 전체가 슬금슬금 왼쪽으로 달리기 시작하더니 대열의 오른쪽 끝에서부터, 맨 오른쪽에 서지 않기 위한 몸싸움이 시작됐다. 말들이 서로 부딪치고 낙마하는 자들이 속출했다. 대열이 무너지는 속도가 점점 빨라졌다. 얼마 지나지 않아 토르가이의 좌익 전체가 처음 달리던 방향 왼쪽으로 질주하는 꼴이 되고 말았다.

다르나킨이 칼을 빼든 건 바로 그 순간이었다. 아직도 빠르게 무너지는 중인 토르가이 좌익의 오른쪽 뒤편으로, 속도를 한 번도 늦추지 않은 채 그대로 질주해 온 술름고리 좌기대가 바짝 따라붙었다. 돌격 속도였다.

다르나킨은 옆에서 달리는 측근들에게 다섯 부족의 추장과 그 아들들만은 확실히 쫓아가 베어버리라 명했다. 그들을 알아보기는 어렵지 않았다. 좋은 갑옷을 입은 자들이 대체로 우두머리였고 잘 알려진 얼굴도 더러 있었다.

손쓸 사이도 없이 좌익이 궤멸하자 토르가이의 우익이 진격 속도를 늦췄다. 지휘 체계가 다 제거된 좌익은 뿔뿔이 흩어지는 것 말고는 말과 기수를 수습할 방법이 없어 보였다. 그제야 비로소 다르나킨은 말 머리를 돌려 상대의 화살 사정거리를 빠져나갔다. 이제 토르가이군의 날개도 하나밖에 남지 않았다. 적당히 거리를 유지하며 시간만 끌어도 술름군 본대 우측면의 공백이 위협받을 일은 없어 보였다.

물론 토르가이의 연맹에는 숨겨진 기병이 하나 더 있었다. 좌향의 새 마목인 동맹군이 배향의 초원을 크게 돌아 경작인 요새의 배후를 향해 진군하는 중이었다.

　윤해도 그 사실을 잊지 않았다. 좌향군의 동태를 살피러 간 척후병이 적의 상황을 알려왔다. 지금보다 북쪽, 술름군이 늘 자리 잡던 동서 방향의 진영 배후를 급습하는 위치에 당도한 좌향군이 헛손질에 당황해 일시적으로 진군을 멈췄다는 보고였다. 또 좌향의 우두머리는 위요제인 것 같다고 했다. 낙현이 일러준 세 명의 추장 중 하나로, 남편과 세 아들이 죽자 직접 말에 올라 부족을 일으켜, 좌향 말로 족장을 뜻하는 칸이라는 칭호를 얻은 자였다. 그가 거느리고 온 말이 대략 1만이었으니 사람으로 환산하면 2천이 조금 넘는 병력이었다.

　'진을 옮긴 일은 제대로 적중했어. 하지만 오래 따돌리지는 못할 거야. 토르가이가 전령을 보내 곧바로 전황을 알려 줄 테니.'

　토르가이는 신기한 자였다. 마목인인데도 보병을 고집했다. 그의 창병은 말을 타고 전장까지 재빨리 이동한 다음 말에서 내려 열을 짓고 싸웠다. 그의 부족이 말을 못 타서 그런 것도 아니었다. 다만 창을 들고 대열을 이룰 줄 알기에 창을 드는 것이었다. 빠르게 나타났다 빠르게 사라지는 창병의 숲은 다른 마목인들에게 꽤 위협적이었다.

창병의 핵심은 대열이다. 네모 모양으로 반듯이 늘어서서 필요한 만큼 간격을 잘 유지하기만 하면 상대는 보는 것만으로도 기가 질린다. 말이든 사람이든 마찬가지다. 그냥 질리게만 하는 게 아니라 기병의 돌격도, 보병의 방어벽도 다 막아내고 뚫어낸다. 잘 훈련된 창병은 날이 없는 장대만 들어도 충분히 위협적이다.

눈에 보이는 건 네모지만, 그걸 가능하게 하는 건 사기다. 바꿔 말하면, 토르가이의 보병은 훈련이 잘되어 있고 기세가 대단했다. 그것이야말로 수십 개나 되는 마목인 부족이 결집한 비결이고, 술름고리가 마주한 위협의 본질이었다. 즉, 윤해가 무너뜨려야 하는 건 바로 그 네모 열다섯 개였다. 윤해에게는 아직 기회가 있었다. 소라울에서는 모든 길이 막혀 있었지만 술름의 길은 아직 조금 열려 있었다.

동쪽에서 북소리가 울리자 토르가이의 창병이 서서히 전진했다. 손에 든 창은 길이가 사람 키의 두 배였다. 한 줄에 열다섯 명씩 여덟 겹으로 선 창병 일선이 서두르지 않고 천천히 다가왔다. 좌우로 길게 늘어선 네모와 네모 사이에는 빈틈이 있었는데, 그 사이로 창병을 뒤따르는 이선 기병이 보였다. 윤해는 창끝이 공중에서 흔들리는 광경이 파도 같다고 생각했다. 술름군 병사 대부분은 파도를 직접 본 적이 없었다. 대신 그들은 바람에 살랑살랑 흔들리는 대나무숲을 떠올렸을 것이다. 무엇을 상상하든 위협적인 광경이었다.

고리의 방어탑에서 쏘는 화살은 평지에서 쏘는 것보다 멀리 날아갔다. 토르가이군 창병의 맨 오른쪽 네모에 술름의 화살이 날아가 박혔다. 그러나 네모는 주춤거리지 않았다. 직전 싸움에서 낙현의 좌기대에 당한 적이 있으니 갑옷을 더 단단하게 챙겨 입고 군기를 더 북돋웠을 것이다.

창병이 술름군 보사대의 사정거리 안쪽까지 진격하자 대영솔의 가마 오른편에서 사격을 알리는 휘가 올랐다. 때를 맞춰 한꺼번에 쏘는 일제사격이었다. 두 차례의 파도가 서에서 동으로 몰아쳤다. 그래도 토르가이의 창병은 파도가 닿는 순간에만 잠깐 움찔했을 뿐 진군을 멈추지 않았다. 윤해는 다음 휘를 올렸다. 그러자 대열 전체에 퍼져 있던 보사대가 모두 대열 왼쪽으로 이동했다. 세 번째 일제사격은 상대 일선 대열의 맨 오른쪽 네모에 집중되었다. 그래도 네모는 무너지지 않고, 모서리가 뾰족한 상태로 한 발씩 전진했다. 그걸 지켜보는 토르가이군은 사기가 올라 함성을 질러댔다. 술름군도 지지 않고 함성으로 응했지만, 바람에 휩쓸려서인지 소리가 조금 작았다.

윤해가 다음 휘를 들어 신호를 보냈다. 그러자 고리 망루에서 화살 한 발이 날아갔다. 우는살이었다. 불길하게 들리는 피리 소리가 전장의 하늘을 가르자마자, 네 번째 화살의 파도가 그 뒤를 따랐다. 술름군 대열에서 날아오른 수백 개의 화살이 하늘을 뒤덮었다. 목표는 토르가이군 창병 대열의 오른쪽에서 두 번째 네모였다. 조금 전, 다르나킨의 좌기대가 한 것과 비슷한 방식이었으나 우는살로 표적을 다시 고른 것이었다.

그것은 현명한 선택이었다. 두 번째 네모는 첫 번째 네모와 달랐다. 갑옷이 조금 가볍고, 군기가 아주 조금 모자랐다. 가장 강한 공격은 오른편 네모가 막아주겠지 하는 마음을 품고 나선 제대였다. 그래서 화살의 파도가 몰아치자 모서리가 조금 무뎌졌다.

'좋아, 거기야. 여기를 계속 파고들어보자.'

다시 화살이 두 번째 네모 쪽으로 날아갔다. 그다음도, 또 그다음도. 표적이 고정되고 나니 연사 속도가 점점 빨라졌다. 네모가 천천히 침식되는 게 보였다. 그러자 용맹한 토르가이의 창병 대열에 전에 없던 변화가 생겨났다. 오른쪽에서 세 번째 네모에 선 자들은 표적이 되지 않았다는 생각에 마음이 놓였고, 두 번째 네모 안에 든 자들은 왜 표적이 다음으로 넘어가지 않는지 원망스러웠다.

"버텨! 버티라고! 버텨내는 걸 보여주면 순서가 다음으로 넘어갈 거 아니야!"

노련한 군장들이 정답을 말했지만 쉴 새 없이 쏟아지는 화살에 묻히고 말았다. 그 말은 들은 세 번째 네모는 순서가 넘어오지 않기를 간절히 바랐다.

두 번째 네모 안에 든 창병들은 왼쪽에서 진군하는 네모들을 바라보았다. 그쪽은 비가 오지 않는 마른 땅이었다. 아주 좁은 곳에 쏟아지는 소나기처럼 화살은 오로지 자기들이 선 곳만을 겨냥하고 있었다. 같은 제대의 바로 옆에 선 자들끼리도 마찬가지였다. 화살은 그 네모 중에서도 맨 오른쪽 끝을 노리고 있었다. 네모의 오른쪽 면이 완전히 깎여 나갔을 때, 바로 왼쪽에 선 병사들은 가슴이 덜컥 내려앉았다. 우는 살의 궤적이 머리 바로 위를 지나갈 때는 정말이지 심장이 멎을 것 같았다. 그 바로 왼쪽 줄에 선 자들도 머릿속이 복잡해지기는 마찬가지였다.

토르가이의 창병들은 규칙을 깨닫고 있었다. '다음은 내 차례인가?' 하는 질문은 대열의 오른쪽에서 왼쪽으로, 방향으로는 북쪽에서부터 남쪽으로 빠르게 퍼져나갔다.

토르가이도 물론 그 광경을 지켜보고 있었다. 좌군 기병이 왜 순식간에 무너졌는지 이해가 안 갔는데, 지금 보니 창병과 똑같은 일을 당한 모양이었다.

그래도 차분히 따져보면 본대 우측면의 희생은 감당할 만했다. 병사들 사이에서 기묘한 불안감이 퍼져가고 있기는 했지만, 그게 창병 대열 전체로 퍼지는 데는 시간이 걸릴 터였다. 그 대신 나머지 창병은 아무 견제도 받지 않고 적진 바로 앞까지 다가갔다. 대열 전체가 무너지기 전에 적진에 도달하기만 하면 손해 보는 장사는 아닌 셈이었다.

'아니, 이건 크게 남은 장사지. 창병대가 세 개쯤 이탈해도 내가 이기는 싸움이니까. 그래도 무너지는 속도가 불안하기는 한데. 하여간 희한한 싸움을 걸어오는 놈이야. 어떻게 생긴 놈인지 얼굴을 봐야겠어.'

토르가이는 진군을 독려했다. 북소리가 빨라지고 나팔 소리도 한층 요란해졌다. 화살로 응사하고 이선의 기창병도 단단히 준비시켰다. 이렇게 된 이상 목표는 단순했다. 술름군 본대 뒤, 가마 옆에 서 있는 저 휘를 먼저 꺾으면 그만이었다.

술름군 보기대대영솔 영윤해도 비슷한 계산을 하고 있었다. 적 대열 우측면은 생각보다 잘 버티고 있었다. 과연 정향을 지배한 창병다웠다. 그래도 윤해는 알고 있었다. 대열이 한번 무너지기 시작하면 점점 빠른 속도로 붕괴하리라는 것을. 다만 그걸 고려해도 느린 속도이기는 했다. 그만큼 술름군이 버텨야 하는 시간도 길어질 것이다. 그 일에 관해서라면 윤해는 그다지 자신이 없었다. 낙현이 없는 전선에서 누구를 믿고 버텨야 할지 막막할 따름이었다. 그럴수록 자꾸 자기 진영의 약점에 눈이 갔다. 기병이 지키고 있지 않은 텅 빈 우측면이.

아니나 다를까. 토르가이군 이선에 있던 기창병 일부가 일선 뒤쪽을 돌아 그쪽으로 이동했다. 술름군의 우측면을 포위해 오른쪽부터 무너뜨릴 심산이었다. 드디어 정향의 보병 대열이 붕괴하기 시작하는 시점이었다.

토르가이군의 오른쪽 두 번째 네모가 형체를 알아볼 수 없게 깎여 나가자, 그 안에 든 백이십 명 전체가 무너져내렸다. 제자리에 그대로 멈춰 선 게 아니라 바로 왼쪽 네모를 향해 맥없이 흩어졌다. 술름군의 화살이 달아나는 그들의 뒤를 쫓자, 무너지는 속도가 더 빨라졌다. 급기야 창을 든 채 왼쪽으로 내달리는 병사도 여럿 보였다. 그것을 신호로 대열 전체에 두 가지 규칙이 확실하게 각인됐다.

'맨 오른쪽에 서 있으면 죽는다. 대신 내가 맨 오른쪽만 아니면 돼.'

창병의 머릿속에 그 생각이 가득 찼다. 우측면의 네모는 왼쪽으로 비스듬히 움직이고, 좌측면의 네모는 술름군 우측면의 노출된 약점을 바라보고 진군했다. 중앙에 배치된 네모는 윤해의 가마를 노렸다. 결과적으로 맨 우측의 정예 창병은 고리 앞에서 홀로 고립되고, 그다음 셋은 왼쪽으로 이동하고, 가운데 셋은 앞으로, 왼쪽 셋은 비스듬히 왼쪽 앞으로 진군하는 이상한 형태가 되었다.

그 상태로 양쪽 보병이 직접 맞붙었다. 형세는 술름군 쪽이 훨씬 나았으나, 창병의 기세는 토르가이 쪽이 우세했다.

"밀어붙여! 그대로 쭉 전진하면 돼!"

토르가이는 삼선의 창병 예비대를 보내 가운데를 보강했다. 무너진 우측면이나 끊어져버린 좌측면의 틈새를 잇기보다는, 적장의 기가 서 있는 쪽에 모든 병력을 투입했다. 술름군 진영에서도 예비대를 투입해 맞상대했으나 밀려오는 마목인 창병의 기세는 당해내기가 어려웠다. 여덟 겹으로 선 창병이 일제히 창을 앞으로 기울이자 고슴도치의 가시처럼 빽빽하게 돌출된 창끝이 눈을 찌를 듯 예리했다. 햇빛마저 창날을 더 날카롭게 벼리는 듯했다.

창의 벽은 그 자리에 가만히 서 있는 게 아니라 진군해 온 속도 그대로 조금씩이지만 꾸준히 전진하고 있었다. 송곳이 빽빽하게 꽂힌 벽이 서서히 눈앞으로 밀려오는 광경 같았다. 네 겹으로 넓게 선 게 아니라 여덟 겹으로 두껍게 선 벽이어서, 미는 힘은 더 압도적이었다. 술름의 병사 대부분은 그 비슷한 광경을 그림으로 본 적이 있었다. 지옥의 여러 형벌 중 하나를 그린 것이었다.

그런 창의 숲이 끝도 없이 늘어선 광경 앞에 술름의 보병은 창끝이 무뎌졌다. 사상자는 아직 많지 않았지만, 대열 전체의 사기가 확실히 꺾였다. 이미 그럴 거라는 걸 알고 있었는데도, 직접 창을 맞대보니 몸으로 전해지는 위력이 예상보다 상당했다.

토르가이는 아직 투입하지 않은 기병 전체에 말에서 내리라는 명령을 내렸다. 중앙의 창병 대열에 합류하라는 것이었다. 그러자 안 그래도 높은 창병 대열의 기세가 한층 더 높아졌다.

술름의 보창대는 조금씩 뒤로 밀려났다. 윤해의 휘는 전진을 명령했지만, 밀리지 않는 것이, 어쩌면 느린 속도로 조금씩만 밀리는 것이 그들이 할 수 있는 최선이었다. 그들은 자신들이 얼마나 뒤로 밀려났는지 알지 못했다. 물론 미는 쪽은 알았다. 승패를 알아볼 만큼 충분히 빠른 속도였다.

마침내 토르가이가 호위대를 이끌고 직접 전선에 합류했을 때 술름의 병사들은 패배를 직감했다. 술름군의 전선은 그믐달 같은 모양으로 바뀌었다. 성벽에 닿아 있는 맨 왼쪽은 전혀 밀려나지 않았고, 가운데 부분은 생각보다 많이 서쪽으로 물러나 있었다. 오른쪽 끝은 그보다는 덜 밀렸다. 더 용감해서가 아니라 가해지는 압력이 덜해서였다.

토르가이가 합류했다는 건 안 그래도 빽빽하던 창날이 더 빽빽하게 시야를 채웠다는 뜻이었다. 술름군 중앙은 그 위압감에 속절없이 밀려났다. 홍수에 개울이 불어나듯, 아직은 괜찮겠지 방심하는 사이 갑자기 발밑까지 물에 잠기는 꼴이었다. 그 기세에 대영솔의 가마꾼들이 발을 뺐다. 토르가이는 가마꾼 여덟 명이 줄행랑치는 모습을 똑똑히 보았다. 지금껏 용케 자리를 지키던 경작인 지휘관의 가마와 깃대가 순식간에 전선 맨 앞으로 노출될 지경이었다.

"밀어! 밀라고!"

토르가이가 북을 두드려댔다. 가마와 기를 사수하지도 않다니, 이번에도 역시 술름의 성주는 병졸들의 마음을 얻은 장수가 아닌 모양이었다.

토르가이는 입가에 만족스러운 웃음을 떠올리며 생각했다.

'그것 보라고. 왼쪽 측면을 성벽으로 지키는 건 말이 안 되는 술책이라고. 장기 말이 아니잖아. 실전에서 성은 뽑아서 움직일 수가 없다고. 무너져내린 우리 우측면에 기병이 달려들었어봐. 싸움이 그대로 끝났을 거 아냐!'

술름의 병사들을 충분히 밀어내자 적장의 가마가 모습을 드러냈다. 토르가이의 측근과 아들들이 그쪽으로 달려들어 휘를 찢고 가마를 포위했다. 토르가이는 말에서 내려 성큼성큼 그쪽으로 다가갔다. 여덟 명이 드는 화려한 가마라니, 이런 걸 타고 전장에 나오다니!

하지만 이걸로 끝이었다. 사라 놈들은 늘 오만했다. 차라리 성문을 걸어 잠그고 버텼으면 목숨은 부지할 수 있었을 텐데, 지금껏 그런 성주는 하나도 없었다. 하나같이 기병을 앞세워 돌격하기를 좋아했다. 지난 수십 년간은 그게 먹혔다. 마목인들이 뿔뿔이 흩어져 있는 동안에는 사라의 중장기병을 상대할 방법이 없었다. 그러나 이제는 달랐다. 초원에 들불이 번지고 있었다. 줄을 지어 나란히 한 방향으로 뻗어 가는 불길이었다. 초원은 이제 마목인의 것이었다. 아니, 원래 주인이었던 마목인이 자기 자리를 되찾은 셈이었다.

토르가이는 자기 손으로 직접 가마 문을 열었다.

'엇.'

가마는 안쪽까지 화려했다. 창틀에 자개가 촘촘하게 박혔고, 지붕에는 호랑이가 금실로 그려져 있었다. 나무 바닥 중앙에는 푸른빛의 잉어가 헤엄치는 모습이 새겨져 있었다. 그런데 사람은 없었다.

그때 오른쪽에서, 초원 전체에서 두 번째로 높은 건물인 술름의 성벽 위에서, 진군을 알리는 나팔 소리가 들렸다. 성문이 열리고, 중무장한 기병이 문 앞에 나와 도열했다.

'엇!'

빈 가마였다. 가마의 주인이 달아난 건 나쁜 소식만은 아니었다. 적장이 달아났다는 의미니까. 아무튼 적의 깃발이 꺾였다는 거니까. 그런데 뭔가가 이상했다. 불길한 예감이 등줄기를 타고 올라왔다.

황급히 좌우를 둘러보았다. 삼면에 모두 적의 깃발이 보였다. 술름군 창병 대열은, 뒤로 밀릴지언정 끊어지지는 않았다. 지금도 여전히 밀려나고 있기는 했으나, 어쨌든 포위망이 만들어진 셈이었다.

'이럴 리가 없는데. 저건 또 뭐지?'

북쪽을 보니, 움직일 리 없는 성벽이 어느새 성큼 전진해서 자기 군대의 대열 우측면을 포위하고 있었다. 물론 착시였다. 성이 전진한 게 아니라 적진 전체가 서쪽으로 훌쩍 물러난 것이었다.

'분명 땅버러지들은 일부러 퇴각한 게 아니라 싸움에서 밀린 거였는데. 계속 지켜봤는데.'

술름고리 망루에 휘가 올랐다. 성문 앞에는, 기수부터 말까지, 머리끝부터 발끝까지, 모두 갑옷으로 무장한 술름의 중장기병이 돌격대형으로 간격을 좁히고 있었다. 많아야 2백을 넘지 않는 규모였다.

'저걸 받아내기가 제일 쉬웠는데. 땅버러지들이 저걸 하면 질 일이 없었는데.'

다음 휘가 올라갔다. 나팔 소리가 들렸다. 토르가이의 병력은 모두 전선에 붙들려 있었다. 궤멸당한 우측면을 뺀 모두가 전선을 밀어내는 데 투입되어 있었다. 그러니 퇴각은 불가능했다. 돌아서는 순간 대열이 무너지고, 바로 뒤에서 쫓아오는 적에게 짓밟히는 꼴일 테니. 그런 상황에서 후진 명령은 패주 명령으로 보이게 마련이었다.

어찌 됐든 앞으로 뚫고 나가는 수밖에 없었다. 토르가이가 마지막으로 기세를 올렸다.

"더 밀어붙여! 여기를 정면으로 뚫고 나가야 해! 저쪽은 보지 말고!"

그 순간 사라의 중장기병이 속도를 높였다. 창을 수직으로 들고 돌격 속도로 질주해 왔다. 정예 중장기병의 일격에 정향 마목인 군대의 우측 대열이 확실히 무너졌다. 무너진 곳은 술름의 보창대가 에워싸 정리했다. 걷잡을 수 없는 속도로 차례차례, 토르가이의 그 악명 높은 창병의 숲이 착착 쓰러졌다.

절망이 번지는 속도는 기병보다 빨랐다. 술름의 중장기병이 닿기도 전에 대열 중앙까지 공포와 당혹감이 번져갔다. 2백 기의 중장기병은 남북으로 늘어선 마목인 대열을 끝에서 끝까지 쭉 꿰뚫었다. 사라인의 전형적인 기창 돌격이었다. 저항하는 이는 아무도 없었다.

그들의 뒤에는 기수 넷과 중장기병 여섯에 둘러싸인 술름 고리 보기대대영솔 영윤해가 보란 듯이 경쾌한 속도로 달려가고 있었다. 치마 위에 말군을 덧입은 평범한 복장에, 갑옷이나 투구 없이 얼굴을 그대로 드러낸 모습이었다.

윤해는 뚫어져라 쳐다보는 시선을 느꼈고, 뚫어지지 않겠노라 스스로 단단해졌다. 술름인들에게 그것은 마법과도 같은 광경이었다. 마목인들의 눈에는 오래오래 구전될 전설의 한 대목으로 보였다.

 토르가이의 우익 기병이 초원으로 달아나자 좌기대가 합류해 전장을 정리했다. 다르나킨은 추격을 멈추고 전장에 남은 정향인의 말을 술름의 초원으로 전부 몰아왔다. 위요제가 뒤늦게 당도했으나, 멀리서 머쓱하게 전장을 바라보다 말을 돌려 덧없이 좌향으로 돌아갔다.
 궁지에서 살아남은 기병과 마법사는 변방의 초원에 비로소 자기 자리를 마련했다.

2부

4

 술름고리의 봄은 더디게 찾아왔다. 되새가 겨울을 따라 떠나고, 동고비는 짧은 목을 우아하게 뻗으며 아직 앙상한 나무를 부지런히 오르내렸다.
 고리 안은 아침부터 소문으로 들썩였다.
 "날이가 솔기를 연모한대!"
 그런 충격적인 소식이 동네 아이들의 입에 여러 번 올랐다. 윤해가 들은 것만도 벌써 세 번째였다. 목소리로는 열 살이 될까 말까 한 아이들이었다. 소문을 따라 외치는 아이 중에는 자기도 날이나 솔기를 좋아하는 아이가 없지 않을 터였다. 어른이 듣기에는 아무 일도 아니지만, 열 살짜리 생애에는 하늘이 무너지는 소식일지도 몰랐다.
 그나저나 열 살짜리가 느낀 마음의 이름이 연모라니, 어느 날 발견한 감정이 꽤 당황스러웠던 모양이었다. 전하는 입에도 듣는 귀에도 마찬가지였을 것이다. 윤해는 객사 담 너머로 전해지는 당혹감을 슬쩍 나누어 가졌다. 좋았던 시절이 조금 그리웠다.

'내일은 본채 안쪽 문을 다 트라고 해야겠다.'

오후에는 소라울에서 보낸 파발이 당도했다. 조정에 보낸 장계의 회답이었다. 윤해는 대청에 책상을 놓고 앉아 서신을 읽었다. 왕이 보낸 글이 아니었으므로 무릎을 꿇을 필요는 없었다. 편지에는 별다른 내용이 없었다. 단지 지금처럼 잘하라는 내용이 짤막하게 적혀 있을 뿐이었다. 그럴 거라 예상했지만 막상 보니 허탈했다. 그래도 새삼 마음이 놓였다.

조정은 윤해의 승리를 대수롭지 않게 여겼다. 야인의 난은 이미 평정된 것으로 정해져 있으니, 윤해에게는 애초에 이길 싸움이 없는 셈이었다. 그러니 승리도 의미가 없다. 조정의 셈법으로는 그랬다.

'문제는 조정의 중론이 아니라 어심인데. 언제까지 아무 일도 안 일어난 것으로 할 수 있을까? 혹시 운이 좋으면 이대로 넘어갈 수도 있을까?'

고민은 미뤄두고 일단 잠을 청하기로 했다. 날이가 솔기를 연모하는 게 세상에서 제일 충격적인 소식인 봄날을 며칠만 더 누려보고 싶었다.

다음 날 윤해는 낙현을 불러 말했다.

"내가 한 건 어쩌면 반역일지도 모릅니다."

낙현의 눈동자가 흔들렸다.

"그럴 리가요? 변방을 굳건히 했을 뿐인데."

"뭐가 반역이고 뭐가 아닌지 정하는 건 우리가 아닙니다. 소라울이지요."

"물론 그렇겠지만, 그래도 반역이라니요?"

윤해는 낙현의 얼굴을 물끄러미 바라보았다.

"그렇게 말해주시니 고맙지만, 일단은 두고 보시지요. 대감이 태도를 정할 때가 왔을 때, 너무 고민이 많지 않았으면 합니다. 바로 움직이셔야 화를 면하실 겁니다."

"마리의 한가처럼 말이지요?"

낙현의 말에 윤해가 웃음을 터뜨렸다.

"예, 그때가 되면 마리의 한씨 집안을 참고해서 발 빠르게 움직이셔야 합니다. 그보다 느리면 절대 안 됩니다."

낙현이 소라울의 일을 얼마나 짐작하는지 알 수 없었다. 윤해는 모든 이야기를 다 해주지는 않았다. 소라울 방향으로 칼끝을 돌려야 반역이 되는 사람도 있지만, 그저 살아 있기만 해도 반역이 되는 사람도 있다. 잠깐 숨통이 트이기만 해도, 발을 뻗고 자는 날이 아주 조금 길어지기만 해도.

윤해는 낙현을 배웅한 후 그대로 대청에 머물렀다. 술름고리의 담은 소라울보다 높아서 다른 집은 지붕밖에 보이지 않았다. 담 너머로 전에는 없던 깃발이 불쑥 솟아 있었다. 보기 대대영솔이 기거하고 있음을 알리는 기였다. 깃발은 바람에 휘날리지 않고 아래로 가볍게 늘어졌다. 이따금 바람이 불면 졸다 깬 강아지처럼 꼬리를 살랑 흔들 뿐이었다.

그 한가한 풍경을 바라보다 깜빡 잠이 들었는데, 꿈에 오랜만에 야인 여자가 나타났다. 윤해는 고맙다고 말하고 꾸벅 고개를 숙였다. 종마금에게 쫓길 때 자기를 일깨워준 것에 대한 인사였다. 야인 여자와는 또 말이 통하지 않았다. 그래도 여자가 자기를 위한다는 건 알고 있었으므로, 몸짓만으로도 전보다 많은 이야기가 통하는 것만 같았다.

여자는 아직도 답답해하고 있었지만, 팔다리를 써가며 큰 소리로 또박또박 말하는 모습이 위협이 아닌 건 이제 분명했다. 윤해를 자기 영역에서 쫓아내려는 게 아니라, 오히려 꼭 할 말이 있는 눈치였다. 그렇다고 다급하지 않은 건 아니어서, 당부 정도로 이해하면 적당할 듯했다. 늦기 전에 반드시 전해야 하는 무언가.

여자는 고개도 돌리지 않은 채 손가락으로 뒤쪽을 가리켰다. 전에도 본 몸짓이었다. 그런데 이번에는 뭔가가 달랐다. 윤해가 그쪽으로 눈길을 옮기자 시선 끝 먼 곳에 무언가가 보였다. 초원에서 제일 크고 압도적인 것. 초원에서 멀리 보면 반드시 보이는 것. 거문담이었다.

"거문담?"

윤해가 그쪽을 보며 묻자 여자가 고개를 거문담 쪽으로 돌렸다. 그러면서 또 뭐라고 말했다. 저게 보이는 거냐고 묻는 게 틀림없었다. 그 맥락이라면 그 말 말고는 나올 말이 없었다. 이제 저게 보이는 거냐고.

"보여, 보인다고!"

윤해가 외쳤다. 윤해는 또박또박 유적의 이름을 말했다.

"거! 문! 담! 가! 마! 담! 곰! 담!"

곰담까지 말했을 때 여자가 갑자기 끼어들었다.

"고마! 고마!"

고마 어쩌고라고 길게 덧붙였지만, 이어지는 말은 알아듣기 어려웠다. 그래도 말이 통했다는 게 중요했다. 두 사람 모두 표정이 밝아졌다. 문득 떠오르는 생각이 있었다. 윤해는 얼른 손으로 자기를 가리키며 또박또박 말했다.

"윤! 해! 윤! 해!"

그러자 여자도 똑같이 자기를 가리켰다.

"마로하! 마로하!"

여자의 이름이었다. 그 이름을 발음해보려고 혀를 움직이다 그만 꿈을 흩어놓고 말았다. 윤해는 잠에서 깨자마자 책상으로 달려가, 갈지도 않은 먹을 종이에 긁어 그 이름을 현생에 옮겨두었다.

중요한 일은 아무것도 일어나지 않는 평온한 나날이었다. 소라울을 스친 봄이 서둘러 북쪽으로 날아왔다. 어쩐지 바람에서 피 냄새가 나는 듯했다.

아침부터 비가 내리는 날이었다. 적설을 고려해 만든 가파른 지붕을 타고 빗줄기가 쉴 새 없이 떨어졌다. 윤해는 고리의 북쪽에 늘어선 망루 한 군데에 올라 안개에 덮인 거문담을 바라보고 있었다. 누군가 빗길을 철벅거리며 달려와 남문에 소라울의 전령이 당도했다는 소식을 전했다. 객사 구실아치가 아니라 술름마리 한씨 집안의 통인이었다.

윤해는 망루를 내려가 객사로 향했다. 아래에는 가마가 기다리고 있었는데, 네 명이 드는 작은 가마였다. 전에 타던 가마는 전투 중에 파손되었다. 한사량은 가마값을 청구하지 않았다. 그러나 윤해는 그가 가마를 징발당한 일을 영영 잊기를 기대하지 않았다. 아마 그는 윤해가 가장 곤란한 지경에 처할 때까지 기다릴 것이다. 지금의 윤해는 곤궁하지 않지만, 언제까지 그럴지는 윤해 자신도 몰랐다.

가마에서 내려 객사 문으로 들어서자 마당에 사람들이 모여 있었다. 소라울 마군 갑옷을 입은 자가 넷이었고, 통인을 보낸 한씨 집안 사람도 여럿이었다. 한가 사람들은 긴 처마

아래에서 비를 피하고 있었지만, 마군 전령 네 사람은 비 따위 개의치 않는 듯 마당 가운데에 서 있었다.

"대영솔 영윤해는 조정의 명을 받드시오!"

전령 중 우두머리로 보이는 이가 거만한 태도로 외쳤다. 다행히 어명이 아니어서 젖은 바닥에 몸을 댈 필요는 없었다. 숙부는 아직도 정사를 직접 돌보지 않는 모양이었다. 윤해는 공손하게 허리를 숙여 합당한 예를 표했다. 한사량과 한채주는 그걸 구경하려고 사람들을 이끌고 쫓아온 듯했다.

전령이 큰 소리로 명을 읽었다.

"곧 도순검사를 파견해 고리의 일을 정리할 터, 보기대 영솔 영윤해는 인계를 미리 준비하여 도순검사 부임 즉시 소라울로 돌아오라."

중무장한 마군의 갑옷이 비를 맞아 두 배는 무거워 보였다. 윤해는 다시 고개를 숙여 적절히 예를 표했다.

"명을 받들겠나이다."

전령은 물 한 잔도 얻어 마시지 않고, 술름의 말 네 마리에 새로 안장을 얹은 후 곧장 남문을 통해 왔던 길로 돌아갔다.

다음 날 아침에는 하늘이 갰다. 초원을 다 덮은 큰 구름이 물러났고, 큼지막한 무지개가 먼 땅에 걸렸다. 윤해는 고리에 올라 말없이 무지개를 바라보았다. 이번에는 고리 남쪽에 세워진 망루였다.

한숨을 쉬며 뒤를 돌아보니 술름고리 안쪽 풍경이 보였다. 동서로 뻗은 길은 가지런하고 남북으로 난 길은 굽어 있었다. 시장은 동서로 난 길에 섰다. 교역로로 쓰는 초원길은 배향을 거쳐 술름고리 서문으로 이어졌다. 그래서 서문 바로 안쪽에는 사라의 고리치고는 드물게 2층 건물이 늘어서 있었다.

남문으로 통하는 길은 소라울에서 온 사람이나 전령이 지나는 길이었다. 남문 안으로 들어서도 대로에서 한눈에 객사가 보이지는 않는 구조였는데, 그건 소라울도 마찬가지였다. 소라울의 궁은 도성 한가운데에 있지만 여덟 개의 대문 어디에서 봐도 모습이 보이지 않았다. 길이 전부 구붓한 탓이었다.

그것이 사라의 권세가 작동하는 방식이었다. 무작정 모습을 드러내는 게 아니라, 눈에 띄지 않는 곳에 숨어드는 방식. 도성뿐 아니라 술름고리 같은 지방의 고리도 비슷한 구조로 지어져 있었다. 나라가 생긴 이래 쭉 그랬다고 했다. 그러고 보면 영씨 왕가의 비조(鼻祖)는 꽤 음울한 사람일 게 분명했다. 또한 지금의 임금은 그 집안의 후예로 전혀 손색이 없는 사람이었다.

'숙부는 지난번 싸움을 반역으로 여기는 걸까, 아니면 아무 일도 없었던 걸로 생각하고 있을까?'

전령이 전한 조정의 명에 숙부의 목소리는 담겨 있지 않았다. 그래도 마음을 놓을 수는 없었다. 영씨 집안의 권세는 원래 한눈에 드러나지 않으니.

"오늘은 여기에 계셨습니까?"

낙현이 망루에 올라와 윤해에게 물었다. 어디에나 있는 자였으므로, 그가 갑자기 나타나는 건 놀랄 일이 아니었다. 윤해는 사람을 물린 후, 이제는 가장 신뢰하게 된 마목인 목감에게 고민을 털어놓았다.

"아무래도 내가 한 일이 반역으로 정해지는 것 같습니다."

낙현은 여전히 영문을 모르겠다는 듯 윤해의 얼굴을 빤히 쳐다보며 물었다.

"조정의 뜻이 그렇습니까?"

"아마도."

"분명하지는 않은 모양입니다?"

"그럴까요? 그것도 내가 아닌 조정에서 정할 일이라. 어쩌면 어제 온 전령이 마지막 경고일지도 모르지요. 선을 한 발짝만 더 넘어도 반역으로 정해지는 거니까."

"대영솔은 넘고 싶으십니까?"

낙현이 물었다. 윤해는 하늘을 올려다보며 잠시 뜸을 들이다가 천천히 고개를 끄덕였다. 다시 낙현이 물었다.

"그러나 정말로 넘을 수는 없고요?"

"대감은 가끔 너무 날카로워요. 아무 생각도 없는 것 같은데 던지는 말은 깊이 박힙니다."

그러자 낙현이 딴소리를 했다.

"말을 만나 보았습니다. 어제 전령이 타고 온 말 네 마리를요."

"그래요? 어느 틈에. 이 와중에도 여전히 목감이십니다."

"훌륭한 말이라 눈이 갔습니다. 그런데 말이 다 지쳐 있더군요. 그중 하나는 비를 좋아하는 놈인데, 넷 중 우두머리가 탄 말이라 들었습니다. 그런데 그 말이 이번에는 빗길이 즐겁지 않았던 모양입니다."

"그런 것도 아십니까?"

"오름에 있던 말이니까요. 술름의 말은 다 압니다."

윤해는 술름의 말이 몇 마리인지 다시 헤아려보았다. 윤해가 부임하기 전에도 1만 마리쯤 됐고, 이제는 노획한 말까지 해서 1만 5천에 이를 텐데. 아무래도 낙현은 윤해와는 전혀 다른 눈으로 세상을 이해하는 게 틀림없었다.

존중이 담긴 목소리로 윤해가 물었다.

"말이 즐겁지 않았다는 건 어떤 의미입니까? 그것도 의미가 있겠지요?"

"기수가 말을 잘 못 탄다는 뜻입니다."

윤해는 그렇게 말하는 낙현의 얼굴을 살폈다. 우월감이나 웃음기는 전혀 없었다. 그건 진심이었다. 감정을 뺀 건조한 사실. 조정에서 보낸 왕의 사자가, 종일 비가 내려 안 그래도 거추장스러운 날에 갑옷에 투구까지 제대로 갖춰 입고 보란 듯이 사람들 앞에서 종친인 윤해의 이름을 불러대던 왕의 정예 마군 전령이, 소라울뿐만 아니라 아마 사라 전체에서 말을 제일 잘 타는 이 중 하나일 무관이, 알고 보니 말도 하나 제대로 탈 줄 모르는 자라는 소리였다. 말밖에 모르는 마목인 목감의 눈에는 그렇게밖에 안 보인다는 뜻이었다.

"그래서요?"

윤해가 흥미로워하며 물었다.

"맞붙으면 이길 수도 있습니다. 해봐야 아는 싸움이지만."

윤해의 귀에 그 말은 이런 뜻으로 들렸다. 당신이 선을 넘으면 나도 그 옆에 서겠다는 말로.

윤해는 자기도 모르게 낙현의 얼굴을 오래, 빤히 바라보았다. 계단 아래 선 그와 눈의 높이가 맞아서, 아주 가까이에서 마주 보고 서 있는 듯했다. 낙현이 더없이 맑은 눈으로 윤해를 마주 보는 바람에 두 사람은 오래 눈을 마주했다. 윤해가 문득 정신을 차리고 고개를 무지개 쪽으로 돌릴 때까지.

"의외로 다정하십니다. 그러나 설 곳을 정해야 할 때가 되면 한씨 집안의 동태를 먼저 참고하세요."

낙현은 별다른 대답을 하지 않고 고개를 한 번 숙이고는 바삐 망루를 내려갔다.

다시 며칠이 지나고, 뜻밖의 손님이 객사를 찾아왔다. 서운관감 은난조였다. 키가 작고 손이 야무지며 글 읽는 소리가 또랑또랑한 귀엽고 뽀얬던 아이. 그를 직접 본 건 십여 년 만이었다. 이제 은난조는 키가 훤칠하고 손이 큼직하며 고운 옷이 잘 어울리는 해사한 어른으로 자라 있었다.

"윤해 누님, 그간 강녕하셨습니까?"

윤해는 여러 번 읽어 외우다시피 한 서신의 마지막 줄을 떠올렸다. "좋은 계절에 술름으로 한번 찾아뵙고자 하나이다." 그 좋은 계절이 지금인 모양이었다.

"누님, 이라고요?"

"예, 영윤해 누님."

난조의 입가에 해맑은 웃음이 소리 없이 피어났다. 그 바람에 윤해는 긴장이 풀렸다. 어느 때든 그가 있는 계절이 바로 좋은 시절일 듯했다. 그때 그 혼담이 쭉 이어졌다면 어땠을까.

난조는 마리에 짐을 푼 다음, 저녁에 다시 객사로 찾아와 윤해와 함께 저녁을 들고 이야기를 나누었다. 아버지는 무탈히 잘 지내는 듯했다. "워낙 두문불출하시어 특별히 전할 소식은 없으나 가끔 손님이 드나들며 차를 마시는데 보기에 한

결같이 평안해 보인다"했다. 아버지다운 처세였다.

조정의 사정은 재미가 없었다. 그새 어느 집안이 쓸려나가고 대신 다른 집 자식이 요직에 올랐다는 이야기였다. 흥미롭지는 않았지만 윤해는 그 소식을 귀담아들었다. 종씨 집안은 떨려 나가지도 더 높아지지도 않았다. 그대로 윤해에 대한 원한만 깊어질 모양이었다.

"그래도 제일 떠들썩했던 소문은 역시 누님의 마법이었습니다. 종마금의 죽음은 연유를 알아낼 방도가 없었거든요. 결국 누님이 마법으로 곰을 불러냈단 소리가 나왔는데, 조정에서는 믿지 않았지만 항간에서는 그 말이 널리 돌았어요."

윤해는 잠자코 이야기를 듣기만 했다. 난조가 슬쩍 눈치를 살피더니 술기운을 빌려 계속 말을 이었다.

"조사에 참여한 벗이 있어 전해 들었는데, 잇자국이나 사냥개에 찍힌 발톱 자국으로 보면 곰이 튀어나온 게 분명하다더군요. 그렇게 큰 건 곰밖에 없다고요. 곰 중에서도 아주 큰 곰이었겠죠. 사람 머리가 한입에 들어갔다니까요. 저도 검안서 필사본을 읽어보았는데 흠결은 없었습니다. 그런데 온 산을 뒤져도 그만 한 곰이 나오지는 않으니 그건 그것대로 문제였지요. 그래서 검안서를 여러 차례 들여다보았습니다. 누님이 관련된 일이기도 하니까요. 정말 자세히 기록되어 있더군요. 발자국 위치 하나까지, 어느 발자국이 어느 발자국 다음에 찍혔는지도."

"그래서? 뭐가 나왔어?"

윤해는 은근슬쩍 말을 놓았다.

"나오던데요?"

난조는 개의치 않는 듯했다.

"뭐가?"

"괴수가 나타난 방향이요. 곰이든 뭐든. 살인이 아닌 사고사라 초검관(初檢官), 복검관(覆檢官) 둘 다 별 신경 안 쓴 듯했지만 곰이 움직인 방향은 분명했습니다. 개 세 마리를 제압한 다음 종마금에게로 달려갔지요. 그렇지 않습니까?"

윤해는 그 순간을 떠올리며 질끈 눈을 감았다.

"기억이 나지 않아. 그렇게 되기 전에 나부터 혼절해서."

"예, 혼절해 계실 때 종마금이 개를 데리고 구하러 온 듯하다고 증언하셨더군요. 그런데 종씨 집안 사람들은 그 말부터 의심했을 겁니다. 누님이야 호의로 좋게 말씀하신 거였지만, 종마금은 그럴 성품을 지닌 인간이 아니었으니까요. 누구보다 가족이 잘 알 거고요."

"그건, 나한테 다그쳐 물어도 소용없어."

윤해는 조금 불편한 마음이 들었다. 그러자 난조가 얼른 목소리를 바꿨다.

"다그치긴요. 누님 일인데, 제가 달리 누구 편을 들겠습니까. 다만 검안서를 오래 보다 보니 알게 된 것이 있어 말씀드리는 것뿐이에요. 괴물은 분명 개들을 해치우고 종마금에게로 달려갔습니다. 중간에 발자국이 없으니 날아갔겠지요. 그런데 방향이 그렇습니다. 개가 있는 곳에서 종마금이 있는 곳으로 간 거면, 절벽에서 시작해서 길 쪽으로 진행한 셈이지요. 절벽 바로 앞에는 누님이 쓰러져 있었고요."

"무슨 말을 하고 싶은 거야?"

난조는 티 없이 낭랑한 목소리로 반문했다.

"마법을 펼치셨죠?"

"뭐?"

"소문이 거짓이 아니죠? 괴물을 소환해 종마금을 없애고, 또 여기 술름에 와서는 패잔병을 수습해 기세가 한껏 오른 야인 연맹을 격파하셨어요. 들리는 이야기로는 야인의 보창진이 우측에서부터 차례로 무너졌다더군요. 무슨 사나운 괴물을 보기라도 한 것처럼 야인들이 아주 꼴사납게 달아났다던데요. 누님이 성문을 열고 나타난 곳 바로 앞에서부터 일어난 일이니, 종마금 때와 방향도 같고요. 어때요, 제 말이 맞지 않습니까?"

"아니야."

"그럼 뭐죠? 어떻게 한 거죠? 여기 와서 보니 마리와 고리의 장졸들이 모두 누님을 우러러보는 게 분명한데, 그럼 그날 정말로 뭔가를 보여주기는 하신 거잖아요."

그야 마법이 아니라 병법이지! 윤해는 생각했다. '그리고 나에게는 어느 병서에서도 본 적 없는 재빠른 정예 기병과 무려 8천 마리의 준마가 있었다고. 장계도 써서 소라울로 올렸는데, 영특하기로 소문난 네 눈에는 이 이야기의 어느 대목이 보이지 않는 거니? 너도 똑같이 지닌 그 맹점이 내가 이 궁지에서 몸을 숨기고 빠져나갈 빈틈이었던 거니?'

윤해가 말했다.

"내가 한 게 뭐가 있다고. 뭘 보여주고 말고, 장졸이 우러러보고 말고, 그런 건 이제 상관도 없어. 곧 도순검사가 오면 떠날 거야. 조정의 명이 당도한 건 들어 알고 있을 거 아니야."

"그러셔야죠. 겨울 전에 돌아가시죠? 제 아버지께서도 신경 쓰고 계시니 여기서 겨울을 한 번 더 나실 일은 없을 겁니다."

"그럴까?"

"그럼요. 유배도 아닌데 그건 너무 가혹하죠. 도순검사가 빨리 정해지면 좋겠네요."

난조는 윤해의 속내를 헤아리지 못했다. 벗도 아닌 사이였으니 그럴 만도 했다. 그래도 난조의 이야기는 듣기에 거슬리지 않았다. 윤해의 입장에서 하는 말이었고, 잘되기를 바라는 마음은 거짓이 아니었다.

마법 이야기만 해도 그랬다. 우선 종마금을 죽인 곰개에 관한 해석은 윤해도 뜨끔할 만큼 날카로운 추론이었다. 무엇보다 그 사건을 '어떤 괴물이 종마금을 죽인 사건'으로 이해하는 게 아니라, '미지의 존재가 영윤해를 구해낸 사건'으로 이해한다는 점이 결정적인 차이였다. 토르가이의 마목인 연맹을 격퇴한 일에 관해서도 마찬가지였다. 해석에는 맹점이 있을지언정 관점만은 분명 윤해의 편에 가까웠다.

'그래서 혼담이 오갔고, 그래서 없던 일이 되었지. 부원대군과 태보의 집안은 같은 편이어서는 안 되니까.'

대화가 길어질수록 화제는 더 편안해졌다. 소라울의 봄과 술름의 별 볼 일 없는 술 이야기처럼 무용한 화젯거리가 한참을 오가다, 난조가 문득 거문담 이야기를 꺼냈다.

"거기는 가보셨습니까, 거문담에?"

"한 번 가봤지. 그러고 보니 거문담을 보러 온댔지?"

"그 일을 겸해서 올 거라고 썼죠."

대화가 그쪽으로 방향을 틀자, 난조는 눈을 반짝이며 일관의 일을 늘어놓았다. 자주 듣는 사람은 첫머리만 들어도 머리가 지끈거릴 장광설이었지만, 윤해는 처음 듣는 그의 말이 흥미롭기만 했다.

"제가 술름에 온 건 1021 때문이에요."

"1021? 그게 뭔데?"

"실은 저도 잘 모르겠어요. 옛날 태복감 시절 서고에 있던 고천문서를 들여다보다가 거문담에 오기로 마음먹었다고 했잖아요."

태복감은 사라국 이전에 소라울을 지배하던 나라에서 천문을 관장하던 관청 이름이었다.

"그랬지."

"태복감 서고에 언제 쓴 책인지도 알 수 없는 천문서가 여러 권 있는데 오래 관리하지 않아 그중 몇 권이 상했거든요. 더 낡기 전에 그 책들을 모두 새로 필사하고 내용을 기록하는 작업을 하는 중에, 이해가 안 가는 대목이 눈에 띄더라고요. 한 5백 년도 더 된 책 몇 권에서 당대 천문학의 제일 중요한 과업이 쭉 나열되고 있는데, 그 첫째가 다 1021이었어요."

"그래? 그런 이야기는 어느 책에서도 본 적 없는데. 게다가 콕 집어서 1021이라고? 왜지? 너무 구체적이잖아."

"이상하죠? 왜 그 숫자인지 알 수 없기는 서운관 학사들도 마찬가지였어요. 태복감 서고에 있다고 꼭 태복감에서 쓴 책도 아니고, 전부터 내려오던 걸 필사한 책일 거라 정확히 언제 쓴 건지 알 방법이 없는데, 대충 한 5백 년 전에는 1021을 세는 게 중요했던 모양이에요."

"지금은 안 중요하고?"

"전혀요. 그 뒤로 한 5백 년 동안 그 어떤 일관도 1021 이야기를 책에 쓴 적이 없어요."

윤해가 특유의 호기심 어린 얼굴로 물었다.

"이유를 잊은 게 아닐까? 한 권도 아니고 몇 권에서 같은 이야기를 하는 거면 예전에는 정말로 중요했다는 건데. 있던 별이 사라지기라도 했나?"

"아닐걸요. 별이 사라졌으면 그것도 기록으로 남았을 거예요. 그렇게 중요한 별이었으면 더 그랬겠죠. 의미를 추측해볼 수는 있는데, 천문 서적에 나오는 이야기니까 일단 주기일 가능성이 있죠. 1021일이거나, 1021년이거나. 1021일이면 수수께끼로 남기에는 너무 짧고, 아마 1021년이겠죠? 그런데 1021년은 또 너무 길어요. 어떤 천문 현상을 보고 1021년 주기를 확인하려면 최소한 1021년간은 관측을 해야 하고, 바람직하게는 2042년 동안 누군가 확인을 해야 하는데, 지금까지의 왕조는 대략 2백 년에서 3백 년쯤 지속됐으니까 다섯에서 열 개까지 왕조를 건너뛰며 일관되게 관측해야 한다는 거잖아요. 일이 거기까지 이르면 정말 그렇게까지 했을까 싶은 거죠. 물론 거문담을 보면 옛날 사람들은 그러고도 남았으리라는 생각이 들지만, 그래도 믿기 힘들긴 해요."

"그게 주기라면 뭔가 중요한 일이 일어나는 주기였던 걸까? 그 1021을 세는 게 제일 중요한 과제였다면서."

"그것도 모르겠어요. 그런데 1021이라는 주기가 특이하긴 해요. 이게, 이 주기보다 작은 주기와는 하나도 안 겹치거든요."

"그게 무슨 소리지?"

"아, 무슨 소리냐면요, 1021년마다 하루씩 어느 위치에서만 보이는 별이 있다고 생각해보자고요. 부지런한 일관이 2년마다 한 번씩 별을 보기로 마음먹어요. 대를 이어가며 510번이나 그곳에 찾아가야겠죠. 그런데 510번을 가도 결국 그 별은 못 만나요. 그보다 조금 게으른 일관이 3년에 한 번씩 가도 마찬가지예요. 대를 이어 340번을 확인하는데, 그래도 결국 못 봐요. 4년마다 가는 건 2년마다 가는 것과 겹치니까 의미가 없고, 5년마다, 7년마다, 11년, 13년, 17년, 19년, 그렇게 쭉 주기를 늘려가도 다 마찬가지예요. 후손들이 아무리 열심히 약속을 지켜도 그 별은 아무도 못 봐요. 주기에 맞춰서 그 별을 보려면 딱 두 가지 방법밖에 없어요. 매년 그 날짜에 그곳에 가서 확인하거나, 아니면 딱 1021년 뒤에 맞춰서 가거나."

"두 가지 다 안 되겠는데."

"예, 둘 다 어렵죠. 매년 가는 건 달력에 새기는 전통이 되어야 하는 건데, 1021년 동안 지속되는 문물이라는 게 있겠어요? 또 1021년 만에 딱 맞춰서 가려면 그 주기의 시작점도 계속 세고 있어야 하고, 무엇보다 1021년간 똑같은 방식으로 날짜를 세는 역법이 있어야 하는데, 그렇게 오래된 역법은 존재하지도 않아요. 지금 쓰는 달력 중에 5백 년 넘은 건 하나도 없으니까. 만약 옛날 사람이 이걸 기대했다면 실제로 이미 실패한 셈이죠. 기억이 사라졌으니까."

윤해가 물었다.

"그럼 거문담에 온 건 그 문제를 해결하려는 거야?"

"예. 우연인지 몰라도 1021 이야기를 하는 책들은 다 거문담 이야기도 하고 있거든요. 이쪽 어딘가에는 기록이 남아 있을지도 몰라서요."

윤해는 고개를 저었다.

"글쎄, 초원 마목인들이 책 같은 걸 열심히 전했으려나."

"아, 책 말고 다른 걸 찾아보려고요."

"뭘?"

"비석이요. 돌에 새기면 후손이 아무리 관심이 없어도 1021년 정도는 가기도 하니까요. 일부러 망가뜨리지만 않으면 2천 년도 가겠죠. 그런 게 있을 거거든요. 술름마리 아니면 거문담 근처 초원 어딘가에. 그런 게 서 있었다는 기록이 있으니까, 분명 있기는 있을 거예요. 부러진 반쪽이라도 어던가에 남아 있지 않을까요? 큰 돌이 들어간 건물을 잘 들여다보면 깨진 비석 일부가 있을지도 모르죠. 아무튼 그런 걸 찾으러 온 거라 언제까지 술름에 머물지는 저도 모르겠어요. 결국 못 찾더라도 누님이 소라울로 돌아가실 때는 저도 포기하고 동행하려고요."

난조는 마리에는 짐만 풀어놓은 다음 근방 여기저기를 오가며 조사하러 다닐 예정이라고 했다. 윤해가 마목인 길잡이를 붙여주겠다고 하자 그가 고마워했다.

"고리의 상인도 몇 명 소개해주세요. 초원 길을 건너서 온 책이나 민담이 있으면 그쪽에 제일 먼저 닿을 테니."

윤해는 늦게까지 이어진 긴 대화가 즐거웠다. 돌이켜보면 당장 급하지 않은 주제를 그 정도로 깊이 파고드는 사람을 만난 것부터가 실로 오랜만이었다. 소라울의 일상이 험악해진 뒤로는 누구도 밤늦게까지 다른 이의 집에 머물며 길게 이야기를 나누는 법이 없었다. 소라울에서라면 태보의 아들이 부원대군의 집에 밤늦게까지 머무는 일 같은 건 처음부터 일어나지 않는 게 좋았다. 은씨와 영씨는 만나서 절기 이야기만 나누어도 언제든 역모로 엮일 수 있으니.

작은 술병이 비자 난조는 이만 물러가겠다고 했다. 윤해는 더 붙들고 싶었지만, 아무리 소라울에서 멀리 떨어진 곳이어도 은씨가 영씨의 거처에 너무 오래 머무는 건 바람직한 일이 아니었다.

아쉬운 마음에 객사 문 앞까지 배웅을 나서는데, 앞서가던 난조가 뒤를 돌아보며 말했다.

"내내 이해가 안 갔는데 최근 누님이 겪은 일을 보면서 비로소 이해하게 된 게 있어요."

"뭔데?"

"연모."

날이가 솔기에게 느꼈다던 마음의 이름. 밤하늘에 반달이 떠 있었다. 윤해는 호흡이 흐트러졌다. 난조가 아무렇지도 않게 말을 이었다.

"실제로 뵌 지 십 년이 넘었고 마지막으로 만난 것도 애들 나이일 때라 따지고 보면 모르는 사람이나 마찬가지일 터인데, 그런데도 가끔 그 생각이 났어요. 일 년에 서너 번은. 그러니까 연모의 감정이요. 이상하잖아요."

윤해는 속으로만 답했다. 이상하지 않지. 나도 그랬으니까.

은난조가 또 말했다. 이번에는 부끄러움이 조금 섞인 말투였다.

"그런데 지금은 이해가 됐어요. 아마 마법 때문이었을 거예요."

윤해는 숨이 턱 막혔다. 난조도 말을 잇지 않아 침묵이 마당에 내려앉았다. 하늘에서 달이 '저건 또 뭔 소리야' 하는 표정으로 은은한 빛을 뿌려댔다.

 난조가 푸하하 웃음을 터뜨려, 조금 전에 내뱉은 말을 실없는 소리로 만들었다.

 "마법에 들뜬 게 아닐까요? 어린 시절에도 어렴풋이 느껴졌던 신묘한 기운이 오래 기억에 남았거든요. 누님에게는 그런 기운이 있었으니까요. 그걸 연모로 착각했지 뭐예요."

 윤해는 소리 없는 웃음으로 답했다. 여러 뜻이 담긴 웃음이었지만, 어떻게 새길지는 보는 이의 마음이었다.

 '그래, 이젠 다 지난 일이지.'

 소라울의 고관 중에 축첩하지 않은 자는 그분밖에 없을 거라는 소문까지 돌았던, 부부 금슬이 좋기로 유명한 그 은난조.

 그가 술름마리 쪽으로 걸음을 떼자 객사 대문이 닫혔다. 윤해는 가로놓인 문에 대고 마음으로만 말했다.

 '하지만 그건 내가 펼친 마법이 아닌데. 나는 그런 건 할 줄도 몰라. 너는 어째서 모르는 거지? 너무 단순해서 시골 고리에 사는 열 살짜리도 다 아는 이야기인데, 너의 그 영명한 눈에는 이 이야기의 또 어느 부분이 보이지 않는 거니?'

 '아씨, 어쩌면 그분도 안 보이는 데 없이 다 보신 게 아닐까요? 말씀만 그렇게 하시는 거죠. 중요한 건 마음을 전하셨

다는 거니까요. 연모라고 분명히 말씀하셨잖아요.'

호미가 말했다. 그러니까, 꿈이었다.

무심코 목 아래로 시선이 향하려는데, 야인 여자의 손이 불쑥 나타나 윤해의 눈을 가렸다. 손목에 걸린 장식이 인상적이었다.

여자의 이름이 생각났다.

"마로하."

그렇게 말하자 여자가 답했다.

"윤해."

마로하는 눈을 가린 채로 윤해를 어딘가로 이끌었다. 다급하지도, 위협적이지도 않은 편안한 속도였다. 둘은 인기척이 느껴지는 곳에서 걸음을 멈췄다. 마로하가 손을 떼자 도열해 있는 병사들이 보였다. 그저 야인의 외양이라기보다는, 전에 본 적 없는 이민족의 복장이었다.

마로하는 윤해를 이끌고 맨 왼쪽에 있는 대열로 가 병사들의 수를 세었다. 잘 들리지 않아 수를 세는 말을 외울 수는 없었다. 마로하의 손짓과 고갯짓을 보니 수를 기억할 필요는 없다는 소리 같았다. 마로하는 따라서 수를 세라고 몸짓으로 말했다. 세어보니 가로세로가 각각 열 줄씩, 백 명으로 이루어진 덩어리였다.

그다음은 그런 대열의 수를 하나씩 셌다. 백 명으로 된 네모가 열 개였다. 그러자 마로하가 윤해의 손목을 잡고 맨 오른쪽에 있는 대열로 갔다. 대열이라기보다는 대열에 들지 못한 나머지를 모아놓은 무리 같았다. 그 앞으로 다가간 마로하가 손가락을 들어 자세히 보라는 시늉을 하더니, 병사들의 수를 세기 시작했다. 윤해도 소리 내어 따라 세었다.

"하나, 둘, 셋, 넷…… 열여덟, 열아홉, 스물……"

그리고 스물하나. 끝까지 세고 나자 마로하가 고개를 돌려 윤해를 바라보았다. 1021. 윤해도 마로하를 마주 보았다. 야인 여자가 고개를 끄덕였다. 비로소 윤해는 이미 답을 들은 질문을 던졌다.

"1021을 알고 있다고?"

그 순간 한쪽 구석에서부터 정신이 맑아지는 것이 느껴졌다. 잠이 깨려는 것이었다. 꿈에서 쫓겨나기 직전, 마로하가 손가락으로 윤해의 발아래를 가리켰다. 재미있는 장난을 치려는 듯 웃음기를 머금은 얼굴이었다. 그러자 갑자기 바닥이 사라지고 몸이 아래로 추락하기 시작했다. 윤해는 발아래 검은 심연에서 한사량의 가마 바닥에 새겨져 있던 것과 똑같이 생긴 커다란 물고기가 입을 벌리고 윤해가 떨어지기를 기다리는 모습을 본 것 같았다.

소스라치며 눈을 뜨니 어둑한 객사 천장이 시야를 가득 채우고 있었다. 왕의 권위를 보여주려고 만든 높고 장엄한 구조물.

 날이 밝기를 기다리며 마당으로 나갔다. 눈이 내리는 철이 아니어서, 객사에도 깨어 있는 사람은 없었다. 밖에는 위병이 서 있겠지만 담 안쪽은 아직도 조용했다. 윤해는 방에서 초를 들고 나와 벽에 걸린 등롱불을 옮겨 담았다. 그런 다음 다시 방으로 돌아와 책을 펼쳤다. 책상 옆에 놓인 책이 다 병서였다.

 한참 뒤에 밖에서 기척이 들려왔다. 객사 관속들이 잠에서 깨어난 모양이었다. 또 한참을 기다리니 대문 열리는 소리가 났다. 고리에 사는 구실아치들이 등청하는 모양이었다. 문을 지키던 위병이 교대하는 소리도 들렸다. 또 얼마 뒤에는 마리에 사는 자들이 등청했다.

 그런데 얼마 후. 좌기대대감이 뵙기를 청한다는 소리가 들렸다. 의외의 방문이었다. 일찍 깬 김에 직접 마당으로 나가 보니 정말로 낙현이 와 있었다.

 "아침부터 어쩐 일이십니까?"

 그가 인사말을 건너뛰고 대뜸 물었다.

 "혹시 지난밤에 푸른 잉어가 나오는 꿈을 꾸셨습니까?"

 "예? 그걸 어찌 아시고?"

 "어서 나오셔서 말에 오르시지요."

 "지금이요?"

"바로 확인하실 게 있습니다."

덧바지를 서둘러 챙겨 입고 밖으로 나갔다. 문밖에 말이 준비되어 있었다. 그대로 말에 올라 고리 북쪽 문을 나선 다음 한참을 달렸다. 어디로 가는지는 물을 필요도 없었다. 누가 봐도 거문담으로 가는 길이었다.

거문담 동쪽 입구에 다다르자 낙현이 서둘러 말에서 내렸다. 그러더니 윤해를 거들어 입구 언덕을 올랐다. 언덕 꼭대기에서 낙현이 말했다.

"저게 보이십니까?"

낙현은 손으로 거문담 한가운데를 가리켰다. 꽤 먼 거리였지만 윤해의 눈에도 분명히 보였다. 거기에는 푸른 잉어가 있었다. 사람을 한입에 삼킬 만큼 커다란 잉어가 흙바닥 위를 퍼덕거리고 있었다.

낙현이 물었다.

"꿈에서 보신 게 맞습니까?"

윤해가 고개를 끄덕였다.

"맞아요. 맞는데, 이게 다 무슨 일이죠? 저게 어디서 왔답니까? 살아서 온 것 같은데. 저런 큰 물고기가 사는 물이 이 근처에 어디 있다고. 그리고 저게 나온 줄은 어떻게 아셨고요? 내내 사람을 세워 두신 겁니까?"

"혹시나 해서 보초를 세웠습니다. 전에 왔을 때 봇짐 진 곰

두 마리에 관해 물으시기에."

 윤해는 어안이 벙벙했다. 좌기대는 이제 하다 하다 사람 머릿속에도 들어갔다 나오는 걸까? 꿈에 뭘 봤다는 소리는 꺼낸 적도 없는데 어떻게 알고 꿈 얘기를 하는 걸까? 자다가 소스라치게 놀라 깨는 때가 많다는 이야기를 객사 관속들에게서 듣기라도 한 걸까?

 윤해가 물었다. 다른 물음은 다 건너뛰고 당장 궁금한 것만 골라서 물었다.

 "저건 어떤 식으로 나왔답니까? 보초가 그 광경을 목격했나요?"

 낙현이 고개를 끄덕이며 답했다.

 "바닥이 열리고 빛이 새어 나왔답니다. 그 틈에서 저게 튀어나왔고요. 그러고는 바닥이 닫힌 다음에도 저러고 있었답니다. 돌아갈 데가 없어서요. 지키던 자가 그 광경을 보고 깜짝 놀라서 말을 몰아 술름으로 달려왔습니다. 시간이 지나면 사라질 듯하여 저도 서둘러 대영솔을 모셔왔고요."

 윤해는 머릿속이 복잡했다. 뭐가 어떻게 된 일인지 하나도 정리가 안 됐다. 하지만 반대로 이제야 뭐가 뭔지 알 것도 같았다. 다른 건 몰라도 한 가지는 분명했다.

 '거문담 아래에 정말로 문이 있단 말이지?'

 윤해는 자기만 아는 사실을 하나씩 떠올렸다. 거문담은 그

문 입구에 달아놓은 커다란 덫이다. 또한 그 문으로 튀어나오는 건 전에 꿈에서 본 그 거대한 존재일 것이다. "너의 세계로 빠져나갈 수 있지"라고 말하던 기분 나쁜 목소리의 주인. 그때의 기억을 떠올리자 온몸에 소름이 돋았다. 상상하는 것만으로도 겪어본 적 없는 끔찍한 기억에 닿은 듯 기괴한 공포가 등줄기를 따라 퍼져갔다. 몸속 깊이 새겨진 존재의 가장 근원적인 두려움이었다.

'그리고 그 문이 열리는 주기가 바로……'

1021년. 이제는 기억조차 전해지지 않는 고대 천문학의 가장 중요한 숙제. 그보다 짧은 어떤 주기로도 대비할 수 없는, 번거로운 주기의 숨겨진 의미. 난조가 발견하고, 윤해가 알게 된 직후, 기다렸다는 듯 꿈에 나타난 마로하가 일깨워준 단서. 그리고 괴물이 되는 꿈.

그것은 재앙이었다. 초원 전체를 뒤덮은 다음 술름을 지나 소라울까지 날아갔던 불길한 냄새의 정체였다.

'그래, 재앙이 일어나는 거야. 대를 이어 지켜도 좀처럼 대비할 수 없는 1021년이라는 까다로운 주기로.'

윤해는 꿈이 깨기 직전, 마로하의 얼굴에 떠오른 장난스러운 미소를 떠올렸다. 그건 마로하가 펼친 마법이었다. 꿈에 본 것을 생시로 옮겨 그 만남이 진짜라는 사실을 입증하는 장난.

'나는 여기에 남아서 할 일이 있어! 그러니까 나는 술름을 떠날 수 없어!'

윤해의 귀에는 이제 바람의 음성이 들리는 듯했다. 귀가 밝은 사람들은 북풍이 거문담을 지날 때 나는 소리를 멀리서도 알아들을 수 있다고 했다. 윤해는 자기 귀에도 그 소리가 들리는 것 같았다. 그러면서도 망상에 빠지지 않으려 애썼다. 중요한 결정을 내려야 하므로, 어느 때보다 정신이 맑았으면 했다.

윤해는 고리 북쪽 망루에 올라 거문담을 바라보고 있었다. 그런데 이제 보니, 윤해가 오른 망루에는 영씨 가문을 상징하는 황금색 기가 올라가 있었다. 봉황 그림은 생략하고 바탕색만 칠한 세모난 기였는데, 다른 망루에는 없고 오로지 윤해가 있는 곳에만 그 기가 걸렸다. 낙현이 틀리지도 않고 한 번에 불쑥불쑥 찾아오는 비결이 그것인 모양이었다. 또한 보기대대영솔이 고리를 순시하고 있음을 술름 전체에 알리는 뜻도 있었을 것이다. 말하자면 술름에는 이제 대영솔의 존재감이 필요하다는 의미였다.

'그런데 저건 누가 시켜서 하는 일일까?'

발소리가 들리는 쪽으로 고개를 돌리니, 낙현이 성큼 계단을 올라왔다. 정말 지치지도 않는 사람이었다.

"찾으셨습니까?"

"대감."

윤해는 목소리와 호흡을 가다듬었다. 이제 중요한 이야기를 하겠다는 신호였다.

"예, 대영솔."

"소라울의 마군에 대해서 전에 하신 말씀을 다시 여쭙고 싶습니다."

"예."

"정말 맞붙으면 이길 수도 있습니까? 소라울 마군은 술름 마군의 열 배가 넘을 겁니다."

낙현은 윤해의 눈을 똑바로 응시하며 잠시 생각에 잠겼다. 머릿속으로 빠르게 무언가를 계산하는 모양이었다. 윤해는 차분하게 낙현의 답을 기다렸다. 윤해의 등 뒤에서는 거문담을 긁고 온 바람 소리가 들렸다.

마침내 낙현이 말했다. 따지고 보면 그리 길지도 않은 침묵이었다.

"이길 수도 있습니다. 물론 질 수도 있고요."

"그럼 이기도록 합시다."

"예?"

"내가 선을 넘으면 대감은 선의 어느 쪽에 서시겠습니까?"

"그거야, 한씨 집안이 하는 대로 움직이지는 않겠지요. 아무나 그럴 수 있는 것도 아니고요."

"역시 그건 쉽지 않겠지요? 다시 제대로 묻겠습니다. 내가 선을 넘으면 대감은 내 옆에 서시겠습니까?"

이번에는 기다리지 않고 곧바로 대답이 돌아왔다.

"물론입니다."

"좋습니다. 그럼 계획을 말씀드리지요. 도순검사가 임명돼도 나는 술름고리를 떠나지 않기로 했습니다."

"알겠습니다."

윤해가 다시 힘주어 말했다.

"반역이라는 뜻입니다."

"그것도 알고 있습니다."

"술름에서 반드시 해야 할 일이 있어서요."

"예."

윤해는 설명을 덧붙이려다 그만 입을 다물었다. 무슨 말을 해도 알겠다는 대답만 짧게 돌아올 것 같았다. 술름의 좌기대대감은 원래 그런 사람이었다.

말을 잔뜩 준비했는데 생각보다 짧고 싱거운 대화였다. 그래도 분명 정신은 맑았다. 윤해에게는 또다시 이겨야 할 싸움이 생겼다.

5

 기병은 병종이 아니라 풍속이다. 사라는 기병을 숭상하는 나라지만, 이 간단한 진리를 최선을 다해 외면한다. 사라만이 아니라 경작인의 나라는 다 그렇다. 그래서 경작인 기병은 위협적이지 않다.
 다르나킨은 서문 밖으로 말을 달려 정오가 되기 전에 맹골차리에 당도했다. 맹골은 우향과 배향 사이에 있는 교역 도시로, 우향과 배향을 나누는 기준점이다. 또한 초원 길을 따라 들어선 수십 개의 차리 중 동쪽 맨 끝에 놓인 차리이기도 했다. 물론 초원 길의 마지막은 술름이지만, 술름은 엄연히 고리가 들어선 사라국의 성읍이었고, 모든 상인에게 열려 있는 성벽 없는 교역 도시는 맹골의 차리가 마지막이었다.
 맹골차리에서 다르나킨은 이방인 취급을 받았다. 원래 차리의 거리를 오가는 이의 태반은 서로에게 이방인인 법이지만, 그런 차리인에게도 경작인은 꽤 이질적이었다. 내내 마목인으로 손가락질받았는데 고리를 벗어나자마자 이번에는 경작인 취급이라니, 동행한 좌기대 제감 수랏치는 그 점이 못마땅했지만 다르나킨은 그런 것에 신경을 빼앗길 만큼 한가하지 않았다.

둘은 차리에 도착하자마자 이름난 거간인 하살루타의 저택을 찾았다. 원칙적으로 차리에는 성벽이 없지만, 상단(商團)의 본거지나 대상인의 저택은 성벽의 방어탑처럼 두꺼운 벽으로 둘러싸여 있었다. 또한 수백에서 수천에 이르는 사병이 가까이에 머무르며 장사를 거드는 게 보통이었다.

하살루타는 배향 인근 마목인과 밀접한 관계를 맺고 있는 상인이었다. 그는 마목인으로부터 양모를 사들여 맹골 인근 농가로 가져온 다음, 옷감이나 양탄자, 혹은 외투로 만들어 초원 길 반대편에서 온 상인들에게 팔았다. 기껏해야 양모나 모아다 팔던 다른 상인들과 달리 옷 만드는 자들에게도 이익이 돌아가는 사업이었으므로, 맹골인들이 곧 그를 믿고 따랐다. 또 멀리서 온 상인들은, 같은 무게라면 원료보다는 다 만든 물건을 싣고 가는 편이 훨씬 나았으므로, 하살루타의 물건에 관심을 보였다. 그중 털옷이나 양탄자는 품질이 조금 떨어져 잘 팔리지 않았다. 하지만 양모로 지어 얇게 누른 옷

감만은 인기가 많았다. 거기서 남긴 이문으로 하살루타는 배향 초원의 양털을 시세보다 비싼 값에 사들였다. 아주 조금 비싼 값이었지만 파는 이들에게는 그것도 꽤 도움이 되었다. 하살루타가 배향의 지배자냐고 물으면 아니라고 답하는 이가 더 많을 것이다. 그래도 배향 마목인치고 그에게 의지하지 않는 자는 찾기가 어려웠다.

하살루타의 저택 응접실은 기둥이 돌이었다. 여덟 개의 돌기둥이 떠받치는 높은 천장에는 그림이 그려져 있었다. 누구의 것인지는 모르겠으나, 흔히 보던 것들과는 화풍이 전혀 달라 다른 세상에 와 있는 것 같았다. 한참을 기다려 겨우 하살루타를 만난 다르나킨은 오래 뜸 들이지 않고 곧바로 대영솔의 뜻을 전했다. 건물이나 그림에 압도당하지 않았다는 말이었다.

"아시겠지만 지금의 술름은 셋으로 이루어져 있습니다. 고리와 마리, 그리고 오름입니다. 우리 대영솔께서는 여기에 하나를 더할 생각이십니다. 서문 밖에 술름차리를 새로 두어 세금을 바치지 않고 자유롭게 교역하도록 장려할 계획이고요."

하살루타는 다르나킨 쪽을 유심히 바라보았다. 나이 든 상인은 이제 멀찌감치 서 있는 사람의 얼굴을 알아볼 만큼 눈이 좋지 않았다. 실은 귀도 잘 들리지 않았다. 자식에게 사업을 물려줄 나이였지만, 하살루타가 젊어서 낳은 세 명의 아이는 하나같이 어른이 되기도 전에 죽고 말았다. 그래서 그는 젊은이들이 하는 말에 남들보다 오래 귀를 기울였다.

"술름의 목감이라 하셨소? 거기는 목감이어도 주로 말만 키울 텐데. 전마는 이 몸이 취급하는 물목이 아닙니다만, 아무튼 어디 이리로 가까이 와주시겠습니까?"

다르나킨은 하살루타가 앉은 쪽으로 성큼 다가갔다. 상인이 눈에 힘을 주어 다르나킨을 쳐다본 다음 다시 물었다.

"술름차리라 하셨소?"

"그렇습니다."

"방금 면세라는 말을 들은 것 같은데."

"옳게 들으셨습니다."

하살루타는 흥정을 하러 온 젊은이가 마목인인지 경작인인지 구별이 잘 안 됐다. 눈이 침침해서가 아니라, 그의 혜안으로도 이 청년이 속한 세계가 어느 쪽인지 선뜻 나누기 어려웠다. 어쩌면 양쪽 모두에 발을 딛고 사는지도 모르겠다고 생각했다.

'삶이 고달팠겠군.'

그가 물었다.

"면세는 그쪽 전하가 정할 일이 아닌가요? 혹시 윤허를 담은 국서를 가져오셨소?"

"종친이신 보기대대영솔께서 뜻하신 바입니다."

윤허 같은 건 없다는 뜻이었다. 하살루타는 방금 들은 긴 관직명을 곱씹어보았다. 그게 뭐였더라. 그건 기억이 가물가물했지만, 그의 앞에 나선 다르나킨이 누구를 대리하는지는 모르지 않았다. 경작인의 관직 따위는 구별이 안 되지만, 그가 그 기세 좋던 토르가이를 꺾은 마법사라는 사실은 모를 수 없었다.

다시 하살루타가 물었다.

"그 면세 부분 말인데, 혹시 모두에게 면세하실 계획이시랍니까?"

다르나킨은 대영솔에게 들은 대로 재빨리 대답했다.

"술름의 차리가 커진 후에는 그래야겠으나, 차리가 들어설 땅이 아직 좁아 처음 십 년은 상단을 많이 들이기는 어려울 거라 하셨습니다. 우선 하나로 시작해야겠지요."

독점권이라는 의미였다. '저럴 때는 꼭 경작인처럼 보이는데 말이야.' 하살루타는 술름고리의 두 젊은이가 어떤 위험한 도박을 하려는지 궁금했다.

"그래, 이 보잘것없는 할미에게 무엇을 바라고 오셨습니까? 무엇을 도와드리면 되겠습니까?"

술름의 젊은 목감이 대답했다.

"재고를 내주시면 됩니다. 저택 뒤쪽 창고에 잔뜩 쌓여 있는 그것을요."

"응? 뭐라고요?"

하살루타는 자기가 맞게 들은 건지 의아했다. 귀가 잘 안 들리게 된 후로는 못 들어도 제대로 들은 척 그러라고 해버리는 일도 많았지만, 지금은 그러지 않았다. 다르나킨이 말하는 건, 배향의 양모를 사다가 맹골 인근 농가에 나누어 옷으로 만든 물건이었다. 품질이 썩 나쁘지는 않으나 다시 초원 길을 건너야 하는 대상의 낙타 등에 싣기에는 특별할 게 없는, 그래서 하릴없이 창고 한쪽을 차지하게 된 두꺼운 겨울 털옷이었다.

"겨울옷이 필요하다고? 이 여름에 갑자기? 그렇게나 많이?"

다르나킨이 답했다.

"겨울이 오면 백성들을 따뜻하게 입히시겠답니다."

하살루타가 다시 중얼거리듯 물었다.

"거기는 겨울을 따뜻하게 지내지 않소? 사라의 돌옷집은 겨울이 제격인데. 실은 이 집에도 바닥 돌을 굽는 방이 여러 칸 있습니다만…… 그보다 해둘 말이 있는데. 그게, 좋은 물건이 아니라오. 안 팔려서 쌓아둔 물건이지. 그래서 달리 사 갈 데도 없어."

"그러니까요. 그런데 술름에는 그게 필요하다는 말씀입

니다."

"그래요? 이상한데. 그런 건 갑자기 필요해지는 물건이 아니지 않습니까? 그대들이 또 무슨 재미난 일이라도 꾸미고 있는 게 아닌 다음에야."

하살루타는 아리송한 표정으로 다르나킨을 내려다보았다.

"그런 게 뭐가 있겠습니까. 그래봐야 겨울옷일 뿐인데요."

"이보시오, 다르 목감. 이 늙은이는 술름의 차리에 크게 욕심이 나지 않아요. 아직은 필요한 게 아니라."

"하지만, 언젠가는 요긴하게 쓰실 겁니다."

그러자 하살루타가 웃으며 말했다.

"그걸 장사치의 말로 하면 돈을 빌려달라는 거나 다름없지. 언제 갚을지는 알 수 없고. 이 나이가 되면 몇 년 뒤라는 게 점점 가짜처럼 보여서 말이오. 그대 나이에는 시간이 거문담의 돌담 같겠으나 내 나이에는 초원에 쌓인 눈 같거든. 시간을 빌려올 자식도 없고 말이야. 그러니 면세니 차리니 하는 이야기는 넣어두셔도 됩니다. 그것 말고 내가 진짜로 궁금한 게 있는데."

다르나킨은 자세를 바로 했다.

"그게 뭡니까?"

"내 창고의 재고 이야기는 어떻게 안 거요?"

"아."

"허허. 얼굴을 보니 다르 목감도 그 생각은 안 해본 모양이구려. 그게 그렇지 않습니까? 내 창고의 재고 같은 건 직접 본 게 아닌 다음에야 경작인 성주가 알 수 있는 사정이 아닌데. 다르 목감도 바빴을 거 아니오. 바쁜 게 문제가 아니라, 그런 건 머릿속에 아예 없었을 텐데. 누가 어떻게 떠올린 거요?"

다르나킨이 멍한 표정을 지우고 아는 대로 솔직하게 대답했다. 그 또한 대영솔이 지시한 그대로였다.

"그건, 대영솔께서 그냥 아셨습니다."

"그냥? 흠, 그냥이란 말이지."

"봄부터 고리의 장에 들러 자주 이야기를 듣고 계시거든요. 상인이나 고리 주민이나 마리 사람들에게서요. 또 초원 사람들도 있고요. 창고 사정을 직접 들으신 건 아니지만 사람들의 이야기를 쭉 듣고는 어느 날 그냥 아셨습니다. 아무렇지도 않게 말씀하시기에 달리 비결을 생각해본 적은 없습니다."

"호오, 술름의 성주가 사람들의 이야기를 듣는단 말이지요? 이야기가 내 창고 사정을 알려줬고. 이야기의 이야기를 들을 줄 아는 귀가 있다니, 그렇게 된 거군요. 그렇게 돌아가는 거였어."

다르나킨은 상인이 무슨 말을 하고 있는지 잘 이해가 안 됐다. 뭐가 그렇게 마음에 들어서 저런 흡족한 얼굴을 하고 있을까? 나는 또 대영솔의 어떤 점을 보지 못하고 지나친 걸까?

잠시 후, 맹골차리에서 말의 무게가 가장 무거운 거간이 마침내 입을 열었다.

"물건을 내어줄 테니 겨울이 오기 전에 날을 정해서 가져갈 사람을 데려오시지요. 그리고 별 기대는 안 되지만, 술름차리 이야기는 일단 받아서 장부에 적어두겠습니다."

술름으로 돌아가는 길에 수랏치가 다르나킨에게 물었다.
"겨울옷은 무엇에 쓰신답니까?"
"글쎄."
"그보다 대영솔께서는 하살루타가 옷을 내어줄 줄은 어떻게 아셨지요?"
"내가 그걸 어찌 알아? 상인도 아니고 경작인도 아닌데."
그 말에 수랏치가 굳이 한마디를 덧붙였다.
"말이 나와서 말인데, 정말로 궁금한 게 있었거든요. 술름고리에서 대감은 마목인으로 통하시고 아까 맹골차리에서는 영락없는 경작인 취급을 받으시던데, 대감은 대감이 누구라고 생각하십니까?"

다르나킨은 아무 생각이 없다고 생각했다. 말을 타고 초원에 나와 있어서 그럴지도 모른다. 신발을 벗고 온돌바닥에 선 채로 같은 질문을 받으면 할 말이 훨씬 많았을 것이다.

윤해는 낙현이 흥정을 나간 사이, 고리와 오름의 사람들을 만나 좌기대대감에 관한 이야기를 들었다.

"그러니까 좌기대대감의 이름은 달낙현도 되고 다르나킨도 된다는 거군요?"

"예, 대영솔의 입에 맞는 대로 부르시면 됩니다. 달 대감은 이상하다 여기지 않을 거고요."

"달 대감! 누군가는 그렇게도 부르고요!"

"다르 대감이라고 부르셔도 됩니다."

글을 읽고 쓰는 게 경작인의 풍속이듯, 말을 타는 건 마목인의 풍속이었다. 다르나킨은 둘 다 할 줄 알았다. 아주 어려서부터 그랬다. 나이를 세어줄 부모는 없었지만, 기억나는 가장 어린 시절부터 글을 읽고 말도 탈 수 있었다고 했다. 부모 중 하나가 경작인이고 다른 하나가 마목인인 건 분명했다. 어느 쪽이 어느 쪽인지는 알 수 없으나 양쪽 모두로부터 영향을 받았다는 사실은 의심의 여지가 없었다. 글쓰기도 말타기도, 배우지 않고 저절로 할 수 있는 건 아닐 테니.

부유한 경작인 집안의 아이는 열 살이면 글을 읽고 쓴다. 마목인 중에 그런 아이는 매우 드물다. 스무 살이 넘어 글을 배운 마목인이 학문으로 도달할 수 있는 한계는 분명하다.

사라인은 그 점을 우월하게 여긴다. 글을 읽고 쓰는 걸 문명이라 하고, 그들이 붙여둔 방(榜)을 읽지 못하는 족속을 야인이라 부른다.

반면, 마목인 아이는 열 살이면 말을 타고 질주한다. 경작인 중에 그런 아이는 대단히 드물다. 귀한 집안이면 아이를 말에 태우지 않고 천한 집안에는 어린아이를 태울 말이 없다. 열몇 살에 말 타는 법을 처음 배운 이가 기병이 되는 건 마찬가지로 한계가 분명한 일이다. 그게 경작인의 마군이다. 좋은 갑옷을 입고 복잡한 글자가 그려진 깃발로 화려하게 치장하지만, 경작인의 마군은 말 타는 솜씨가 어눌하다.

'그래서 달 대감이 사라의 마군은 이길 수 있다고 자신한 거였어.'

다르나킨은 어려서부터 그 둘을 다 했다. 그것 때문에 어느 한쪽에도 단단히 속하지 못했지만, 술름의 목감으로 자라는 데는 더없이 적합했다.

여기에는 이야기가 해준 이야기가 하나 더 붙어 있었다. 부지런히 오가기만 할 뿐 세상에 속하지는 못한 낙현의 삶이 꽤 외로웠으리라는 것. 아무도 윤해에게 그런 말을 하지는 않았지만, 윤해는 그 사실을 그냥 알게 되었다.

죽은 성주의 아들인 한채주는 자기야말로 술름에서 잃은

게 가장 많은 사람이라고 굳게 믿었다. 그래서 가문의 어른인 한사량의 말이 못마땅했다.

"우선 그 마목인 목감을 내치는 게 먼저지. 이대로 놔뒀다가는 큰 화가 될 게 아니냐. 네 아비도 오랫동안 때를 기다렸다. 야인이 잠잠해진 지금이 그때야. 또 초원 마목인 놈들이 세력을 규합하면 그때는 명분이 있어도 목감을 내칠 수가 없게 돼."

한채주는 생각했다. 아버지의 죽음은 비통한 일이나, 그거야 언젠가 반드시 일어날 일. 후대가 뒤를 이어 술름을 잘 다스리면 그것이 인간사의 순리가 아닌가.

그가 말했다.

"술름은 한씨의 영지입니다. 한씨가 죽으면 한씨가 뒤를 이어야 하지요. 그런데 지금은 어떻습니까? 지금 술름의 성주는 엄연히 영씨입니다. 부원대군이 성주로 임명되고 그 여식이 부임해 있습니다. 이게 뭘 의미하는지 모르십니까?"

"그야 네 아비가 급사하여 임시로 정해진 일이 아니냐. 소라울이 술름을 포기하지 않겠다는 의지를 보인 게지. 야인의 손에 떨어지지 않도록 말이다."

"임시로 정한 일 다음이 뭐였지요? 도순검사가 부임하는 게 아닙니까? 순검(巡檢)이라니요? 술름이 소라울의 순검을 받을 땅입니까? 술름은 술름인의 것인데 어찌 소라울의 관리가 부임해 후사를 정할 수가 있습니까? 그 옛날 술름의 성주와 사라의 왕이 맺은 조약은 이제 종잇조각일 뿐입니까?"

"언제 이야기를 아직도 하는 게야? 술름이 사라에 복속한 지가 이미 150년인데, 언제까지 그 소리만 하고 있을 게냐?"

한채주가 목소리를 한층 더 높였다.

"겨우 150년밖에 안 됐는데 벌써 이 일을 잊자 하십니까!"

한사량은 혀를 끌끌 찼다.

"그게 어찌 그리 돼? 도순검사가 부임해야 영씨의 딸과 마목인 목감이 조용히 정리되지 않겠느냐. 어찌 그리 일의 순서를 모르느냐?"

"재종조부야말로 답답하십니다. 한씨가 한씨를 잇는 흐름이 벌써 한 번 끊겼는데, 다음에 또 한 번 끊기면 그다음 성주가 동씨가 될지 채씨가 될지 누가 장담하겠습니까?"

"아니, 이 애가 그래도! 어째서 어른이 하는 말을 듣지를 않아! 다 너를 위해서 하는 말 아니냐!"

그러나 채주는 사당을 박차고 나갔다. 재종조부는 세상 돌아가는 일에 너무 무관심했다. 요즘의 영위가 어떤 자인데, 그가 내치기로 마음먹은 자들의 머리가 얼마나 허무하게 바닥에 나뒹구는데.

술름은 변경의 거점이고, 마목인의 습격을 막아내는 관문이었다. 술름 이남의 사라인이 심심하면 태평성대 운운하며 한가롭게 사는 것도 다 마목인이 술름의 고리를 넘지 못하는 데서 비롯한 일이었다. 그 일을 하느라 죽은 한씨가 몇인데, 사라인은 유배지로나 아는 척박한 술름을 150년이나 평화롭게 다스린 게 어느 집안인데!

게다가 술름은 영씨 왕조가 애지중지하는 마군을 유지하는 데 가장 큰 힘을 보태는 성읍이었다. 온 나라에서 바치는 전마 중 술름고리의 말이 제일 뛰어나고, 심지어 수도 제일 많았다. 한씨가 술름을 지배하는 건 다 그럴 만한 이유가 있어서였다.

"언젠가는 네가 그 책임을 물려받아야지."

채주는 어려서부터 그 이야기를 수도 없이 들으며 자랐다. 이제 바로 그때가 됐는데, 손에 들어와야 할 것이 들어오지 않고 있었다. 기약조차 없는 기다림. 그리고 이어지는 불쾌한 징후들. 채주는 그게 화가 났다. 고리의 망루에 영씨의 깃발이 오를 때마다, 대영솔에 관한 기괴한 소문이 돌고 돌아 자기 귀에 들어올 때마다.

그 화에 기름을 부은 건 동씨 집안의 탐욕이었다. 오랜 대지주인 한씨와 달리 동씨는 장사로 일어난 가문이었다. 어느 날부터인가 고리 서문 안쪽에 2층, 3층으로 된 누각을 올리고는 짐짓 귀족 행세를 하기 시작한 천박한 자들이었다. 그런 동가가 전통에도 닿지 않는 근본 없는 술을 빚어다가 "유서 깊은 술름의 제주(祭酒)"라 칭하며 시장에 내놓은 꼴을 보았을 때는 피가 거꾸로 솟는 기분이었다. 그런 버러지 같은 놈들이 감히 술름의 정통을 넘보다니! 술름마리에서는 단 하루도 살아보지 않은 자들이! 아버지인 한음사가 성주로 있던 시절에는 감히 상상도 못 할 일이었다. 그게 겨우 지난 한 해 사이에 일어난 변화였다. 그 박탈감이 한채주의 마음을 갉아먹었다. 한사량도 한채주도 원귀가 되어가기는 마찬가지였으나 둘은 미묘하게 다른 형태의 원귀였다.

그런데 희한하게도 영윤해는 그 점을 정확히 이해하고 있었다. 대영솔이 한채주에게 성주 자리를 약속하려 한다는 이야기를 듣고 다르나킨은 한참이나 고개를 갸웃했다. 술름고리 객사 안, 신발을 벗고 바닥에 깔린 방석 위에 앉은, 생각이 많은 다르나킨이었다. 얼마 전 다르나킨은, 대영솔이 어떤 이야기는 객사에서 하고 어떤 이야기는 밖에서 꺼낸다는 사실을 깨달았다. 함께 고민할 이야기와, 듣고 아무 생각 없이 실행하기를 바라는 이야기를 구별한다는 뜻이었다. 그러니까 이건 함께 고민해야 할 내용이었다.

다르나킨이 물었다.

"서문의 동가를 구슬려 한가를 견제하는 게 더 적합하지 않은지요?"

"그렇습니까?"

대영솔이 웃으며 반문했다. 다르나킨이 말했다.

"한씨는 원한이 깊을 텐데요. 대영솔께도, 저에게도."

"그건 사실입니다. 언젠가 뒤를 치려 할 테니 분명 대비를 해야겠지요. 하지만 한씨에게는, 동씨에게 없는 게 있습니다."

"그게 뭡니까?"

"애착입니다."

"애착이요?"

"동씨는 장사로 일어난 자들이라 뿌리내릴 곳이 꼭 술름이어야 할 이유가 없습니다. 술름고리가 함락되는 게 이득이 되면 고리의 함락을 두고 거래하겠지요. 반면에 한씨는 곧 죽어도 술름을 지켜야 합니다. 고리뿐만 아니라 마리까지요. 지금도 술름이 자기 거라고 믿는 자들이라 자기한테 이득이어도 술름이 깨지는 건 못 봅니다. 한가는 대대로 지주 집안인데, 땅은 어디로 들고 달아날 수가 없어서 그렇지요. 겨울이 되면 우리는 견고하게 버티는 싸움에 들어갈 터인데, 동씨는 성문을 지켜내지 못합니다. 한씨는 그 일을 할 거고요."

"그렇기는 한데, 그 한씨가 술름을 지키려고 사라를 상대한다고요? 술름에 사는 누가 들어도 낯선 말로 들릴 텐데요."

"아, 그렇기는 하지요. 그래도 그게 맞습니다."

다르나킨은 하살루타나 수랏치가 자기에게 던진 것과 비슷한 질문을 대영솔에게 건넸다.

"그런데 대영솔, 그런 건 어떻게 다 아시는 겁니까?"

"어떻게요? 글쎄요, 그냥 알게 되었습니다. 특별히 어떻게라고 할 건 없고요. 우리가 내밀 건 지키지 못할 약속뿐이라, 그걸 좋은 값에 사갈 자를 열심히 찾는 것뿐입니다. 한채주는 목숨을 내놓겠지요. 제일 높은 값을 쳐줄 자입니다. 그래도 동가나 채가를 놓치면 안 됩니다. 때가 되면 그쪽도 꼭 함께해야 하니 대놓고 좋은 건 그 두 가문에 먼저 내밀어야겠지요. 이익을 좇아 움직이는 자들이니까요. 발을 빼기에는 너무 늦은 시점까지 계속 발을 묶어놓으려고요."

그 말을 들은 다르나킨이 조심스럽게 말했다.

"외람되오나, 사기 같습니다."

그러자 대영솔이 웃음을 터뜨렸다.

"실은 사기가 맞습니다. 나는 정말로 이길 생각이지만, 내게 판돈을 대는 자들은 나를 완전히 믿지는 않는 게 정상입니다. 그게 상식인데, 상식이 작동하지 않게 해야 하지요. 허황된 꿈을 팔아서요. 그런데 내가 오늘 대감과 상의하려는 건 그런 문제가 아니라 다가올 싸움에 관한 겁니다. 한채주가 보창대와 보사대를 맡아 수성하면 얼마나 버틸까 하는 것이지요. 사라에서 토벌군이 온다면 병력은 3만에서 5만 정도

될 겁니다. 그중 마군이 6할이고요. 대감은 고리 수비대로서 한채주의 보병이 어떨지만 판단해주시면 됩니다. 나머지 복잡한 일은 내가 더 고민할 거라."

다르나킨은 처음으로 대영솔이 위태로워 보인다고 생각했다. 3만에서 5만이라니. 술름의 병력은 쥐어짜도 5천이 조금 넘을 텐데.

'잠은 제대로 자는 걸까, 아니면 반대로 그 이상한 꿈 때문에 너무 많이 자는 건 아닐까?'

그의 눈앞에 앉은 사람은 북쪽의 마목인을 상대하기 위해 쌓은 성으로 남쪽의 본국을 상대하려 하고 있었다. 그게 그가 진 짐의 전부도 아니었다. 꿈을 뱉어내는 거문담의 수수께끼라는 묵직한 짐이 대영솔의 어깨를 내리누르고 있었다. 이건 다르나킨이 도울 수 있는 것도 아니었다. 심부름 정도야 하겠지만, 결국은 대영솔이 혼자 이겨내야 할 싸움이었다. 보통 사람이라면 도저히 감당할 수 없는 짐일 텐데, 아무래도 대영솔은 보통 사람이 아닌 것 같았다.

하긴 하살루타처럼 노련한 거간도 기꺼이 그 판에 돈을 대겠다 하지 않았던가. 그로서는 별로 잃을 게 없는 거래인 게 맞지만, 특별히 얻을 게 있는 거래도 아니었다. 그는 다만 마음에 든 것이었다. 불쑥 나타나 물건을 내놓으라는 다르나킨이, 또 그 뒤에 있는 술름고리의 대영솔이.

다르나킨은 하살루타가 대영솔의 계획 어느 부분을 듣고 그렇게 흡족해했는지 어렴풋이 알 것 같았다. 바로 그 터무니없는 꿈 때문일 것이다. 자기를 임명하고 또 쫓아내려는 나라를 발아래 꿇리겠다는 어마어마한 망상.

생각이 거기에 이르고 보니 문득 이상한 점이 떠올랐다. 벌레 물린 데처럼 볼록하고 간질간질한 무언가가 마음 한쪽에 자리 잡았다. 그래서 다르나킨은 자기가 생각하는 게 맞는지 조심스럽게 물었다.

"그, 사기라는 말씀 말인데요."

"예."

"혹시, 그 사기에 제일 먼저 넘어간 게?"

대영솔이 무슨 말인지 알아채고 재빨리 대답했다.

"맞습니다. 달 대감이 제일 먼저 넘어오셨습니다."

윤해가 그의 얼굴을 부끄럽도록 오래 바라보았다.

가을이 되자 윤해가 보사대영감 한채주를 중기대대감으로 임명했다. 겸직이었다. 마군의 일이므로 기조(騎曹)의 재가가 필요한 일이었으나 소라울과 따로 서신을 주고받은 일은 없었다. 못마땅해하는 자도 더러 있었지만 한채주의 신변에 관한 일이라 술름에서는 불만의 소리가 높지 않았다.

먼저 발끈한 쪽은 소라울 조정이었다. 당연히 반역으로 받아들일 일이었으나 조정에서는 일단 사람을 보내 기조의 재가가 필요한 인사라는 원칙을 간결하게 전해왔다. 정말로 반역을 일으킬 의도인지 확인하려는 모양이었다. 윤해는 곧바로 회신하지 않고 시간을 끌다가 열흘 뒤에 임명을 취소했다. 이번에는 한채주의 불만이 높아졌다. 그는 자기가 잠시 중기대대감 관직을 받았다가 도로 내려놨다고 생각하지 않고, 원래부터 자기 것이었던 관직을 억울하게 빼앗겼다고만 여겼다.

사건은 그렇게 일단락되었다. 그러나 그 일로 조정에서는 예정대로 술름에 도순검사를 보낼지 아니면 다른 걸 보낼지 논의를 시작했다. 윤해는 서문의 동씨 저택 앞에 방을 붙여 그들이 장에 내놓은 술에 "술름의 제주"라는 이름을 붙이는 것을 금지했다. 그것 말고는 다 평화로워 보이는 나날이었다.

"하살루타에게 사람을 보내 곧 짐을 가져가겠다 일러두어야겠습니다."

가을이 무르익고 있었다. 초원의 말들은 여름보다 가을에 더 생기가 돌았다. 윤해는 바쁜 중에도 자주 초원에 나가 말 타는 법을 익혔다. 초원의 말이 어떻게 달리는지 보고, 또 초원의 마목인이 그 말을 어떻게 타는지 살폈다.

"대감은 그런 이야기를 들어본 적이 있습니까?"

"무슨 이야기를요?"

"등자(鐙子)가 없으면 기병을 쓸 수 없다는 말을요."

낙현은 어리둥절한 표정을 지었다.

"등자라면 안장에 다는 발걸이를 말하는 겁니까?"

"그렇습니다."

윤해가 말을 탄 채로, 발을 끼운 등자를 까딱거리며 답했다.

"누가 그런 어처구니없는 소리를 했답니까?"

다르나킨이 진심으로 의아해해서 윤해는 배를 잡고 웃었다.

"고금의 병서에 다 그렇게 씌어 있습니다. 술름에 오기 전에는 저도 그런 줄로만 알았습니다. 안장에 등자를 걸고 발을 끼우지 않으면 기사대가 달리는 말 위에서 활을 쏘거나, 철갑으로 무장한 기창병이 돌격을 할 수가 없다. 적진에 창을 부딪칠 때 공격한 자도 균형을 잡지 못하고 낙마한다, 그렇게요. 저뿐만 아니라 제 부친께서도 그렇게 알고 계셨지요. 틀리는 게 없는 분인데, 지금 보니 그건 완전히 틀리셨습니다."

"그런데 그걸 왜 못한다는 거지요?"

"그러게요. 그냥 하면 될 걸 왜 못한다는 건지. 그게 실은 경작인이 마목인만큼 말을 못 타서 그렇습니다. 대감은 열 살에 말을 타고 질주를 했다 들었습니다."

"다 그렇습니다."

"아니요, 사라인 중에는 없습니다. 있다면 온 나라에 소문이 날 일이지요. 경작인이 말을 잘 탄다는 건 빠르게 달리고 걸림돌을 잘 넘고 그런 정도를 뜻하는데, 마목인이 말을 잘 탄다는 건 말 등에서 별 묘기를 다 부리는 것이더군요. 오르고 내리고, 옆 말로 넘어 타고, 뒤로 타고 옆구리에 매달리고, 말 등에 서서 활을 쏘고. 지금 대감처럼 안장도 없이요."

다르나킨은 윤해와 나란히 느긋한 속도로 말을 몰았다. 윤해의 기마 연습을 마치고 고리로 돌아가는 길이었다.

"그거야, 기병이면 누구나 하는 거니까요."

"아니라니까요, 글쎄. 내가 병서를 쓰면 이렇게 쓸 겁니다. '등자가 없으면 기병을 쓸 수 없는 게 아니라, 경작인이 마목인 기병을 흉내라도 내려면 등자가 꼭 있어야 한다. 정예 기병은 보통 기병보다 월등히 강하므로 양쪽 기병 수를 셀 때 군마의 수와 함께 숙련된 기수로 이루어진 정예 기병의 수를 반드시 비교해야 한다.' 어떻습니까?"

"그것도 말을 타는 자라면 모두가 아는 사실일 텐데, 굳이 책에다 쓰실 필요가 있겠습니까."

다르나킨의 대답에 윤해가 또 크게 웃음을 터뜨렸다.

"경작인 세계에서는 생소한 지식이라니까요. 그게 다 마목인이 책을 안 써서 그래요. 말에 관한 건 마목인이 써야 제대로인데, 경작인이 기병에 관해 뭘 알겠어요?"

다르나킨은 그렇게 크게 웃는 윤해를 보는 게 처음이었다.

어쩌면 윤해 자신도 자기가 그렇게 웃을 수 있는지 몰랐을 것이다. 대영솔은, 영윤해는, 초원이 잘 어울리는 사람이었다. 어려서 글도 익히고 말타기도 익힌 다르나킨이 결국 마목인이 된 것처럼. 윤해에게는 더 넓은 세계가 필요했다. 그래야 자기 본모습대로 유쾌하게 살아갈 수 있을 것이다. 그리고 다르나킨에게는 윤해가 필요했다.

다르나킨이 말했다.

"하지만 대영솔과 제가 똑같이 말 위에서 종이와 붓을 들고 글을 쓴다고 가정해보시지요. 기마는 문제없지만 글은 삐뚤삐뚤한 저와, 말에 오르면 뭔가 불안하지만 글은 어떤 상황에도 정갈하게 잘 쓰시는 대영솔의 싸움입니다. 과연 누가 더 나을까요?"

윤해가 잠시 생각하더니 말했다.

"대감이 쓰는 게 낫습니다. 말에 오르면 생각이 좀 없어지는 듯하지만, 그래도 그쪽이 낫습니다."

"어째서 그렇습니까?"

"말 위에서 글을 쓰면 저는 언젠가 낙마해서 완성하지 못할 테고, 대감은 말 위에서 평생 먹고 자고 하면서 언젠가는 병서를 완성할 테니까요."

우스개로 하는 말이었지만, 어쩐지 그 말에는 뼈가 있었다. 다르나킨은 윤해의 마음에 드리운 짙은 그림자를 알아보았다.

윤해가 말했다.

"대감께 세 가지 부탁이 있습니다. 우선 거사가 시작되면 제 아버지의 목이 술름으로 배달될지도 모릅니다. 그걸 절대 내게 보이지 마세요. 내 눈에 들어오지 않도록 대감이 잘 수습해주셔야 합니다."

담담한 목소리였다. 대영솔의 마음에 드리운 가장 짙은 그림자. 반역의 제일 직접적인 대가. 소문으로 전해 들은 부원대군과 그의 딸과 소라울의 임금에 얽힌 사정. 소라울에서 일어난 몇 번의 참극. 또 술름에 오기 직전, 윤해의 몸종에게 일어난 일.

다르나킨은 소리 내어 답하지 않고 고개만 끄덕였다. 윤해가 그걸 봤는지는 확실하지 않았지만, 대답을 들으려고 건넨 말은 아닐 것이었다. 다르나킨은 생각했다. 그 목이 진짜 부원대군의 것이 맞는지 확인하는 건 그자의 눈을 빌려야겠다. 소라울에서 온 서운관감. 윤해의 오랜 벗이라는 사내. 그가 아직 술름에 머무르는 동안에는. 그런데 그가 소라울로 가버리면 그 뒤는 어쩌지?

또 윤해가 말했다.

"두 번째는, 내게 작은 칼 하나를 주시고 가장 확실하게 내 목숨을 끊는 법을 알려주세요."

다르나킨이 윤해를 돌아보았다. 윤해도 다르나킨을 마주 보았다. 그러면서 덧붙였다.

"지금 당장 필요한 건 아닙니다. 끝의 끝까지 쓰지 않을 생각입니다. 싸움 중간에 깃발이 맥없이 꺾이는 일 따위는 걱정하지 않으셔도 됩니다. 그런데 끝의 끝까지 몰리면 나는 그렇게 할 겁니다. 내 숙부는, 지금의 임금께서는 관대한 분이 아닙니다. 사로잡힌 뒤에는 신체를 온전히 보존하지 못합니다. 처참해지겠죠. 나는 그렇게 되지 않을 겁니다. 대감도 절대 그 지경에 몰리지는 마세요."

다르나킨은 짧게 답했다.

"알겠습니다. 그러나 지지 않을 겁니다."

"좋습니다. 이겨야지요. 자, 그리고 마지막은 좀 덜 심각한 부탁입니다. 꿈에 나오는 야인 여자에 대한 기억이 점점 선명해지지 뭡니까. 이제 꿈에서 깬 뒤에도 여자의 복식을 정확히 기억해낼 수 있게 되었는데, 내가 화공을 불러 그림으로 옮겨둘 테니, 그 복식이 어느 부족의 것인지 알아봐주실 수 있겠습니까? 행색이 낯설어서 막연히 야인의 복장이겠거니 짐작만 하고 있었는데, 그것치고도 너무 낯설어서요. 뭐라고 하면 좋을까요? 정말 딴 세상 사람 같은 옷차림이라. 이 세상 옷은 맞는지 확인하고 싶어서요. 그냥 초원 길 저편의 복식일 수도 있지만. 그 일을 부탁드리겠습니다."

"그런 거라면 얼마든지요."

그러면서 다르나킨은 생각했다. 윤해가 술름에서 오래 살아남기 위한 일이라면 무엇이든 할 수 있다고. 다르나킨은 윤해가 술름을 버리지 않았으면 좋겠다고 생각했다. 아니, 윤해가 자기를 버리고 가버리지 않았으면 좋겠다고. 다르나킨은 이제 다시는 혼자 남겨지고 싶지 않았다.

그 마음을 읽었는지 윤해가 한마디를 덧붙였다.

"그러면 나는 대감께 지금까지 알려진 것 중 가장 강력한 기병 전술을 펼쳐드리겠습니다. 어릴 적 하던 놀이에서 아버지를 이겨보려고 고안한 건데, 현실에서 써보게 되었네요."

그제야 다르나킨은 깨달았다. 윤해가 술름에 오기 전까지 그 오랜 시간 동안 자기가 내내 혼자였다는 사실을.

추수가 끝날 무렵에 윤해가 술름 마군 우기대를 재창설하고 대감으로 마목인 수랏치를 임명했다. 이제 술름고리의 마군은 중기대와 우기대가 각각 1천, 좌기대가 1천 5백에 이르러 도합 3천 5백으로 확장되었다. 중기대대감으로는 약속대로 한채주를 재임명하였다. 보병은 모두 2천이었다.

인근 주의 안찰사(按察使)가 근처 고리까지 다가와 그 사실을 확인하고는 술름에 따로 경고하지 않고 소라울에 곧바로 장계를 올렸다. 역도가 술름에서 봉기했다는 내용이었다.

이에 조정은 도순검사 대신 행영마병사(行營馬兵使)를 임명해 전권을 행사하여 토벌군을 이끌게 했다. 마군이 4만, 보병이 2만인 대규모 원정대였다. 행영이 섰다는 건, 이제 술름의 장래 문제가 내정이 아닌 전쟁의 영역이 되었다는 의미였다.

윤해는 숙부가 직접 고른 게 분명한 두 이름을 듣고 새삼 마음이 갈려 나갔다. 행영마병사 종탁금은 종마금의 사촌이었고, 재신(宰臣)이자 명목상 토벌군 총책임자인 판행영마병사(判行營馬兵事) 종직부는 다름 아닌 종마금의 아비였다. 그러나 생살이 갈리는 마음으로 차분히 곱씹으니 다른 용장이 임명되는 것보다 뒤집힌 원한에 사로잡힌 악귀 둘을 상대하는 편이 수월해 보였다.

술름의 민심은 6만이라는 숫자에 크게 동요했다. 변경의 고리 하나를 치기 위해 나라 전체가 움직일 줄은 몰랐다는 것이었다. 윤해는 그 소식에 놀라 객사로 쪼르르 달려온 채씨와 동씨 가문 사람들의 하소연을 들었다. 들을 만큼 들은 다음, 윤해는 그들이 처한 상황을 분명히 일러주었다.

"발을 빼기에는 이미 늦었습니다. 두 가문 모두 술름의 기둥이십니다."

대영솔을 원망하러 찾아온 동가의 가장이 윤해의 단호한 말투에 당황하며 말했다.

"하나 우리 두 가문은 치세의 문제에 깊이 개입한 바가 없습니다. 아무 선택도 하지 않았는데 어찌하여."

"제 의견이 아니라 조정의 생각이 그렇습니다. 마병사의 격문을 보지 않으셨습니까. 거기에 나오는 술름고리의 3층 누각이 이 객사는 아니지 않습니까? 3층 누각에 살면서 '역도 영윤해와 결탁하여 국법에 어긋난 상행위로 사사로이 이득을 취한 자'가 두 가문 말고 술름에 또 있습니까?"

"그거야 대영술에 대한 원한 때문이지 우리가 한 일을 규탄하는 의도가 아니지 않습니까?"

윤해는 거기까지 듣고 낮은 목소리로 단호하게 쏘아붙였다.

"그 변명이 종탁금에게 먹힐 거라 믿으십니까?"

"아니, 그래도……"

"여기 오신 분 모두 저한테나 와서 떼를 쓰지 종탁금에게 나아가 같은 말을 할 엄두는 안 나시지요? 그 말을 종탁금 앞에서 하면 무슨 일이 벌어지리라 생각하십니까? 귀순하였으니 환영이라도 받을 줄 아십니까? 설마요. 아니면 제가 종탁금에게 편지라도 써서 동씨와 채씨 두 가문은 아무 잘못이 없으니 살펴달라 청탁이라도 하기를 바라십니까? 말씀드렸지요? 격문에 언급된 이상 이미 늦었습니다. 두 가문이 살아날 길은 무슨 일이 있어도 술름고리에 붙어 있는 방법뿐입니다. 그렇지 않으면 결국 세상 사람들이 장터에 갔다가 두 집

안 가솔들의 뼈와 고기가 널려 있는 좌판을 보게 될 겁니다. 요즘 소라울의 풍경이 어떤지는 풍문으로 들어보셨지요? 그게 뜬소문일 거라 믿으신다면 뭐든 하고 싶은 대로 해보셔도 좋습니다. 다만 제가 두 가문을 염려하고 붙드는 건 오늘이 마지막입니다. 아시다시피 이제 저는 마병의 일로 매우 분주할 예정이거든요."

그날 밤 술름고리 객사에 자객이 들었다. 자객은 장작을 부리러 온 일꾼에 섞여 들어와 낮 동안 집 안에 숨어 있다가 해가 지자 객사 침소로 몰래 들어갔다. 한채주가 병사 둘을 데리고 침소 안에 숨어 있다가 칼을 든 자객의 오른손을 한 번에 베었다. 등불을 가져와 얼굴을 비추니 한사량의 사람임을 알아볼 수 있었다.

"뜻대로 하세요."

안에 있던 윤해의 허락이 떨어지자, 한채주는 그길로 마군 중기대를 이끌고 술름마리로 향했다. 여느 술름의 가옥처럼 담이 없는 한사량의 저택을 중장기병 5백 기가 담처럼 둘러싸자 사량이 맨발로 나와 머리를 조아렸다. 한채주는 한사량을 가택에 연금하고 중장기병 열을 두어 감시하게 했다. 남은 5백 기는 한사량 무리의 거점인 사당 앞에서 무력 시위를 했다. 그러자 마리의 화친파가 모두 뿔뿔이 흩어졌.

한채주가 그 일을 보고하러 다녀간 뒤 윤해는 생각했다.

'폭군의 재목이야. 어쩜 저리도 하는 짓이 똑같을까.'

그러나 한채주는 평생 술름에 남아 저 짓을 하려는 욕심으로라도 토벌군에 맞서 결사 항전할 것이다. 윤해는 한채주가 사당과 향교에 제 아비의 기를 올리는 것을 허락했다.

그로부터 이틀 뒤에 은난조가 객사로 왔다.

"제 발로 왔다기보다 잡혀 오듯 왔습니다."

그렇게 말하는 난조의 뒤에 낙현이 서 있었다.

"잘 왔어. 오면서 이야기는 들었겠지?"

"격랑이 몰아칠 거라더군요."

격랑이라. 윤해는 난조가 바다를 직접 본 적은 한 번도 없을 거라 짐작했다. 삶의 격랑을 겪어본 일도. 경세에 끼지 않으려고 서운관 일관이 된 이였다. 나는 하늘만 바라보고 있을 테니 세상일은 다른 사람이 알아서 하라는 듯.

"소라울로 돌아가려거든 어서 가는 게 좋아. 마리의 네 거처는 며칠 안으로 비울 거야. 웬만한 건 다 고리에 들일 거거든. 알겠지만, 네게는 객사에 거처를 내어줄 처지도 아니니 나도 도울 게 없어. 너도 내 도움을 받아서 좋을 게 없을 거고. 네가 여기 머무는 건 태보 어른께도 곤란한 일일 거야."

난조는 난감한 표정으로 객사 천장을 올려다보았다. 그 눈이 그대로 아래로 향하자 윤해는 그와 눈이 마주쳤다. 삶의 풍파를 마주할 용기는 없지만, 그래도 곧고 선하며 사려 깊은 눈이 틀림없었다.

"쫓아내시는 건가요?"

"설마. 나는 술름에 있는 누구도 억지로 붙들지 않았어."

반은 거짓말이었다. 잡은 건 아니지만, 발을 빼지 못하게 얽어둔 사람은 많았다.

"선택하라는 거죠?"

"그런 거 아니야. 상황이 이렇게 된 걸 모르고 있을 것 같아서 급히 알려준 거야. 비석이든 고서든 찾으려던 걸 찾았으면 얼른 돌아가라고. 못 찾아도 도순검사가 오면 돌아갈 생각이었다며. 도순검사 대신 마병사가 온다니, 때가 됐지."

난조의 눈빛이 한층 그윽해졌다. 그것 말고도 찾으려던 게 하나 더 있지 않았느냐고 항변하는 듯한 눈이었다. 나더러 어쩌라고. 이 부부 금슬 좋기로 소문난 고관 나리야.

낙현이 난조의 뒤통수를 뚫어지게 쳐다보고 있었다. 난조가 천천히 그쪽으로 고개를 돌리자 낙현이 일어나 방을 나갔다.

"누님, 저는……"

난조의 목소리가 애틋해져서 윤해는 재빨리 그의 말을 잘랐다.

"그만해, 그런 이야기는. 지금은 귀한 목숨을 구해. 소라울의 집에 있는 가솔들까지 여러 명의 목숨이 걸린 일이야. 나는 내 방식으로, 구할 목숨과 이제는 지키지 않을 목숨을 구별한 거야."

그러나 난조는 술름을 떠나지 않았다.

"맹골차리의 상인들에게 수소문하던 중에 진귀한 고서를 가진 자가 있다는 말을 접했습니다. 소개해주신 거간 하살루타가 특별히 애써주었지요. 그런데 제게 도움이 되는 게 맞는지는 잘 모르겠답니다. 오래된 천문서인 듯한데 말이 달라 얼마나 오래된 책인지도 모르겠다고요. 구할 의사가 있다고 알려두고 소식을 기다리고 있으니 우선 그 소식이 올 때까지 머물며 생각을 정리하겠습니다. 혹시 떠나기로 정하면 가기 전에 작별 인사는 올리겠습니다."

담담한 말이었다.

"그렇게 해."

윤해도 건조하게 답했지만, 마음 한구석에 아무도 모르는 온기가 담겼다.

윤해는 다시 잠이 늘었다. 토벌군이 벌써 도성을 나섰다는 소문이 전해지자 술름의 고리와 마리가 모두 뒤숭숭했다. 오름도 마찬가지였다. 모두의 마음이 조바심으로 닳아가는데, 윤해와 다르나킨만은 태평해 보였다. 군영의 깃발이 한가로이 선 것을 보고 누구는 마음을 놓고 누구는 애가 닳았다.

사실 윤해는 태평하지 않았다. 윤해의 잠이 느는 건 거문담의 수수께끼를 풀기 위해 애쓰는 시간이 많아진다는 뜻이었다. 다르나킨은 그렇게만 이해했고, 윤해는 한 가지에 더 몰두했다. 마법을 연마하는 것이었다.

윤해는 언젠가 마법이 필요해지리라는 것을 알았다. 다가올 전장에서 사용할 수 있으면 좋겠지만, 그건 역부족이었다. 소라울에서 곰개를 불러낸 일을 전장에서도 똑같이 할 수 있다면. 그때는 거문담 한가운데가 아니라 분명 눈앞에 곰개를 불러낼 수 있었는데.

하지만 윤해는 방법을 알 수 없었다. 원하는 것을 원하는 때에 눈앞에 펼쳐내는 방법을. 지금의 마법은 그저 꿈이 제멋대로 현실의 문턱을 넘는 것뿐이었다. 튀어나오는 것도 제각각이었고 나온 뒤에는 통제도 되지 않았다.

문제는 다가올 토벌군과의 싸움이 아니었다. 윤해는 그 뒤에 올 더 큰 싸움을 생각했다. 1021년마다 한 번, 거문담 한가운데에 놓인 문을 열고 이 세상으로 비집고 나오는 어두운 존재. 그게 얼마나 크고 무시무시한지는 잘 알고 있었다. 윤해가 직접 그 존재가 되는 꿈을 꾸어서 알게 된 일이었다. 거대한 몸체를, 길게 뻗는 여러 개의 팔을, 몸 전체를 감싼 피부의 견고함을, 세상을 파괴할 근육의 강인함을, 그리고 하늘을 덮을 듯 쫙 펼쳐질 날개의 장대함을.

그 존재를 상대하려면 사라의 병력을 다 쏟아부어도 부족할 것이다. 20만도 30만도 모자랄 것이다. 세상에 있는 군대를 다 동원하면 가능할지도 모른다. 1021년 전 사람들은, 또 그 1021년 전 사람들은, 몇 번이나 거듭됐을지 모를 주기 동안 괴물을 막아낸 마법사와 인간들은 정말로 그런 일을 반복했을지도 모른다. 그 일이 쌓이고 쌓여 결국 거문담처럼 거대한 방벽을 올리는 데 이르렀을지도 모른다.

'그에 비하면 나는 너무 보잘것없잖아.'

윤해는 자기에게 주어진 임무를 생각했다. 생각할 때마다 어깨가 처졌다. 이건 누가 준 임무일까? 왜 1021년의 전승은 끊어지고 말았을까? 아니다. 그건 언젠가 끊어지라고 만들어진 주기다. 기껏해야 수십 년을 사는 인간의 수명을 생각하면, 1021년은 너무 긴 시간이다. 세월보다 길고, 시대보다도 길며, 왕조나 문명으로도 지탱하기 어려울 만큼 아득하다. 1021은 그 자체로 이미 사악함이다. 몇 번을 거듭하면 언젠가는 잊히겠지. 인간의 문명이 다 그렇지. 그래, 몇 번은 막아내겠지. 인간이 현명하고 문명이 그 이름처럼 근사한 동안에는. 하지만 그 1021년이 영원히 반복된다면. 그러면 언젠가는 잊히지 않을까? 영원히 기억할 수는 없지 않겠어? 전승이란 건 언젠가 끊어지게 되어 있으니.

윤해는 자신이 바로 그 시기에 임무를 떠맡은 게 아닐까

짐작했다. 인간이 가장 어리석고, 문명이란 그저 고서에나 남아 있는 옛날이야기가 되어버린 때에. 생각하면 너무나 한심했지만, 그래도 뭔가를 해보려면 마법을 펼치는 수밖에 없었다. 현생의 전승이 완전히 끊어졌으니 매달릴 곳은 이제 한 군데밖에 없었다.

'마로하. 그때처럼 내게 말을 걸어줘. 나는 내가 바꿀 세상이 곧바로 파괴되는 걸 보고 싶지 않다고. 그럴 거면 뭐 하러 이 세상을 바꾸겠어. 나는 지지 않을 거야. 일찌감치 혜에게 빼앗긴 욕심을 다시 이 손에 거머쥘 거야. 해야 할 일이 있으면 뭐라도 할 거라고!'

그러나 그 마로하조차 원하는 날 때맞춰 나타나 주지 않는 것이 또한 꿈의 속성이었다.

때가 되자 다르나킨은 초조한 마음으로 객사 마당을 지켰다. 한채주도 자주 그 옆을 지켰다. 병이 났는지 마음을 닫았는지, 기껏 반역을 선동해놓고 내내 잠만 자는 보기대대영솔이 깨기만을 두 사람은 간절히 기다렸다. 척후병이 밤낮을 가리지 않고 사라의 행영이 어디에 이르렀는지 두 사람에게 알렸다. 준비한 계획을 실행할 때가 다가오고 있었다. 가을바람이 제법 무서웠다. 술름의 가을은 너무 짧아서 금세 좌향의 겨울바람에 잡아먹히고 말 터였다.

한채주가 먼 산을 바라보는 사이, 갑자기 다르나킨의 발걸음이 빠르게 움직였다. 객사 안에서 기척이 들리더니 잠시 후 문 여는 소리가 났다. 오랜만에 모습을 드러낸 윤해가 다소 침울한 얼굴로 서 있었다.

다르나킨이 그쪽으로 다가가 금방 들어온 첩보를 전하고는 때가 되었다고 아뢰었다. 그러자 윤해가 고개를 끄덕이며 잠긴 목소리로 영을 내렸다.

"때가 되었군요. 그럼 청야(淸野)를 시작합니다. 추수가 끝난 농토와 민가는 그대로 두고 술름 이남의 초원에 불을 놓으세요. 마리의 백성을 전부 고리로 피난시키고, 건강한 자는 모두 보창대 아래에 따로 배속해 수성(守城)을 돕게 하세요. 고리에 수용하지 못한 자는 오름으로 옮깁니다. 좌기대와 우기대는 술름 이북의 초원을 사수합니다. 나머지 병력은 모두 고리에 주둔해 수성합니다."

기다리던 영이 떨어지자 다르나킨이 재빨리 자기 할 일을 찾아갔다. 옆에 있던 한채주는 실망감을 감추지 못했다. 알려진 것 중 가장 강력한 마군 전술을 보여주겠다고 했다더니, 장고 끝에 나온 묘안이 기껏해야 청야였다. 달리 말하면 아무 전술도 펼치지 않는다는 말이기도 했다. 한채주는 배를 잘못 탄 것이 아닌가 회의가 들었다. 그러나 별다른 수는 없었다. 물가에 있던 배는 한 척뿐이었고, 그 배는 이미 강 위에 떠 있었다. 물론 한채주는 실제로 배를 타본 적이 없었다.

메마른 북풍이 매섭게 휘몰아쳤다. 거문담이 아침부터 낮게 우는 날이었다. 술름의 초원에서 들불이 일어나 바싹 마른 풀을 게걸스레 살라 먹었다. 북풍을 타고 금세 자라난 들불이 남쪽을 향해 부지런히 내달렸다. 해가 지자 더 큰 장관이 펼쳐졌다. 횃불을 든 술름의 좌기대가 동쪽과 서쪽으로 계속 뻗어나가 술름 이남의 초원 전체에 거대한 들불을 일으켰다. 윤해는 고리 남쪽 높은 망루에 올라 그 광경을 오래오래 지켜보았다. 들불 맨 끝이 지평선을 넘고 있었다.

6

"호미야."

"예, 아씨."

"나는, 고통스럽게 죽은 네 얼굴을 마주 볼 거야."

"그렇게 하세요, 아씨."

"미안해. 정말로."

"아니에요."

"뒤에 있니?"

"예, 여기 있어요. 이제 돌아보세요."

꿈속의 호미가 씩씩하게 말했다. 윤해는 마음을 가지런히 하고 뒤로 휙 돌아섰다.

그러자 마로하가 나타나 시야를 가렸다. 마침내 성공이었다. 수십 번의 시도 끝에 드디어 윤해는 마로하를 불러내는 법을 알게 되었다.

"그런데 이게 정말 성공일까?"

윤해는 깜짝 놀라 하마터면 잠이 깰 뻔했다. 몽롱한 정신이 맑아지지 않도록 애쓰며 윤해가 물었다.

"내 말을 알아들어?"

마로하는 윤해의 손을 이끌어 시선 방향을 돌리며 말했다.

"알아듣는데, 네가 생각하는 그런 건 아니야."

"왜? 그럼 말해봐. 언제는 내 말을 알아듣고 언제는 못 알아듣는 건 왜 그런 거야?"

마로하가 한숨을 내쉬며 말했다.

"그래, 너는 손이 많이 가는 예언자였지. 기억이 난다. 들어봐. 이건 네 잘못이 아니라 내 잘못인데, 정확히 말하면 내 잘못도 아니야. 나는 알아듣는데 그 마로하는 못 알아듣거든."

"그 마로하라고?"

"자세히 봐. 너 지금 다른 시대의 나를 불러냈어."

"뭐?"

그 말이 맞았다. 지금의 마로하는 평소에 보던 것보다 나이가 많아 보였다. 원래는 자기보다 어려 보였는데, 지금은 같거나 더 많아 보였다.

"원래 너를 상대하는 건 지금의 내가 아니라 더 어린 마로하라고. 그 애는, 그러니까 그것도 난데, 네 말을 못 알아들어. 아직 미숙한 예언자니까. 그래도 너를 이끄는 건 그 애의 일이야. 그렇게 정해져 있어."

"그럼, 그럼 나는 어떻게 해? 나는 해야 할 일이 많아. 시간은 넉넉하지 않은 것 같고."

"알아. 하지만 잘될 거야. 쭉 너와 같이 지낸 건 아니지만, 너를 도왔던 건 결국 나니까."

"정말 그래?"

"정말 그래."

"그럼 어떻게 하면 돼? 나는 뭘 해야 하는 거야?"

마로하가 잠깐 생각에 잠겼다. 그러더니 적절한 말이 생각난 듯 자신 있게 말했다.

"먼저 그 애를 일깨워."

"내가 그 애를? 어떻게?"

"그건 잘 모르지만, 아무튼 할 수 있어. 너도 예언자니까."

그 말이 너무 깊게 새겨져서 윤해는 그만 잠이 깨고 말았다. 생시의 문턱을 갓 넘은 비몽사몽간에 돌이켜보니, 마음에 더 깊이 새겨진 쪽은 '예언자'라는 말보다 '너도'라는 말이었다.

사라의 행영이 술름 바로 남쪽에 이르렀다. 그 일대의 초원은 이미 검게 타 있었다. 그러나 술름마리는 온전히 남아 있었다. 의외의 발견이었다. 행영마병사가 척후를 보내 조사하니, 식량은 고리로 실어나른 뒤였으나 우물과 가옥은 대부분 멀쩡했다. 사라군은 안도했다. 결사 항전하는 상대는 수가 적더라도 치명적인 칼날을 품고 있는 때가 많다. 그런데 술름은 그 정도는 아닌 모양이었다. 마병사 종탁금은 생각했다.

'집으로 돌아가고 싶은 짐승일수록 살아서 돌아가지 못하는 법이지.'

청야는 이미 예상한 바였고, 대비책을 마련하기도 어렵지 않았다. 사라의 토벌군은 술름 남쪽의 마리를 모조리 털어 사람과 말이 먹을 식량을 넉넉히 조달했다. 징발하는 모양이 약탈과 다를 바 없었으나 백성의 저항은 크지 않았다.

사라는 십이 년 동안이나 성군이 다스린 나라였다. 가을을 갓 넘긴 나라는 제일 외진 구석까지 다 풍요로웠다. 소라울에서 변경까지, 서북면으로 이어지는 농지를 쥐어짜면 전쟁을 지탱할 물자는 충분히 얻을 수 있었다. 그게 바로 성군의 나라였다.

물론 문제가 아주 없지는 않았다. 제일 골치 아픈 건 마군이었다. 보병을 먹이는 건 어려운 일이 아니었으나 말을 먹이는 건 언제나 큰일이었다. 말은 사람의 스무 배를 먹는데,

기병 한 명이 말을 네 마리씩을 데리고 다녔으므로, 마군 하나는 보병의 여든한 배를 먹어 치운다. 그런 마군이 무려 4만이었다. 매일 보병 324만 명이 먹을 식량을 먹어 치우는 비싼 토벌군이었다.

원래대로라면 초원 위에서 말의 식량은 별 고민거리가 못 됐다. 풀을 먹이면 그만이니까. 그런데 초원이 까맣게 타 있다면 말 먹이를 먼 데서 실어 날라야 했다. 그걸 실어 나르는 수레도 말이 끌어야 하는데, 이 말도 마찬가지로 보병의 스무 배를 먹었다. 전마로 쓸 만큼 좋은 말이 아니어도 먹는 양만큼은 크게 다르지 않았다.

전마 16만 마리에, 수레 끄는 말이 2만 마리였다. 짐말이 먹을 식량을 조달하려면 말 2천 5백 마리가 또 필요했다. 이 말은 다시 말 312마리가 수레를 끌어 먹이를 실어 날라야 했다. 정말이지 끝이 없는 계산이었다. 그런 일이 매일 일어나고 있었다. 영윤해일지 달낙현일지 알 수 없지만, 역도의 두 수괴 중 하나는 마군이 겪을 곤란을 이해하는 모양이었다. 가장 강력한 병종이지만, 들어가는 물자로 바꾸어 계산하면 그렇게 탐나 보이지는 않는 군대라는 사실을.

보병이야 그저 술름마리가 멀쩡한 것에 안도하고 있었지만, 마군 쪽에서는 당황하는 낌새가 역력했다. 그것만 봐도 술름의 청야가 토벌군의 어디를 노리는지는 분명했다. 역도가 마리를 불태우지 않은 건 고리를 수성할 보병의 인심을 잃지 않기 위해서다. 대신 충성을 의심할 필요 없는 역당의 마군은 초원의 절반을 잃는 것을 기꺼이 감수했다. 그러니까 술름의 청야는 마군끼리만의 청야인 셈이었다.

겉으로 드러내지는 않았지만 종탁금도 내심 난감해졌다. 사라의 마군은 왕의 것이어서, 역도를 토벌할 때는 반드시 마군을 앞세워야 했다. 남쪽 먼 후방에는 불타지 않은 초지가 얼마든지 펼쳐져 있지만, 왕의 마군을 그런 곳에 덩그러니 남겨둘 수는 없었다. 그랬다가는 조정에서 불호령이 떨어질 게 분명했다.

'뭐야, 이건? 알고 하는 거야, 아니면 어쩌다 보니 이렇게 된 거야?'

종탁금은 마군 좌우군을 술름 양쪽으로 크게 우회시켜 술름 이북의 초원을 확보하도록 했다. 초지를 확보하지 못하면 불이라도 놓으라 명했다. 실은 우회 중인 말이라도 술름에서 멀리 떨어진 초지의 풀을 뜯게 해 그만큼의 식량을 아껴보자는 심산이었다.

작전은 실패였다. 먼저 마군 우군이 동쪽에서 초원을 크게 돌다가 매복에 당해 맥없이 패주했다.

"역당의 좌기대가 매복했나이다."

그런데 그 보고가 올라온 후 얼마 되지도 않아, 이번에는 서쪽으로 간 마군 좌군이 크게 패해 물러났다는 보고가 들어왔다.

"우회 중에 기습을 당하였는데, 술름고리 좌기대가 매복해 있었나이다."

종탁금은 보고를 올린 두 군관을 붙잡아 하옥했다. 그러면서 크게 호통쳤다.

"어째서 같은 시간에 동서로 뻗어나간 좌군과 우군이 똑같은 좌기대에 당한단 말이냐. 둘 중 하나는 잘못된 보고를 올렸을 터. 틀린 쪽을 찾아내 매질하고 파직하라!"

그러나 그런 종탁금도 기습을 당한 일 자체는 문책하지 않았다. 청야로 인해 보급로를 뻗는 방향이 곧 마군의 기동로가 되고 말았는데, 보급로는 기동로보다 기민할 수 없으므로 마군의 진격로가 매번 간파되는 건 신기한 일이 아니었다.

결국 종탁금은 우회기동을 포기하고 6만 마병을 모두 동원해 술름고리 남쪽을 에워쌌다. 북쪽 초원으로 가는 길은 끝내 열리지 않았다. 얼마 되지도 않는 술름의 마군은 그 넓은 초원에서 편하게 말을 먹이고 있을 것이다.

'초원의 풀 한 포기까지 씨를 말려주마.'

종탁금은 서북면을 더 쥐어짜겠노라 조정에 장계했다. 판행영마병사 종직부가 주청하고 임금이 곧장 윤허하자 북풍보다 매서운 수탈이 시작되었다. 그것이 또한 폭군의 나라였다.

영윤해와 술름의 마군은 전초전을 내내 승리로 이끌었다. 그러나 본격적인 공성(攻城)이 시작되자 그 승리의 효과는 미미하게만 보였다.

한채주는 가끔 망루 위에 오르는 대영솔의 깃발을 올려다보았다. 깃발은 일시적이나마 병사들의 사기를 높이는 데 큰 도움이 되었다. 그러나 그는 알고 있었다. 실제로 대영솔은 거기에 있지 않으리라는 사실을.

본격적인 농성(籠城)이 시작되었지만 영윤해는 아직도 객사에 틀어박혀 있었다. 무슨 대단한 전략을 구상하느라 그러는 것도 아니었다. 돌아가는 꼴을 보아 하니, 영윤해는 내내 꿈속에서 헤매는 모양이었다. 대영솔이 깨거든 어느 때든 부르라 일렀더니, 새벽에 통인이 달려와 자는 채주를 깨웠다. 서둘러 객사로 달려가보니 드디어 대영솔이 깨어 있었.

"잘 버티고 있습니다. 힘들겠지만 잘 버텨주세요. 때가 무르익으면 모든 것이 달라질 겁니다. 하지만 아직은 시간이 더 필요합니다."

대영솔이 잠에 취한 목소리로 말했다. 직접 얼굴을 보고 나니 한채주는 불안한 마음이 한층 커졌다. 그는 영윤해가 정말로 잠에 빠진 게 맞는지 의심스러웠다. 몽롱한 눈빛에 초췌한 몰골까지. 그가 보기에 대영솔은 잠보다 훨씬 고약한 것에 빠져 있는 듯했다.

영윤해가 말했다.

"우선 내가 미리 마련한 게 곧 술름에 당도할 겁니다. 그게 있으면 싸우는 데 큰 도움이 될 거예요."

다음 날 보니, 영윤해의 비책이란 다름 아닌 양모로 만든 두툼한 털옷이었다. 그는 물건을 가져다준 마목인 목감에게 물었다.

"이걸 입으면 화살이라도 막을 수 있는 거요?"

"글쎄요, 화살까지는. 화살을 막으려면 갑옷이 낫지요. 이건 뚫릴 거요."

"그럼 이걸 어디에 쓰라고 주는 거요?"

"어디에 쓰긴요? 병사들을 따뜻하게 입히는 데 쓰지요."

"나 참."

한씨 집안 사람들은 원래 다르나킨을 좋아하지 않았다. 어서 저 마목인 목감을 쫓아내고 술름의 마군을 다 장악하자는 게 집안의 오랜 목표였다. 그런데 영윤해가 그 꼴이 된 와중에 좌기대의 승전보가 이어지자, 별 의미 없는 전초전이라는 걸 모르지 않는데도 그에게 기대는 마음이 조금씩 커졌다. 한채주뿐 아니라 진중의 병사들이 다 그랬을 것이다.

'하지만 기껏 털옷이라니. 맹골차리의 하살루타를 구워삶

아 창고에서 직접 얻어온 비장의 무기가 겨우 이거라니!'

사라의 보병은 그야말로 밤낮없이 고리를 기어올랐다. 성벽에는 사다리를 놓고, 성문은 충차(衝車)로 두들기고, 성벽 아래로 땅굴을 파 지반을 무너뜨리고, 벽 너머로는 화살을 끊임없이 날려댔다. 네 개 조가 교대로 종일 그 일을 반복했는데 그러고도 사람이 남아돌았다.

한채주는 의외로 공격을 잘 막아냈다. 윤해가 바란 그대로였다. 술름 보사대는 교대로 휴식을 취하기는커녕 편하게 앉아 밥을 먹을 여유조차 없었지만, 좀처럼 지치지 않고 고리를 지켜냈다. 적이 공성탑을 올리거나 고리 맞은편에 흙을 퍼와 언덕을 쌓으면 중기대가 성문을 열고 나가 없애고 돌아왔다. 고향인 마리를 빼앗긴 술름 보병에게는 고리를 사수해야 할 충분한 이유가 있었다. 대영솔이 마리를 청야하지 않은 건 분명 효과가 있어 보였다.

다르나킨의 좌기대와 수랏치의 우기대는 늘 그렇듯 술름 북쪽 초원 어딘가에 머물렀다. 이따금 들판에 새로 불을 놓거나, 공성 중인 토벌군 보병을 급습할 기세로 모습을 드러내는 게 다였으므로 그들이 정확히 어디에 있는지는 아무도 몰랐다. 그 바람에 어마어마한 양을 먹어 치우는 사라의 마군이 식량 보급이 어려운 포위망 가까이에 바짝 붙어 있어야 했지만, 그들의 기여는 그게 다였다. 농성은 결국 보병끼리의 싸움이 되었는데, 그 수만 비교해도 2만 대 2천의 싸움이었다.

마침내 술름군은 지쳐가고 있었다. 술름고리의 병사들은 토벌군이 매일 얼마나 많은 물자를 거덜 내는지 알 길이 없었으므로, 끝없이 이어지는 보급품의 행렬을 보고, 버티는 싸움은 결국 승산이 없을 거라 짐작했다.

다만 그들에게는 믿는 구석이 있었다. 술름의 진중에는 마법사가 있었다. 보기대대영솔 영윤해가 언젠가 그들을 구원해낼 것이다. 세력을 규합한 토르가이의 위협으로부터 고리와 마리를 안전하게 지켜낸 것처럼.

포위가 시작된 지 한 달이 지날 무렵, 성내에 안 좋은 소문이 돌았다. 마리 사람이 다 고리에 들어와 있다 보니, 고리 안에는 사람이 너무 많았다. 길 위에 대충 움막을 지어놓고 사는 자가 태반이어서 그만큼 소문도 빨리 돌았다. 객사 근처에서 퍼져나간 소문은 고리의 남쪽 망루 위까지 순식간에 다다랐다. 보기대대영솔이 깊은 잠에 빠져 있다는 소문이었다. 소문에는 금세 살이 붙어, 대영솔이 빠져 있는 게 평범한 잠은 아닐 거라는 이야기가 여항으로 퍼져갔다. 누구는 술이라고도 하고, 마음을 갉아먹는 독초라고도 했다. 마지막은 사라의 간자가 퍼뜨린 말 같았다. 그런데 어이없게도 그 소문은 오히려 고리의 사기를 고취하는 계기가 되었다. 소문은 이렇게 바뀌었다.

"대영솔이 객사에 틀어박혀서 신묘한 마법진을 준비하고 있대! 마법이 너무 치명적이어서 정신을 조금씩 갉아먹는다나."

"누가 그래?"

"소라울의 일관이 봄부터 술름에 와계시잖아. 그분이 그랬다던데."

"그 서운관감 은난조 나리가? 그럼 없는 말은 아닐 텐데."

"아, 그렇다니까."

한채주는 그 모든 소동이 다 우습게만 보였다.

'이게 무슨 말도 안 되는 장난질이야. 일이 이렇게 틀어질 줄 알았으면 시작도 안 했지.'

그래도 북풍이 조금 더 매서워지자 한 가지 사실만은 분명해졌다. 그와 술름의 병사들이 입고 있는 털옷이 토벌군의 것보다 따뜻하기는 하다는 점이었다.

'굶어 죽으면 죽었지, 얼어 죽지는 않겠구나.'

은난조는 운 좋게 병사들의 털옷 하나를 얻어 입고 술름고리의 길바닥에서 노숙하다시피 하며 지냈다.

'그래도 이거면 얼어 죽지는 않겠어.'

북방의 겨울 날씨는 벌써부터 매서웠다. 술름 토박이들이야 아직 얇은 옷을 입고 다니는 자도 드물지 않았지만, 소라울에서 평생을 보낸 일관에게는 술름의 겨울이 부당하게만 여겨졌다. 한데서 밤을 보내는 일 자체는 그래도 익숙했다. 천문을 보고 녹을 먹는 일관에게 별로 채워진 밤하늘은 형벌이 아니었다. 다만 그는 술름이 도읍인 나라의 일관으로 태어나지 않은 게 천만다행이라고 생각했다. 하긴 그런 나라였으면 일관이 되지도 않았을 것이다.

그러던 어느 새벽에 한채주가 그를 찾아왔다.

"한 장군! 여기는 어쩐 일로?"

"장군은 무슨 장군이랍니까? 족하(足下)야말로 지체 높으신 분이 어째서 여기에 이러고 계십니까? 제가 모시겠습니다."

"그럼 태보 은함인의 아들이 역모에 가담한 게 되는데도요?"

"아!"

"길바닥이 마음 편합니다. 나눠주는 밥도 아직은 먹을 만하고요."

"그러시군요."

채주는 사람을 시켜 따뜻한 차를 가져와 난조에게 권했다.

"실은 족하께서 여기 계신다는 소문을 듣고 답답한 마음에 찾아왔습니다."

"고리를 철통같이 지키는 분께서 답답하시다고요? 그거 큰 비밀이겠습니다. 나야 군문의 일에는 전혀 문외한인데, 이 마당에 일관이 거들 수 있는 일이 있습니까?"

채주가 속삭였다.

"대영솔을 잘 아신다고요?"

"아, 그렇기도 하고 아니기도 합니다. 사실 소라울에도 그분에 대해 잘 아는 사람은 아무도 없습니다. 워낙 조용조용한 가문이라."

"어떤 분이십니까?"

"글쎄요, 무엇을 물으시는지 모르겠습니다."

"소문에 듣자 하니 대영솔이 객사에서 신묘한 마법을 준비한다고 말씀하셨다던데. 정말로 그렇게 생각하십니까?"

"소문에는 별 이야기가 다 들어가는 법이지요. 요즘 술름 고리의 소문은 그보다 훨씬 놀랍기는 합니다. 길바닥에 나앉은 마리 사람들의 입이 특히 험하고요. 영감에 관한 소문도 많습니다만 다 옮길 가치가 없는 것들이지요. 내가 한 말은 그저 대영솔이 때를 기다리고 있다는 것뿐이었습니다."

"역시 그런 거였군요. 그분이 때를 기다린다는 것이야 누군들 모르겠습니까?"

그 말에 난조가 힘주어 대답했다.

"아, 그냥 그런 말은 아니었습니다. 때를 기다린다는 말이야 누구나 할 수 있지만, 제 말은 그분이 정말로 때를 기다리고 있다는 말이었습니다. 정말로 무언가를. 그때가 되기 전까지는 움직여도 소용이 없기에 움직이지 않는 겁니다. 하지만 때가 되면 반드시 나서겠지요. 그분의 성품이나 살아온 내력으로 미루어보면 분명히 그렇습니다."

그 말을 듣는 한채주의 표정이 조금 밝아졌다.

"그렇습니까? 그런데 그게 뭘까요? 대영솔이 기다리는 때라는 건."

"글쎄요. 겨울 아닐까요?"

"겨울이요? 그건 여기 있는 모두에게 예정된 것 아닙니까? 기다리면 그냥 오는 건데."

난조는 털옷을 단단히 여미며 중얼거리듯 말했다.

"안심되지 않습니까? 기다리면 반드시 오는 것을 기다리고 있다니. 천문도 보고 기상도 보는 일관은 그런 일을 좋아합니다. 그런 걸 기다리는 자에게는 기꺼이 믿음을 내어주고요."

한채주는 생각했다.

'이자도 제정신이 아니군.'

난조가 다시 말을 이었다. 천기를 누설하듯 조심스러운 말투였다.

"영감은 이제껏 고민할 일이 별로 없었겠지만, 사라의 마목장은 사실 아주 비쌉니다."

"비싸요?"

"비싸지요. 초원에서야 놔두면 저절로 크는 게 말인 것 같지만, 초원이 아닌 곳에서 말을 먹이려면 손이 아주 많이 갑니다. 사람 먹는 걸 먹지는 않아서 그렇지, 사실 말이 좀 많이 먹어야 말이죠. 그러다 보니 나라에서는 직접 말을 키우지 않고 지방의 호족에게 말을 키워 바치게 합니다. 술름에서는 이게 어렵지 않지요? 공짜 목장 같은 초원이 이렇게 쭉 펼쳐져 있으니."

"무슨 소리요! 술름에서 소라울에 보낸 말이 제일 많은데!"

"예, 그렇지요. 술름에서도 싸지는 않지요. 그런데 내륙에서는 이게 너무 비싸서, 시키는 조정에서도 호족에게 비싼 값을 치러야 합니다."

"값을 치른다고? 사라의 그 조정이?"

"그럼요! 우선 땅을 줍니다. 내륙에서 말을 먹이는 건 너무 버거워서 보통은 섬에 말을 풀어놓고 방목해서 키웁니다. 그럼 손이 좀 덜 가니까요. 해서 남쪽의 섬은 작은 것까지 전부 말 목장인데 대부분 지방의 호족이 소유하고 있습니다. 그러면 뭐가 생겨나겠습니까? 섬을 털어 먹는 해적이 생기겠지요? 그걸 지키려면 수군이 필요하니, 조정은 호족이 수군을 갖도록 허락해줍니다."

채주가 발끈했다.

"허락해준다고? 터무니없는 소리! 그건 호족이 자기 돈을 대서 수군을 유지하는 게 아닙니까! 조정에서 쌀 한 톨이라도 보태주는 줄 아시오!"

"물론 그렇지요. 하지만 그 덕에 호족은 자기 사병을 늘릴 수 있지요. 호족이 키우는 사병을 줄이는 게 조정의 오랜 관심사가 아닙니까. 그런데도 마군을 유지하려면 그럴 수가 없지요. 그게 수군과 보병이라면 사병의 규모가 아무리 커져도 조정에서 문제 삼기 어렵습니다. 거기서 끝이 아닙니다. 사병이 커지면 호족이 귀족이 되어 지방의 작은 왕이 됩니다. 역도가 아닌데도 조정의 명이 먹히지 않는 거지요. 술름도 그렇지 않습니까? 술름 성주는 징벌의 권한을 가지고 있었지요? 죄인에게 사형을 내릴 때 조정에 따로 보고하지 않았습니다. 그렇지요?"

"그거야, 사라에 병합되던 때부터 보장된 권리라 그런 것 아닙니까!"

"예, 예, 그렇지요. 아무튼 마군을 먹이는 건 그만큼 비싸다는 겁니다. 제아무리 폭군이어도 권세를 뚝 떼줘야 할 만큼 비쌉니다. 초원이 아닌 데서는요. 그래서 경작인 왕조는 틈만 나면 마군을 줄이려고 합니다. 거기에 대면 사라는 좀 특이하지요. 마군을 숭상하다시피 하니까. 그런데 이건 사라가 마목인을 직접 상대하는 나라여서 그렇습니다. 어쩌다 결집한 마목인 기병은 그 위력이 워낙 강력해서 경작인의 나라가 단번에 무너진 일이 한두 번이 아니지요. 그 마목인만 없으면 사라도 결국 마군을 없애려고 할 겁니다. 권세를 귀족과 나누고 싶은 왕은 없으니까요."

"그래서 그게 무슨 소리요? 대영솔이 기다리는 게 도대체 뭐란 말이요?"

한채주가 물었다. 따져 묻는 기세가 조금 누그러졌다. 은난조는 처음으로 돌아왔다. 다시 천기를 누설하듯, 천문 현상에 아리송한 해석을 붙여서 고관대작을 현혹할 때나 하던 말투로 차근차근 한채주를 구슬렸다.

"글쎄 겨울이라니까요. 토벌군의 주둔지를, 초원도 섬도 아닌 내륙의 아주 비싼 목장으로 만들어놓고 겨울을 기다리는 겁니다. 풀을 뜯게 하는 게 아니라 건초든 곡식이든 마량(馬糧)을 대게 한단 말입니다. 지금 고리를 둘러싼 저 커다란 목장에서 말을 먹이는 건 지방의 귀족이 아니라 조정입니다. 모르긴 해도 마군을 배불리 먹이느라 조정 살림은 아주 거덜이 나고 있을 겁니다. 그 일을 하는 사람이 바로 영감이시고요! 대단하지 않습니까? 대영솔은 그렇게 해놓고 기다리는 겁니다. 진짜 겨울이 오기를요. 그 증거로 대영솔이 이

옷을 구해서 나눠주지 않았습니까? 내 평생 입어본 중 제일 따뜻한 털옷을요."

한채주는 조정을 거덜 내는 사람이 자기라는 말에 마음이 뿌듯해져 망루로 돌아갔다. 아무것도 바뀌지 않았는데 하루 아침에 세상이 다 바뀐 것처럼 느끼게 하는 것. 그게 바로 일관 은난조의 특기였다.

'뭐, 이번에는 영 없는 말을 한 건 아니니까.'

은난조가 기다리는 것은 겨울이 아니었다. 그는 소라울에서 서신이 오기를 기다리고 있었다. 포위망을 어떻게 뚫고 올지는 모르지만, 안부 인사를 다 떼면 짧은 본론만 남을 테니 어떻게든 전해질 편지라 믿었다.

술름의 청야가 시작되기 직전, 그는 하살루타의 소개로 고대 천문서 한 권을 입수했다. 1021과 거문담을 함께 언급한 또 한 권의 책. 부스러질 듯한 서책을 조심조심 넘겨보던 난조는 갑자기 눈이 둥그레졌다. 천문서로는 별반 대단할 게 없는 그 책에는 다른 고천문서에 없는 귀중한 내용이 들어 있었다. 대수롭지 않게 넣은 딱 한 줄이겠지만, 난조에게는 그 한 줄의 기록이 책 전체를 가득 채운 외국의 옛 문자 수천 자를 합친 것보다 가치 있어 보였다. 밤하늘을 채운 수많은 별 중 유일하게 가치가 있는 단 하나의 별처럼. 거기에는

1021년 주기의 바로 직전 기점이 기록되어 있었다. 정확하게는, 그런 말이 새겨진 비석의 내용을 그대로 옮겨 적은 기록이었다.

난조는 급히 서운관으로 서신을 보내 두 가지를 물었다. 외국의 옛 비석에 언급된 기점이 사라 인근 지역의 시간으로 어느 왕조 어느 해인지, 또 그로부터 1021년 뒤가 언제인지를 조사해서 보고하라는 것이었다. 둘 중 더 궁금한 쪽은 물론 후자였다.

그것은 난조가 술름에서 직접 해결할 수 없는 숙제였다. 역법은 왕조가 바뀌면 늘 새로 제정되는 법인데, 천 년 넘게 이어진 왕조는 존재하지 않으므로, 천 년이 넘는 시간을 하나의 달력으로 재는 역법은 남아 있지 않았다. 결국 2백 년씩, 혹은 3백 년씩, 서로 다른 방식으로 시간을 재는 여러 개의 역법을 비교해가며 정확한 햇수를 합산하는 수밖에 없었다. 그것은 마치 도량형이 통일되지 않은 다섯 개의 나라에서 가져온 다섯 개의 자를 이어 사람의 키를 재는 것과 같았다. 그런데 그걸 하려면 서운관 서고에 보관된 옛 서책이 필요했다. 더구나 난조가 입수한 책이 외국의 옛 문자로 된 책이므로, 그 지역 왕조의 옛 달력을 사라 달력과 비교하는 일까지 해내려면 역관과 더불어 외국의 역사에 능통한 학사도 여러 명이나 필요했다.

난조가 거지꼴을 하고 술름에 남아 있는 건 그 서신을 받기 위해서였다. 소라울에서 답이 오면, 곧장 윤해에게 알려야 할 수도 있으니까. 당사자에게서 제대로 들은 건 아니지만, 1021에 관한 이야기를 듣는 윤해의 눈을 보면 알 수 있었다. 분명 윤해는 뭔가를 알고 있었다. 그러니까 그 편지에 담길 내용은 윤해도 들어야 하는 답이 틀림없었다.

서신의 도착을 알린 건 의외의 인물이었다. 어느 날 밤, 이번에는 좌기대대감 다르나킨이 난조의 판잣집을 찾아왔다.

"어째서 이런 곳에서 지내십니까!"

그의 첫마디는 한채주와 똑같은 물음이었다.

"저는 여기에 없는 사람이거든요. 태보의 아들이 역모에 가담했다는 소리를 듣고 싶지 않아서. 이 이야기를 몇 번이나 하고 있는지 모르겠습니다."

그런데 다르나킨의 반응은 채주와 달랐다.

"그렇다면 제가 모시겠습니다."

"말씀드렸듯 태보 은함인의 아들이 역모에 가담했다는 소리를……"

"오름에 천막집을 하나 내어드리겠습니다. 그러면 태보의 아들 은 모가 역모에 가담했다는 소리는 안 들으실 겁니다."

난조는 말문이 막혔다. 그럴듯한 묘안이었다. 사라인에게 마목인의 오름은 세상에 존재하는 거주지가 아니었다. 천막에서 숙식한 걸 두고 어딘가에 기거했다고 여길 신료는 소라울 성안에 아무도 없었다.

그가 대답을 미루자, 다르나킨이 먼저 찾아온 용건을 이야기했다.

"척후가 초원 길 언저리에서 수상한 자를 잡았는데 나리의 이름을 댄다기에 일단 데려왔습니다. 저는 아직 아무것도 묻지 않았는데, 어쩔까요? 조용히 없앨까요?"

정황상 네가 첩자일지도 모르겠으나 대영술을 봐서 자세히 묻지 않겠으니 편한 대로 하라는 말이었다. 그제야 다르나킨에게 붙들린 자가 등불 아래에 얼굴을 내보였다. 놀랍게도 서운관에 속한 일관이었다.

"어째서 자네가 직접 왔는가!"

서운관감의 물음에, 얼굴이 뽀얀 일관이 울음을 터뜨렸다.

"수당(首堂)의 명인데 어찌 다른 이에게 맡기겠습니까? 이제 관감을 뵈었으니 죽어도 여한이 없습니다."

난조가 꾀죄죄한 얼굴에서 눈물을 훔치며 말했다.

"이 사람! 아직 할 일이 많은 사람이 그게 무슨 소린가? 또 아직 서신을 전하지 않았으니 자네 임무가 끝난 것도 아니지. 기특한 사람. 그래, 답은 알아냈는가?"

"예."

다르나킨이 그 광경을 보고, 대단한 우두머리에 대단한 부하라 중얼거리며 혀를 끌끌 찼다. 난조가 부하를 부둥켜안고 거의 울먹이는 소리로 물었다.

"그래, 답이 무엇이던가?"

얼굴이 뽀얀 일관이 함께 울먹이며 대답했다.

"내년 춘분 뒤 열흘째입니다."

그날 해가 뜨기 전에, 긴 옷을 뒤집어쓴 여자가 다르나킨을 따라 난조의 거처를 찾아왔다. 윤해였다.

"누님!"

은난조는 초췌해진 윤해의 얼굴을 보자 마음이 타들어갔다. 한채주가 말한 대로 걱정스러운 얼굴이었다. 다만 그가 윤해를 측은해하는 사이, 윤해 또한 그의 처참한 몰골을 보고 당혹감을 느꼈다.

"어째서 여기에 이러고 있어!"

난조는 그 질문을 몇 번째 듣는지 알 수 없었다. 아무래도 술름고리의 길바닥은 그가 있을 곳이 아닌 모양이었다.

'뭐, 내가 있을 곳이 따로 정해진 건 아니지.'

그러나 윤해는 생각했다. 별자리를 벗어난 별을 보듯 애처롭다고. 행성이 아닌 다음에야 별에는 반드시 정해진 자리라는 게 있는 것 아니냐고. 윤해가 다시 물었다.

"어째서 네가 여기에 남아 있는 거야!"

그건 인사치레가 아니라 진심이었다. 어째서 아직 술름에 남아 있는 거야. 식솔들의 목숨을 생각하라고 했잖아. 어째서 이런 위태로운 선택을 하는 거야. 아니, 그보다 어째서 이렇게 위험한 곳에 이런 가련한 꼴을 하고 남아 있는 거야!

난조는 말문이 막혔다. 윤해의 마음이 고스란히 전해져서였다. 갑자기 쏟아져 들어오는 걱정과 온기에 난조의 마음이 벅차오르고 말았다.

'어쩌면 나는 서신을 받아 내용을 전하기 위해서가 아니라, 단지 이 사람 곁에 있으려고 술름에 남은 게 아닐까?'

난조가 간신히 입을 뗐다.

"내년 춘분 직후입니다."

"응?"

다시 묻는 윤해의 눈가가 촉촉해져 있었다.

"1021이요. 전에 말씀드린 이야기. 제가 여기 온 이유."

"아."

"그 1021년 주기의 다음 차례입니다. 춘분 열흘 뒤. 누님도 아셔야 하는 내용이 맞지요?"

윤해의 눈에서 눈물이 쏟아졌다. 윤해는 등불이 닿지 않는 곳으로 한 걸음 물러나 가만히 고개를 끄덕였다. 그 모습만 보고도 난조는 윤해가 하려는 말을 다 알 것 같았다. 그래, 내가 꼭 알아야 하는 내용이야. 다른 누구보다 나에게 전해져야 하는 말이지. 전부 나 혼자 해나가야 하는 줄 알았는데 나 몰래 내 짐을 나누는 이가 있었구나.

난조는 해야 할 일을 한 것 같아 마음이 놓였다. 혼자 남겨졌을 때 저 사람 곁을 지켜줄 수 있어서. 늘 혼자 내팽개쳐져 있던 저 사람을 지금이라도 바라봐줄 수 있어서.

'그런데 혹시 내 마음도 똑같이 누님께 전해지고 있을까?'

아마 그럴 것이다. 그건 마법사가 아닌 사람도 다 아는 마법이었다. 연모하는 마음. 말을 거치지 않아도 분명히 전해지는 마음에 관한 마음.

난조는 새삼 깨달았다.

'나는 이 사람을 연모하고 있어!'

그건 선언이나 태도가 아니었다. 새로 발견된 진실이고, 마음 한가운데에 비석처럼 우뚝 서 있던 아주 오래된 명제였다. 그가 아는 것보다 훨씬 오래.

그 생각을 하자 감당하지 못할 희열이 그의 몸을 휘감았다.

'나는, 내가 정말로 연모했던 건 이 사람이 처음이고 유일해.'

숨이 멎을 듯 가슴이 아렸다. 유일한 사람, 유일한 감정. 지금껏 살면서 그렇게 많은 사람을 봐왔는데도.

그러나 그 마법은 난조의 영혼에 불안과 혼란과 균열을 남겼다.

'나는 분명 이 사람을 연모하지만, 이건 정말 내 마음일까?'

윤해는 마법사였다. 술름고리 사람들은 다 그렇게 믿고 있었고, 사정을 조금 더 아는 자는 낭설이라 여겼다. 하지만 윤해와 각별한 친분이 있는 몇 사람은 고리 사람들의 어리석은 믿음이 사실일지도 모른다고 어렴풋이 짐작했다. 술름고리의 객사에는 마법이 펼쳐져 있다. 그 마법이 얼마나 멀리, 또 얼마나 오래 과거와 미래로 펼쳐져 있는지는 아무도 모른다.

'그래, 이건 마법이지. 나는 이 사람을 연모하게 되어 있는 거야. 정신 차리고 예의를 지켜. 해야 할 일을 하고 머물러야 할 거리까지 물러나야 해.'

윤해는 난조의 눈을 가만히 들여다보았다. 윤해의 눈에는 난조의 마음이 훤히 다 보였다. 절정으로 치달았다가 가장 찬란한 순간 갑자기 모서리가 바스러지는 마음. 조각조각 허물어지는 영롱한 부스러기.

제발 또 그러지는 마, 윤해가 속으로 절규했다.

'그건 내가 펼친 마법이 아닌데!'

어째서 너는 모르는 걸까? 남들은 절대 못 보는 것까지 하나를 들으면 열을 읽어내는 너의 명민한 눈과 귀에는, 어째서 이 간단한 진실만이 가 닿지 않는 걸까? 어째서 나만, 왜 이 단순한 마음만은!

은난조가 담담하게 말했다.

"정확한 날짜는 싸움이 끝나면 다시 말씀드리겠습니다. 저는 고리를 나가 오름에 머무를 거예요. 없는 듯 지낼 터이나, 부르면 닿는 곳에 끝까지 머물겠습니다."

한껏 부푼 마음이 발끝으로 프스스 빠져나가는 것이 느껴졌다. 윤해는 생각했다. 그래, 그거면 됐어, 지금은.

꿈속이었다. 그곳은 윤해의 훈련장이자 싸움터였다. 윤해는 마음을 가다듬었다. 정신을 집중해도 잠이 깨지 않을 만큼 윤해는 꿈에 익숙해졌다.

멀리 거문담이 보였다. 그 앞에는 눈 덮인 초원이 펼쳐져 있었다. 윤해는 그곳이 정향 어디쯤이라고 생각했다. 정향에서 보는 거문담 꼭대기의 윤곽이 떠올라서였다. 그곳의 풍경은 낯설었다. 완만하지만 높아 보이는 언덕이 솟아 있었고, 잎이 뾰족한 나무가 듬성듬성 늘어선 숲도 보였다.

언덕 위 나무 아래에 말 한 마리가 보였다. 말은 앞발로 눈을 헤쳐 그 아래 묻힌 풀을 뜯고 있었다. 그 근처를 둘러보자 어느 나무 밑에 웅크리고 앉은 야인 여자가 보였다. 윤해보다 어린 시절의 마로하였다.

윤해는 현생의 기억을 떠올렸다. 화공을 불러 꿈에서 본 마로하의 복식을 그리게 한 다음, 낙현을 시켜 어느 부족의 옷인지 알아보게 했다. 거의 잊을 만큼 오랜 시간이 지난 뒤

낙현이 그 일을 보고했다. 어느 부족의 옷도 아니라는 것이었다. 그렇다면 마로하는 다른 시대의 사람일 것이다. 적어도 1021년, 혹은 2042년이나 3063년 전일지도 모른다. 그럼 거문담은 언제부터 저 자리에 서 있었던 걸까? 정향에서 보는 꼭대기의 윤곽은 언제 저 모습대로 무너졌을까?

바로 등 뒤까지 다가갔으나 마로하는 윤해의 기척을 알아차리지 못했다. 뒤를 돌아보니 눈 위에 발자국이 남아 있지 않았다. 이 꿈에서 둘은, 서로 닿지 않은 채 포개진 두 세계에 따로 담겨 있었다.

내년 춘분 직후라니, 이제 시간이 얼마 없었다. 윤해에게는 이겨야 할 큰 싸움이 다가오고 있었다. 1021년마다 나타나는 예언자의 임무였다. 그걸 준비하려면 자기를 일깨워줄 예언자가 필요했다. 윤해는 나이 많은 마로하에게서 들은 말을 가슴에 새겼다. 윤해가 먼저 젊은 마로하를 일깨워야 한다는 말.

윤해는 정신을 집중했다. 현실에서 마음을 모으는 것과는 다른 방식이었다. 꿈의 방식으로, 꿈과 생시를 연결하면서도 그 어느 쪽도 망가뜨리지 않는 방식으로 정신을 움직여야 했다. 처음에는 막연했지만, 이제는 알 것 같았다. 생각과 의지를 수족처럼 마음껏 부리는 방법을. 그것은 긴 잠처럼 보이는 오랜 수련의 결과였다.

윤해는 웅크려 앉은 마로하의 눈앞으로 다가갔다. 무언가에 골몰한 얼굴이었다. 윤해는 자세를 낮춰 마로하와 눈높이를 맞췄다.

오늘은 꼭 너를 불러낼 거야, 윤해가 각오를 단단히 했다. 그러자 어디선가 상서로운 바람이 일어나 숲을 휘감았다. 세계가 조금 이어지고 있었다. 윤해의 정신이 자기 세계를 빠져나와 마로하의 세계로 통하는 문을 두드리고 있었다.

네가 오기를 기다리지 않고, 내가 먼저 너를 일깨우겠어.

어떻게 했는지 모르겠지만 정신이 그 문을 양쪽으로 힘껏 열어젖혔다. 윤해가 나긋한 목소리로 마로하를 불렀다.

"내가 왔어."

마로하가 눈을 크게 떴다. 그러더니 눈앞에 갑자기 나타난 윤해를 알아보고 편안한 얼굴로 돌아갔다. 두 세계가 완전히 이어지고, 숲이 두 사람을 대신해 푸르르 떨었다.

마로하가 웃으며 말했다.

"네가 먼저 찾아왔구나. 훌륭해."

알아들을 수 있는 말이었다.

객사의 높은 천장을 바라보며 잠이 깼다. 새벽이었다. 방바닥은 내내 따뜻했다. 온기를 실감하자 오랜만에 허기가 느껴졌다. 윤해는 사람을 불러 조반을 들이라 일렀다.

아침부터 마당 쓰는 소리가 났다. 밖에 큰 눈이 내리는 모양이었다. 윤해는 대청마루로 나갔다. 문을 열자마자 매서운 바람이 들이쳤다. 마치 알갱이가 만져지듯 혹독한 추위였다. 낱알 하나하나가 작은 비수 같은 바람이었다. 마당에 대기하고 있던 군관에게 명했다.

"기대(騎隊)의 세 대감을 모두 들라 하게."

조반을 물릴 무렵, 낙현과 수랏치, 한채주가 함께 객사에 들었다. 세 사람 모두 윤해가 조반을 든 것을 보고 안도하는 눈빛이었다.

"때가 왔습니다."

윤해가 말했다. 낙현은 말없이 고개를 끄덕였고, 한채주는 반가움을 감추지 못했다.

"드디어 된 겁니까?"

채주가 물었다. 윤해가 그쪽을 보며 말했다.

"그렇소. 늦었지만 결국 때가 왔습니다. 그간 대감이 고리를 지켜내느라 수고가 많았어요. 이제 한 사흘이면 결판이 날 겁니다. 그때까지 병사들의 사기를 최고로 끌어올려야 합니다. 오늘부터는 내가 직접 모습을 보이겠습니다. 그러면 도움이 될 겁니다."

"물론이지요. 준비하겠습니다."

다음으로 윤해는 수랏치에게 미리 약속한 계획을 다시 한

번 상기시켰다.

"지금 바로 우기대를 이끌고 적진을 서쪽으로 크게 우회해 솔티마리와 숫마리 사이 언덕 뒤에 매복하세요. 나흘 뒤에 적의 척후가 지나거든 척후를 사살하고 곧장 일어나 숫마리 앞길을 따라 북상하시면 됩니다. 만약 하루가 더 지나도 적이 지나가지 않으면 자리를 떠나 북진해 아군과 합류하세요. 좌기대가 연통할 겁니다."

수랏치는 말이 떨어지자마자 밖으로 나갔다.

다음은 낙현의 차례였다. 좌기대에 대한 지시는 간단했다.

"지금부터 좌기대는 초원에 퍼져 있는 모든 마병을 술름고리 북쪽에 집결시키세요. 일전을 준비합시다."

낙현이 고개를 끄덕이자, 한채주가 물었다.

"중기대는 어떻게 할까요? 갑주를 착용하고 남문 안에 대기할까요?"

"아닙니다. 갑옷은 입지 말고 마갑도 얹지 말고 대신 털옷을 잘 챙겨입고 쉬면서 대기해야 합니다. 곧 분주해질 테니 말과 사람을 모두 잘 먹이세요. 때가 되면 내가 대감과 함께 중기대를 영솔하겠습니다. 그때부터는 어렵지 않을 겁니다."

공성이 시작된 지 두 달이 조금 넘은 날이었다. 소라울에서 온 토벌군 병사들은 술름고리 뒤편에 배경처럼 드리운 거문담을 바라보았다. 두 달 내내 지겹도록 봐온 광경이었다.

바로 그 방향에서 눈보라가 불어오고 있었다. 거센 바람에 눈이 수평으로 날려, 마치 고리의 성벽에서 쏘아대는 듯 시야가 어지러웠다. 그 와중에 성벽 망루 위를 올려다보니 금색 깃발이 세차게 펄럭이고 있었다. 영씨 가문 출신 보기대 대영솔을 상징하는 세모난 황금색 기였다. 역당의 수괴 마녀 영윤해의 깃발. 그 깃발이 올랐다는 소식이 토벌군 진중에 빠르게 퍼져갔다. 소문이 기괴하고 빠르기는 토벌군 진영도 마찬가지였다.

한파는 갑옷 아래로 파고들었다. 바람은 자비가 없었고, 다친 자와 성한 자를 가리지도 않았다. 바람에 직접 닿은 모든 것이 얼어붙었다. 창끝에도 서리가 끼고, 수염이나 머리카락도 얼어 부러질 듯했다. 피를 흘리던 자는 피가 얼고, 아파 누워 있던 자는 통증마저 얼어붙었다. 물이 얼어 밥을 짓지 못했고, 바퀴가 얼어 수레가 구르지 않았다.

밤이 되자 땅과 이어진 모든 것이 얼어붙었다. 누워 자던 병사는 입이 돌아가고, 서서 자리를 지키던 자는 발가락이 떨어졌다. 장작이 딱딱하게 굳어 있어서, 불을 피우면 불까지 얼어 있는 듯했다.

반면에 고리 안에서는 굴뚝마다 연기가 올랐다. 밥을 짓고 바닥을 굽는 연기였다. 병사들은 술름군이 입은 털옷 이야기를 점점 더 자주 하기 시작했다. 원래는 조롱으로 하던 이야기였으나, 겨울이 초원을 지배하자 털옷이 곧 갑주라는 사실을 뼈저리게 깨닫게 되었다. 사라군도 겨울옷을 챙겨 입고 있었지만, 기껏해야 소라울의 겨울을 상대하기 위한 옷이지 거문담이 내려보낸 북풍을 맞을 갑옷은 아니었다. 이제 토벌군은 정말로 뼈가 저리기 시작했다. 뼈를 저리게 하는 깨달음조차 다 얼어버릴 날씨였다.

다시 밤이 왔다. 고리의 망루에는 영씨의 깃발 옆에 횃불이 올랐다. 깃발과 불은 밤새 내려가지 않았다. 그 밤을 지나는 사이 동장군이 한층 더 매서워졌다. 행영마병사 종탁금의 귀에는 점점 더 해괴한 소문이 들어오고 있었다. 영윤해가 부린다는 마법에 관한 것이었는데, 그게 다 진중을 떠도는 소문이었다.

마병사의 사촌이 죽어 발견되었는데 뼈가 다 발라져서 옷만 알아볼 수 있었다더라, 종가에서 그 보복으로 영윤해의 몸종을 도륙했더니 머리만 혼자 남아 석 달을 굴러 술름에 다다랐다더라, 야인 토르가이가 전장에서 영윤해의 가마를 열었으나 거기에서 푸른색 잉어 한 마리가 튀어나와 야인 족장의 얼굴 반쪽을 물어뜯었다더라, 그런 낭설이었다. 거기에 영윤해가 한파를 일으킨다는 소문 하나가 더 붙는 건 일도 아니었다.

소문을 퍼뜨린 자를 붙잡아 목을 베라 명했지만, 명령마저 내려가다 얼어붙었는지 병사 누구의 목이 날아갔다는 이야기는 돌아오지 않았다. 온전히 전해지는 건 소라울에서 온 어명밖에 없었다.

"마병사는 더 끌지 말고 하마한 마군까지 6만으로 곧장 총공격하여 속히 반란을 진압하라."

종탁금의 얼굴이 하얗게 질렸다. 이제 그에게는 돌아갈 곳이 없었다. 그는 마리의 따뜻한 한씨 저택에 머무르고 있었지만, 밖에서는 말과 사람이 숱하게 죽어나갔다.

사색이 된 그는 소라울에서 끌고 온 포로를 마리의 따뜻한 집에서 끌어내게 했다. 또한 옷을 벗기고 땅에 박힌 기둥에 매달아 대열 맨 앞에 세워두라 명했다. 서책을 읽다가 갑자기 끌려 나온 포로는 곧 떠는 것마저 잊어버린 듯 망연자실 고리의 망루를 올려다보았다. 그렇게 한참 동안 망루를 올려다보는 사이, 그의 눈에 깃든 총기 또한 근처에 있는 다른 모든 것과 마찬가지로 빠르게 사그라들었다. 그의 시선이 닿은 곳에는 가문의 깃발이 걸려 있었다. 그와 그의 동생과 하나뿐인 딸을 상징하는 황금색 깃발이었다.

윤해는 망루 위에서 그 모습을 바라보았다. 마목인만큼 눈이 좋지 않아 정확히 알아볼 수는 없었지만, 그게 무슨 광경인지는 쉽게 짐작할 수 있었다. 나이 든 맨살에 닿는 눈보라를 상상하니 몰아치는 한파가 새삼 끔찍했다. 눈송이 하나하나, 겨울이 응축된 알갱이 하나하나가 다 비수고 화살 같았다. 그 차디찬 것이 살을 찢고 뼈를 찌를 것이다. 그림자마저 꽁꽁 얼려 바스러뜨릴 것이다.

'달 대감, 내 약속 하나를 지키지 못하셨군요. 저 광경이 내 눈에 직접 들어오게 하지 말라 부탁했거늘.'

그 생각을 하고 얼마 지나지 않아 낙현이 급히 망루를 올라왔다. 소문을 듣고 뛰어온 모양이었다. 그러더니 병사들을 시켜 대영솔을 안으로 모시라 일렀다.

"늦었습니다."

윤해가 원망하듯 속삭였다. 망루 안쪽, 병사들의 시선이 닿지 않는 곳으로 몸을 옮긴 윤해는 어깨를 들썩이며 흐느껴 울었다. 소리는 눈보라에 묻혀 밖으로 새 나가지 않았다.

종탁금이 하고 싶은 말은 이런 것이었다. 네 아비가 이 꼴로 나와 있으니 어서 마법을 거둬들여라. 그러지 않으면 네 아비가 먼저 죽을 것이다.

윤해는 생각했다. 몇 번이나 똑같이 했던 생각을, 피눈물을 흘리며 또 한 번 반복했다.

'저건 내가 펼친 마법이 아니라고! 겨울이 와서 북풍이 부는 걸 내가 무슨 수로 거둬들여! 그건 내가 한 짓이 아니란 말이야!'

눈물이 얼어 얼굴이 차가웠다. 살얼음을 떼어내고 투구 대신 쓴 털모자를 눈 아래까지 푹 덮어쓴 다음 근처에 있던 낙현을 불렀다.

"대감, 내 청 하나를 지키지 못하셨으니, 대신 다른 부탁을 들어주시겠소?"

낙현이 고개를 숙였다.

"내 아버지의 고통을 일찍 끝내주세요."

한 번도 날개를 펼치지 못하고 초원에서 얼어 죽은 봉황. 아비의 삶을 기록할 두 번째 문장이 윤해의 가슴에 새겨졌다. 그는 딱 한 줄로만 남겠다는 삶의 목표를 이루지 못하고 생을 마감해야 했다. 소멸의 운명을 거부한 윤해의 선택 때문이었다. 윤해는 그 선택을 후회하지 않았다. 그래도 아버지를 생각하면 슬프고 미안했다. 미안하다는 말을 직접 하지 못해 조금 더 미안했다.

윤해는 아버지의 말을 떠올렸다. 그와 나눈 그 많은 말 중 마지막까지 남은 한마디였다.

"칼날이지. 품은 내가 제일 잘 안다."

고리의 망루에서 화살 한 발이 날아올랐다. 나는 법을 잊은 봉황은 북풍에 심장이 꿰뚫렸다.

밤사이 술름의 성벽에는 사다리가 한 번도 걸리지 않았다. 두 달 만에 처음 있는 일이었다. 윤해는 다르나킨을 오름으로 내보내 명령을 기다리게 했다. 이제 윤해의 곁에 남아 있는 건 한채주였다.

그가 자꾸 적의 숨통을 끊어놓자고 다그치는 통에 달래느라 애를 먹었다. 윤해는 이제 그를 무시할 수 없었다. 변방의 작은 고리가 사라 전체와 맞서 두 달이나 버틴 건 누가 뭐래도 그의 공이 맞았다. 싸움이 끝나면 그는 성주가 될 것이다. 그럴 자격이 있었다. 그런데 과연 어떤 성주가 될까? 윤해는 깊이 생각하지 않기로 했다. 그건 윤해의 싸움이 아니었다.

날이 밝았으나, 사라의 진영에서는 밥 짓는 연기가 올라가지 않았다. 그 또한 처음 있는 일이었다. 눈보라는 그칠 줄을 몰랐다. 어떻게 그럴 수 있나 싶게 밤사이 한층 더 심해진 듯도 했다. 토벌군은 겨울이 보낸 원군의 기세에 압도당한 듯했다. 채주가 옆에서 들썩거렸다. 윤해는 하살루타의 털옷을 여미며 적 진영을 응시했다. 눈 좋은 마목인 병사 몇 명이 망루마다 지키며 함께 살폈다.

오후에 큰 눈이 내렸다. 고리의 병사들이 밖으로 나가 성문 앞에 쌓인 눈을 부지런히 치웠다. 성문이 막히지 않게 하기 위해서였다. 그러는 동안에도 토벌군은 가만히 웅크리고만 있었다. 윤해는 기다리고 또 기다렸다. 저게 매복이 아니라는 확신이 들 때까지.

그때 오른쪽 망루에서 병사 하나가 달려왔다.

"마리의 한가 저택에서 말 탄 사람 수십 명이 나왔습니다."

종탁금이었다.

"기를 들었던가?"

"들지 않았습니다."

아직도 확증은 없었다. 행영이 몰래 전장을 빠져나간다는 확실한 증거는.

소문은 토벌군 진영 안에서 더 빨리 돌았다. 윤해와 같은 망루에 선 병사가 말하기를, 사라군 진영 곳곳에서 병사들이 고개를 빼고 퇴각하는 행영 쪽을 바라보고 있다고 했다.

"지금입니다! 출정합시다."

"아직이에요. 만약 함정이라면, 이게 저들의 마지막 기회입니다. 기회를 내줄 필요는 없습니다. 이것만 아니면 질 수 없는 싸움이에요."

윤해는 신중하게 진을 살폈다. 진으로 표현되는 적의 기세를, 군중(軍衆)의 사기를 면밀히 살폈다. 명령은 떨어지지 않은 듯했지만, 적진에서는 서서히 퇴각의 조짐이 나타났다. 행영의 퇴로와 가까운 곳, 군진의 맨 후방에서 시작된 움직임은 서서히 고리를 포위한 토벌군의 일선 방향으로 퍼져갔다. 그러면서 추세가 점점 빨라졌다.

조금 더 지나자 마목인이 아닌 윤해의 눈에도 분명히 보이는 것들이 있었다. 무기를 챙기지도 않고 황급히 달아나는 사라의 병사들이. 또 버려진 깃발이. 그래도 윤해는 진을 살폈다. 퇴각하는 사람들의 모양을. 그들이 이루는 대형을. 진의 모양에 토벌군의 기세가 고스란히 드러났다. 꽁꽁 얼어 우뚝하게 보이던 적의 기세가 순식간에 파사삭 부서지고 있었다. 패주(敗走)였다.

망루 위에 휘를 올렸다. 윤해가 지닌 수십 개의 휘 중 수행하기 가장 쉬운 명령, 추격이었다.

윤해가 망루를 내려가자 아래에 말이 기다리고 있었다. 곧장 말 등에 올라타고 성문 바로 안쪽에 섰다. 보기대대영솔의 기가 그 뒤를 따랐다. 성문이 열리고 나팔 소리가 울렸다. 윤해가 옆에 선 중기대대감 한채주에게 명령했다.

"추격하세요. 하나도 남기지 않고 섬멸할 때까지 뒤를 쫓습니다."

다르나킨은 좌기대를 이끌고 고리 동편에 모습을 드러냈다. 추격이 시작되자 사라의 토벌군은 추풍낙엽처럼 쓸려 나갔다. 거기에 적군은 없었다. 어제까지 군에 속해 있던 말과 사람의 무리가 여기저기 뭉쳐 있을 뿐이었다. 속속 무너지는 적병을 술름고리 보창대에 맡기고 다르나킨의 좌기대는 다음 사냥감을 향해 부지런히 달려갔다.

다르나킨은 대영솔의 약속을 떠올렸다.

"그러면 저는 대감께 지금까지 알려진 것 중 가장 강력한 기병 전술을 펼쳐드리겠습니다."

윤해는 약속을 지켰다. 그것은 부인할 수 없는 진실이었다. 그가 아는 한 세상에 영윤해처럼 기병을 잘 이해하는 사람은 없었다.

어떤 사람들은 기병을 위력으로 이해한다. 돌격을 숭상하는 자들이 특히 그렇다. 말에 오른 병사들이 무리를 지어 눈앞으로 달려드는 모습은 보기만 해도 위협적이니까. 또 다른 사람들은 기병을 속력으로 이해한다. 기병이 말을 타고 날렵하게 전장 여기저기를 누비면 5백 명이 3천 명처럼 보이기도 한다. 다르나킨이 따르는 방식이다. 그러나 이 둘은 모두 절대적인 것이 아니다. 통할 때가 있고 통하지 않는 때가 있다. 적의 기세나 훈련 정도, 혹은 기병과 보병을 함께 사용하는 진법의 숙련도에 따라 결과가 다 다르게 나타나는 법이다.

그런데 기병을 이해하는 또 다른 방식도 있다. 주목하는 사람은 별로 없지만, 아무도 부인하지 않는 강력한 운용 방법이다. 바로 패주하는 적을 추격할 때 기병이 갖는 절대적인 우위다. 그야말로 절대적인 우위여서, 이 순간이라면 일당십이 아니라 일당백도 정말로 가능하다.

다르나킨과 좌기대는 그 바람을 타고 있었다. 북풍에 몸을 싣고 파죽지세로 달려가는 그의 기병을 막아서는 것은 아무것도 없었다. 또한 그 무엇도 그의 좌기대로부터 달아날 수 없었다. 모든 것은 이미 정해져 있었고, 그가 할 일은 주어진 운명을 실행하는 것뿐이었다.

다르나킨은 자유를 느꼈다. 온 세상이 그를 위해 움직이는 듯한 착각마저 들었다. 그가 탄 말이 가장 경쾌하게 달릴 수 있도록 언덕이 평탄해지고 땅이 단단하게 굳었다. 쏘는 화살은 바람에 얹혀 먼 곳까지 날아가고, 앞으로 뻗은 창끝은 스치기만 해도 갑옷을 베었다.

다르나킨은 진짜 마목인이 되었다. 정말로 아무 상념 없이 그저 경쾌하게 속도만 남은 존재가 되어갔다. 다르나킨에게 그것은 마법과도 같았다. 반생이 넘도록 마목인으로 살아왔지만, 영윤해를 만나고 나서야 처음으로 알게 된 마목인의 경지였다.

행영마병사 종탁금은 서둘러 남쪽으로 말을 달렸다. 뒤쪽에 남은 6만 대군이 방패가 되어줄 테니 달아날 시간은 충분할 터였다. 물론 이제 소라울로 돌아갈 수는 없었다. 도성에 남은 식솔들은 전부 왕의 손에 죽겠지만, 마군을 다 잃은 왕의 권세도 그리 오래가지는 못할 것이다. 어딘가에 은거해 시간을 벌면 재기의 발판 정도는 마련할 수 있을 것 같았다.

그는 영윤해를 굴복시키기 위한 마지막 수가 통하지 않은 점을 곱씹었다. 생각보다 독한 여자였다. 사촌인 종탁금을 해한 건 정말로 영윤해일지도 모른다. 그 속에 뭐가 들었을

지 어찌 안단 말인가.

 역당의 기병은 아직 멀리 있었지만, 북풍의 추격을 따돌릴 수는 없었다. 날이 저물자 한기가 옷 속으로 파고들었다. 북방의 겨울은 애초에 옷이나 사람의 살 따위 신경도 쓰지 않고 곧장 뼈만 상대하는 것 같았다. 불과 며칠 전까지만 해도 거문담처럼 기세등등했던 행영마병사는 길가에 놓여 있는 앙상한 나뭇가지를 보며 자신도 그 나무와 다를 바 없는 처지라 생각했다. 서글픈 마음이 북받쳤으나, 감상에 젖을 여유는 없었다.

 온종일 달려 지친 종탁금의 말이 눈밭에 풀썩 고꾸라졌다. 낙마하면서 어깨가 빠진 듯했으나, 통증은 북풍에 곧 얼어버릴 터였다. 뒤따르던 자의 말로 바꾸어 타고 지체 없이 갈 길을 서둘렀다. 말을 뺏긴 자가 어떻게 되었는지는 알 바 아니었다. 솔티마리가 근처였으나 쉬어갈 여유는 없었다. 또한 솔티마리는 징발이 가장 가혹했던 곳 중 하나였다. 토벌군의 진로이자 퇴로가 된 곳이니 별다른 수가 없었다. 더 심했던 곳은 숫마리였다. 이름 그대로 논이 넓은 마리이니, 빼앗길 것도 더 많았을 것이다. 둘 다 환영받으며 쉴 수 있는 곳은 아니었다.

 좁은 언덕을 지나자 내리막길이었다. 말이 눈길을 더듬으며 조심조심 내려가는데, 언덕 아래에서 척후가 말 머리를 돌려 자기 쪽으로 도로 달려오는 게 보였다.

"매복입니다! 어서 말을 돌리셔야 합니다!"

종탁금은 서둘러 말을 돌렸다. 지친 말은 자꾸 눈길을 헛디뎠다. 맨 앞에서 달아나고 있었는데, 모두가 뒤로 돌고 나니 자기가 맨 뒤였다. 뒤를 돌아보니 마군 한 무리가 지친 기색도 없이 달려오고 있었다. 술름고리의 역도들이 입고 있던 두툼한 털옷으로 중무장한 마목인 기병이었다.

'어떻게 벌써 여기까지 쫓아온 게야!'

등 뒤에서 화살이 날아들었다. 한두 개를 등에 맞은 듯했으나 통증은 별로 느껴지지 않았다. 운이 좋으면 갑옷에 튕겨 나갔을지도 모른다. 운이 나쁘면 갑옷을 뚫자마자 통증마저 얼어붙은 거겠지. 그가 거느린 마지막 마군 기대 수천 명이 뿔뿔이 흩어지는 모습이 보였다.

'나는 아직 말에서 떨어지지 않았잖아. 그거면 됐어. 화살이 꽂히고 말고가 문제가.'

행영마병사 종탁금은 그 생각을 미처 다 마치지 못했다. 뒤통수를 뚫은 화살이 눈으로 튀어나오는 게 느껴졌다.

성문을 빠져나오자마자 윤해는 오른쪽으로 고개를 돌렸다. 장대에 묶인 채 버려진 종탁금의 포로를 보지 않기 위해서였다. 중기대는 가까이에 있던 토벌군 보병을 손쉽게 무너뜨리고 앞서가는 적을 계속 추격했다. 뒤따라 성문을 나온 보창대와 보사대가 무장해제된 사라군을 포로로 잡았다.

윤해는 완전히 제압된 적을 학살하려는 한채주를 자주 만류해야 했다.

"섬멸하라는 건 다 죽이라는 게 아니라 무장을 해제하라는 겁니다. 처리는 뒤따르는 보병에 맡기고 중기대는 다음 상대를 쫓아가야 해요."

중기대는 좌기대보다 속도가 느려서, 맨 앞에서 적을 멈춰 세우는 건 좌기대의 몫이 되었다. 좌기대가 다음 상대를 찾아 떠나면 중기대가 달려들어 멈춰선 적을 확실히 제압하는 식이었다. 추격은 밤새 계속되었다. 처음에는 만나는 적의 수가 점점 줄어드는 듯했으나 새벽에 가까워지면서 그 수가 다시 늘었다. 수랏치의 우기대가 퇴로를 확실히 막아선 모양이었다.

술름의 기병은 사기가 높았다. 말도 튼튼했고, 갈아탈 여유분도 많았다. 윤해는 그 추격이 무엇을 의미하는지 잘 알았다. 윤해는 사라를 무너뜨리는 중이었다. 마군이 남김없이 괴멸되고 나면 소라울의 방비도 위태로워질 것이다. 사라에서 소라울의 우위는 마군의 독점에 달려 있었다. 그게 사라진다면 폭정에 원한이 맺힌 지방의 군벌이 너도나도 반기를 들 것이다. 그 일을 확실히 거들려면 여기에서 마군을 완전히 섬멸해야 했다.

이제 모든 것은 윤해의 뜻대로 되었다. 이겨야 할 싸움이 있었고, 그 싸움을 이겨냈다. 이대로 소라울까지 밀고 들어갈까? 그렇게까지는 안 될 것이다. 그래도 사라는 확실히 무너질 것이다. 멸족의 운명은 윤해를 이기지 못했다. 윤해는 칼날이었고, 주머니를 나온 송곳이었다. 어쩌면 날개를 펼친 봉황일지도 모른다. 마침내 윤해는 해방되었다. 그러나 드디어 쟁취한 해방감은 기대했던 것보다 씁쓸했다.

해가 뜰 무렵 중기대가 솔티마리에 다다랐다. 패주하는 적의 앞을 가로막고, 중간을 완전히 뚫어낸 셈이었다. 동서로 뿔뿔이 흩어진 적은 재빠른 마목인 좌우기대가 확실히 뒤쫓았다.

수랏치가 남겨둔 마군 병사가 윤해에게 알렸다.

"행영마병사의 시신을 확보했습니다."

윤해는 그쪽으로 다가가 말에서 내렸다. 화살을 다섯 발이나 맞고 낙마해 죽은 종탁금의 시신이었다.

윤해는 품속에서 단도를 꺼냈다. 그 칼로 스스로 목숨을 끊는 법을 알려달라고 한 게 다르나킨에게 청한 두 번째 부탁이었다. 윤해는 종탁금의 갑옷을 벗기게 한 다음 그의 소매를 걷어 싸늘하게 식은 맨살을 밖으로 드러냈다. 그 살을 단도로 도려내자 살점 한 점이 칼 위에 얹혔다. 윤해가 몸을 일으키며 그 살점을 눈앞으로 가져가자 모두가 깜짝 놀라 가까이 다가왔다. 윤해는 왼손을 들어 그들을 멈춰 세운 다음, 가만히 살점을 노려보았다. 술름으로 향하던 왕의 마차 안에서 호미를 위해 했던 맹세를 떠올렸다.

'나는 당신들을 한 점씩 천천히 씹어 삼킬 거야.'

눈이 있어야 할 자리에 화살촉이 튀어나온 종탁금의 얼굴을 내려다보았다. 이제는 그걸 봐도 역겹지 않았다. 나는 그 사이에 괴물이 되어버린 걸까. 그렇다 해도 후회하지는 않을 것이다. 그건 윤해가 선택할 수 있는 싸움이 아니었다. 윤해는 내내 내몰려 있었고, 궁지에서 벗어날 길은 궁지를 깨부수는 방법밖에 없었다. 그리고 그건 존재하지 않는 해법이나 다름없었다.

윤해는 칼에 얹힌 살점을 내던졌다. 칼은 마병사의 심장에 꽂아두었다. 이제 그런 건 필요 없을 거야. 또 한차례 싸움이 끝났다. 이제는 다른 싸움을 준비할 때였다.

윤해가 다시 말에 오를 때, 예사롭지 않은 바람 소리가 들렸다. 윤해는 안장에 자리를 잡고 등자에 발을 찔러 넣었다. 경작인이 마목인을 흉내 내려면 등자에 발을 단단히 거는 수밖에 없다. 그 순간 윤해는 마목인이 되고 싶었다. 다르나킨처럼, 또 마로하처럼.

그런데 이상한 일이었다. 말이 몇 걸음 앞으로 나아가는

데, 멀쩡하던 세상이 한쪽으로 크게 기울어졌다. 이건 무슨 일일까? 답은 알 수 없었다. 몸이 오른쪽으로 기우는 느낌이 났다. 추락하는 꿈인가? 이제 꿈에서 깨는 걸까? 하지만 이번에는 달랐다. 그동안 꾸었던 수많은 꿈과 달리 이번 추락은 현실에서 꿈으로 떨어지는 방향이었다.

7

"그런 수로 나를 이기려 했구나."

아버지가 말했다. 그러니까 이건 꿈이었다.

"맞붙을 기회가 생기지 않았죠."

"그런 걸 준비하는 낌새는 전혀 없었는데, 얼마나 오래 품은 거냐?"

"못해도 십 년은 됐을 거예요. 소라울에 살던 시절에도 쭉 생각하고 있었어요. 몰래 준비하느라 더 까다로웠는데, 그만큼 더 재미있기도 했고요."

아버지는 깜짝 놀라는 눈치였다.

"십 년이나! 하지만 소라울에 있는 동안은 완성이 안 됐겠구나."

"예."

"기병이 그렇게까지 탁월할 수 있을 줄은 너도 몰랐지?"

"예, 사라의 마군 전략은 엉터리더군요. 그렇게까지 숭상하는 것치고는."

"그렇지. 흉내나 내는 게지. 나도 그렇게까지 엉터리인 줄은 몰랐지만."

"사라에서 읽을 만한 책은 병서밖에 없다고 생각했어요. 다른 건 다 죽은 말로 채워져 있는데 병서만은 살아 있는 말로 채워져 있었거든요. 그런데 그것도 소라울 안에서나 통하는 이야기였어요."

아버지는 동생을 떠올리며 말했다.

"사라는 마군을 제대로 보지 않지. 아직 성군이었을 때 위는 북방의 야인을 정벌하고 싶어했다. 마목인의 위협만 없으면 마군을 줄여도 되니까. 그럼 귀족들에게 땅과 작위를 주지 않아도 되고, 권력을 나눌 필요도 없어지지. 그러니 야인을 정복하겠다는 건 왕권을 높이겠다는 거였어. 선량한 임금이었을 때도 위는 그걸 놓지 않았다. 귀족들이 번번이 가로막았지만, 위도 십이 년이 넘게 북벌을 꿈꿨지. 아주 집요했단다."

"아버지는 그걸 보고 아셨군요. 숙부가 야심을 꺾지 않았다는 걸."

"알았지. 끝까지 반대하는 몇몇 대신들을 향해 위가 남몰래 칼을 갈았다는 걸. 그건 위가 그들을 두려워했기 때문이란다."

아버지는 멀쩡한 모습을 하고 있었다. 수수하지만 좋은 옷감으로 지은 옷을 입고, 나뭇잎을 우린 물 같은 걸 왜 마시나 싶지만 실은 향이 일품인 차를 앞에 두고 있었다. 표정도 평온하고 온화해 보였다. 파도가 치지 않는 잔잔한 못처럼, 얼지도 않고 탁해지지도 않은 채 늘 한결같이 고요한 수면. 그 위에 떠 있는 단풍잎처럼 수면 아래에도 속하지 않고 그 위에 펼쳐진 하늘에도 닿지 않은 채 고고히 떠 있기만 한 아버지.

"저는 아버지가 답답했어요."

"안다."

"그래도 저를 술름으로 보낸 건 결국 아버지였죠."

"알아주어 고맙구나."

"저를 보내실 때 이렇게 끝나리라는 걸 알고 계셨죠?"

아버지는 은은한 미소를 떠올리며 찻잔을 입으로 가져갔다. 또 대답을 회피하려는 것이었지만, 그런 아버지를 미워하지는 않았다. 그건 윤해가 꾸는 꿈이었지 진짜로 아버지가 하는 행동이 아니었다.

찻잔을 내려놓으며 아버지가 말했다.

"화살에 맞았더구나."

"그렇겠지요? 말에 오를 때 들은 심상치 않은 바람 소리가 무슨 불길한 징후인 줄로만 알았어요. 쭉 재앙과 마법에만 몰두해 있어서."

"화살이 날아오는 소리였겠지. 상처가 치명적이지는 않았을 게다."

"예. 두꺼운 털옷을 입고 있었으니까요. 화살을 막지는 못했을 텐데, 그래도 화살 끝이 조금 얕게 박히기는 할 거라고 했어요. 그걸 제가 직접 시험해볼 줄은 몰랐지만."

"갑자기 정신을 잃은 걸 보면 아마 출혈이 심했을 게야. 어디에 맞았는지 느껴졌니?"

"아니요. 그 일을 한 직후라 잔뜩 긴장해 있었고, 또 날이 추워서 못 느꼈을 수도 있어요."

"그럼 그건 두고 보자꾸나. 낙마는 오른쪽이었지?"

"예."

"어딘가 부러지지는 않았을까?"

"그랬을지도 몰라요. 그것도 깨어나봐야 알 수 있을 거예요."

"오른편 가까이에서 달리던 자가 있었으니 땅에 닿기 전에 잡아줬을 수도 있다. 그자는 마목인이었니?"

"낙현의 사람이었어요."

"민첩한 자였겠구나. 그럼 믿어볼 만하지."

"그렇죠. 그런데 깨어날 수 있을까요?"

"그럴 수 있을 게다. 아니어도 할 수 없지. 여기 있는 동안은 여기서 할 수 있는 일을 하거라. 한편으로는 잘된 일 아니니? 감정이 격해져도 깨지 않으니. 평소에는 잠이 깰까 봐 시도하지 못했던 걸 연마해볼 수도 있겠지."

"아버지는 그게 문제예요. 딸이 사경을 헤매고 있는데."

"미안하다."

그 말에 윤해는 말문이 막혔다. 감정이 복받쳤지만 정말로 잠이 깨지는 않았다. 꿈이 견고해진 건 사실인 것 같았다.

윤해가 말했다.

"죄송해요."

이 말은 진심이었다. 아버지가 한 사과는 결국 윤해가 지어낸 말이었지만, 윤해가 한 사과는 진심이었다.

아버지가 말했다. 대답 대신 딴소리였다.

"나라면 지지 않았을 게다. 위는 끝까지 마군으로 포위하라 명했지만, 나라면 마군을 멀찍이 물리고 보병으로 지구전을 펼쳤을 거야. 왕의 권위가 손상되었겠지만, 그건 감수했겠지."

"그래서 아버지가 아니고 숙부가 임금인 거잖아요."

"허허허, 그렇게 되나? 아무튼 그 수로는 네가 나를 이기지 못했을 거야."

"예, 끝까지 아버지가 이긴 걸로 해요."

"고맙구나. 그런데 내가 왜 그 상황에서 마군을 뒤로 물릴지 짐작이 가니?"

"그게 이기는 방법이니까요?"

아버지가 인자한 투로 말했다.

"아니, 아니지. 그건 술름고리의 보기대대영솔이 영윤해이기 때문이란다. 내 딸은 쉽게 이길 수 없는 상대니까. 위는 그걸 몰랐지. 나는 알았고. 게다가 너는 다르나킨을 만나 날개를 달았잖니."

"예, 그 사람이 열쇠였어요."

"너도 그의 열쇠였단다."

"그랬을까요?"

"그럼."

아버지가 환하게 웃었다. 다행히 내내 초가을이 배경인 꿈이었다.

윤해는 자리에서 일어나 아버지에게 절을 올렸다. 숙명을 함께한 아버지에게 올리는 마지막 인사였다. 그러자 창강 부원대군이 곧장 자리에서 일어나 격식을 다해 딸에게 맞절했다.

"다행이에요. 이렇게 하직 인사를 올릴 수 있어서."

"그래, 잘된 일이지."

윤해는 아버지가 건강하게 웃는 모습을 오래오래 바라보았다.

"대영솔께서 어떤 노인과 마주 앉아 담소를 나누시다가, 일어나 서로 경작인의 절을 하고 사라지셨나이다."

거문담을 지키던 보초가 새벽에 전해온 말이었다. 다르나킨은 마음이 놓였다. 만나야 할 분을 만나 고이 작별하셨구나.

객사 마당에 쌓인 눈은 말끔하게 치워져 있었다. 비로 쓴 자국이 선명했다. 담 위에는 아직 눈이 쌓여 있었다. 그 너머로 보이는 다른 집 가파른 지붕에도 미처 미끄러지지 못한 눈이 남아 있었다.

객사 주변에는 대영솔이 돌아왔음을 알리는 깃발이 올라 있었지만, 대영솔은 아직 깨어나지 못했다. 윤해는 전장에서 화살에 맞아 쓰러졌다. 말에서 떨어지는 순간 대영솔의 등에 화살이 꽂힌 것을 본 호위병이 재빨리 달려가 아래에서 받쳤다. 덕분에 다른 상처는 입지 않았으나 출혈이 심해 털옷이 붉게 물들었다. 누일 곳을 찾아 숫마리로 들어가니 숫고리의 성주가 자진해서 복속하며 성문을 열고 나와 술름군과 대영솔을 맞이하였다. 그게 뒤늦게 전해 들은 그날의 일이었다.

다르나킨은 그날 윤해의 곁을 지키지 못한 것을 후회했다.

물론 그는 윤해의 싸움을 마무리하느라 바빴지만, 이제 와 돌이켜보니 아무래도 순서가 바르지 않았다. 영윤해의 승리를 더 크게 하는 것보다 영윤해를 잃지 않는 게 우선이 아니던가.

그는 대영솔이 영영 사라지지 않을 줄 알았다. 언젠가는 떠나거나 사라질 수 있지만 그게 그날은 아닐 줄 알았다. 그건 꽤 낯선 착각이었다. 초원에서는 누구나 갑자기 떠난다. 마목인들은 만났다 헤어질 때면 하룻밤의 평안을 비는 게 아니라 서로의 남은 인생 전부를 축복한다. 싸움터에 나가는 게 아니어도 마찬가지다. 이름 그대로 오름은 옮겨 다니는 집이고 마을이다. 다음에 그곳을 찾아가도 상대는 그곳에 없을 수 있다. 다시 만날 날이 언제일지는 기약할 수 없다. 그렇게 한번 기회를 놓치고 나면, 그다음에 듣는 소식은 부고일지도 모른다. 전쟁에서 죽었거나, 큰 병이 들었거나, 아니면 불의의 사고로 목숨을 잃었거나.

다르나킨의 부모도 그렇게 사라졌다. 셋 중 어느 이유인지는 아무도 모르지만, 초원을 떠도는 다른 많은 생명처럼 아무렇지도 않게 영영 사라졌다.

그래도 영윤해는 그런 식으로 떠나지는 않을 거라 여겼다. 경작인이니까. 객사로 찾아가면 결국 또 만나지는 사람이었으니까. 다르나킨은 자신이 평생 술름에 머문 이유를 어렴풋이 알 것 같았다. 마음 한편으로 그는, 변하지 않고 움직이지 않는 것을 동경하고 있었다. 고리의 성벽이 그렇고, 또한 인근에 보이는 그 무엇보다 오래 자리를 지키고 선 거문담이 그러했다. 그가 아직도 절반쯤은 경작인으로 보이는 연유였다.

그는 객사 본채 댓돌 위에 한 발을 올렸다가 다시 내려놓았다. 표면이 고르고, 흔들리지 않도록 견고하게 박혀 있는 돌이었다. 딱 한 걸음을 위한 디딤돌이었지만, 그걸 딛고 대청에 우뚝 올라서면 새 세계로 들어서는 두근거림마저 느껴질 때가 있었다. 한 세계에서 다른 세계로, 경계를 넘는 순간의 기대감이었다.

그런데 돌이켜보면, 다르나킨이 그 돌을 밟고 올라서도 좋다고 말한 것 또한 윤해가 처음이었다. 윤해가 객사의 주인이 되기 전에 다르나킨은 객사 건물 위에 발을 들인 적이 없었다. 마목인이기 때문이었다. 영윤해는 다르나킨에게 두 세계를 열어주었다. 경작인의 세계와 초원의 세계였다. 그것은 정말로 이상한 일이었다. 단 하나라도, 다른 이에게 세상을 열어줄 수 있는 사람은 초원에서도 고리에서도 드물기 마련이다.

그런 생각에 잠겨 있는데, 하살루타가 보낸 사람들이 어김없이 객사로 찾아왔다. 대영솔이 객사로 돌아오자 하살루타는 술름에 사람을 보냈다. 말로는 술름차리에 관한 약속 때문이라고 했지만, 실은 자기를 살피던 의원 둘을 보내 윤해를 돌보게 하려는 것이었다.

이들의 의술은 초원 길 동서를 아우르는 것이었다. 덕분에 거문담 한가운데에 나타나는 형상이 점점 차분해졌다. 윤해의 꿈자리가 편안해졌다는 뜻이기도 했다. 이제 거문담에서는 맥락 없는 것이 튀어나오는 일이 줄고, 이해할 수 있는 게 보이기 시작했다. 제대로 인사를 나누지 못한 아버지와의 긴 이별처럼.

하살루타의 의원이 인사하며 말했다.

"대감, 잠은 잘 주무십니까?"

다르나킨은 아무 대답도 하지 않았다. 그러자 의원이 다시 말했다.

"대감께서도 쉬셔야 합니다. 지난 싸움에서 여기저기 상처를 입지 않으셨습니까. 특히 오늘 대감은 고민이 너무 많아 보이십니다. 여기는 저희가 지킬 터이니 대감께서는 너무 깊이 상념하지 마시고 잠시 초원의 생명을 돌보시지요. 당분간은 그저 술름의 목감으로 지내시면 어떻겠습니까? 겨울에는 돌볼 생명도 많으실 테지요."

일리 있는 말이었다. 객사에서 다르나킨은 너무 생각이 많았다.

그는 감사 인사를 남기고 객사를 나섰다. 말에 올라 고리 밖으로 나가자 정말로 생각이 사라졌다. 그러나 머릿속이 텅 비었을 뿐 기분이 크게 나아지지는 않았다.

다르나킨은 가까운 오름으로 가 양 떼가 풀을 뜯는 모습을 구경했다. 혹한 사이에 잠깐 볕이 드는 날이었다. 언덕이 북풍을 가려주고 볕도 비교적 잘 드는 동영지(冬營地)였지만, 그래도 아직은 겨울의 한가운데였다. 풀밭이 드러난 곳이 여기저기 보였지만, 쌓인 눈이 녹은 게 아니라 거센 바람에 날려간 흔적이었다. 양들은 눈밭 사이로 보이는 마른 풀을 부지런히 뜯어 먹었다. 무리 가운데는 염소도 얼마쯤 섞여 있어서 양 떼를 앞에서 이끌었다. 곰개는 먼 곳에 배를 깔고 쉬었고, 양 떼 주인은 먼 산을 보고 있었다.

그러다 문득 염소와 곰개가 귀를 쫑긋하며 눈을 돌렸다. 조금 뒤에 양들이 고개를 들어 같은 쪽을 바라보았다. 딴 데를 보던 주인이 돌아본 건 맨 나중이었다. 모두의 시선 끝에는 거문담이 있었다. 그쪽에서 무슨 소리가 나기라도 한 듯.

구름이 떠가듯 아무 일 없이 평화롭게 흐르던 초원의 일상은 그렇게 가끔씩 뚝뚝 끊겼다. 다르나킨이 구경하는 동안만 해도 열몇 번이나 반복된 일이었다. 마치 거문담이 성큼 다가선 듯한 위화감. 머리를 비울수록 오히려 그 느낌이 선연했다. 머리가 아니라 몸이 먼저 깨닫는 감각인 듯했다.

다르나킨은 말에서 내려 동영지를 휘감은 바람을 온몸으로 느꼈다. 어쩌면 그것은 우향 초원 전체를 뒤덮은 공기일지도 모른다. 전에 접해본 적 없는 기묘한 두려움, 맹수의 사냥감이 된 느낌, 수십억 번이나 반복돼서 결국은 누구도 피할 수 없게 된 지루한 자연의 섭리, 이제 곧 잡아먹히고 말 거라는 공포.

그 짧은 위화감이 사라지고 나면 양들은 부지런히 풀을 뜯었다. 태평해서가 아니라 먹을 수 있을 때 먹어두려는 본능 같았다. 다르나킨의 가죽신 아래에 펼쳐진 땅은 차갑고 단단하게 메말라 있었다. 두 발로 초원에 선 다르나킨은 깨달았다. 지금 영윤해가 필요한 건 자기만이 아닐지도 모른다. 어쩌면 초원의 생명 모두에게 마법사가 필요한 때일지도 모른다.

'춘분이면 이제 금방인데, 그 전에는 돌아올까? 그때 도대체 무슨 일이 일어나는 거지? 대영솔은 그 일을 막아낼 수 있을까?'

그래도 눈에 보이는 모든 생명체 중에 윤해를 그리워하는 건 자기뿐인 것 같았다. 그렇다. 그 감정의 이름은 그리움이었다. 아무것도 없는 들판 한가운데에 홀로 우두커니 서 있게 하는 마음. 마치 비석처럼.

그 깨달음으로부터 아주 오래된 기억이 떠올랐다. 구름처럼 떠나버린 부모에 관한 기억이었다. 부모의 얼굴은 떠오르지 않고 함께 본 무언가가 어렴풋이 생각났다. 모서리가 다 닳아서, 마치 평범한 바위가 잠깐 모로 서 있는 것처럼 보이던 오래된 돌기둥. 비석이었다. 정확히 기억나지는 않지만, 무언가 불길한 이야기가 잔뜩 새겨진 선돌. 기필코 파멸할 세상을 깔보듯 삐뚤삐뚤 아무렇게나 새겨진 글씨. 그런 것들이 떠올랐다.

'그래, 거기에는 초원의 운명이 새겨져 있었는지도 몰라.'

또한 다르나킨은 생각했다. 어쩌면 그날 초원을 구할 구원자의 생사에 관해서도 한 줄쯤 새겨져 있었을지도 모른다고. 아마 그것은 헛된 바람이겠지만, 그에게는 그것 말고는 아무것도 없었다.

다음 날 아침에 객사에 들렀더니, 하살루타가 직접 대영솔을 보러 올 예정이라고 의원이 알려주었다.

"왜요? 대영솔이 위독하신가요?"

"아닙니다. 어제까지와 다를 바 없습니다."

하살루타는 윤해를 걱정하고 있었다. 잘 이해는 안 되는 일이었지만, 그 마음은 진심인 듯했다. 그래서 조금 마음이 놓였다.

다르나킨은 말을 타고 고리 북문을 빠져나가 잘 달리는 말

두 마리를 더 챙겼다. 오름에는 은난조가 머무르고 있었다. 난조가 물었다.

"누님은 어떠십니까? 밤사이 차도가 있으십니까?"

다르나킨은 말 위에 앉은 채 그에게 답했다.

"조금 편안해지셨지만 깨어날 기미는 보이지 않습니다."

"그런데 아침부터 어디로 가시오, 말을 세 마리나 데리고? 먼 길을 가시나 봅니다."

"좌향에 다녀오려고요."

"좌향? 북쪽 초원에?"

"갑자기 생각난 게 있어서요."

"그런데 그 좌향이라는 게, 토르가이와 연합해서 술름을 치려고 한 부족이 있는 데가 아니오? 위험한 길을 가시는 게 아닙니까? 누님께서 아직 저러신데 대감마저 자리를 비우면 술름 안팎이 술렁거리겠습니다."

"며칠이니 괜찮을 겁니다. 그보다 나리께서도 이제 고리나 마리에서 지내셔도 좋지 않겠습니까? 오름은 겨울에 추울 텐데요. 길바닥보다는 나아서 이쪽으로 모셨습니다만."

"아, 그거요? 아직도 눈치를 보고 있습니다. 소라울이 어떻게 될지, 임금께서는 어떻게 될지, 또 태보께서 어떤 결정을 하실지도요. 그러니까 제 부친이요."

다르나킨은 은난조가 술름 근처를 떠나지 못하는 이유를

알고 있었다. 그는 그 초원에서 윤해를 그리워하는 또 하나의 생명체였다. 그래서 그를 고리에 두고 싶었다. 자기가 없는 동안 자기 대신 그리움으로 불침번을 서도록. 그런데 은난조는 윤해에게 다가서려 하지 않았다. 이유는 알 수 없지만, 그 또한 나쁜 일은 아니었다.

"불편하시면 언제든 말씀하시지요. 고리든 마리든 머물 곳을 금방 알아봐드리겠습니다. 저는 이만 갈 길이 멀어서."

다르나킨은 그 길로 부지런히 말을 달렸다. 거문담을 지나 오래된 기억 속, 부모와 함께했던 어느 날의 풍경을 향해서였다. 이틀 밤을 초원에서 노숙하고 그다음 날 아침까지 부지런히 말을 달려 드디어 눈에 익은 초원에 이르렀다. 희미하지만 익숙한 좌향의 기억. 다르나킨은 분명 우향에서 자랐지만, 어린 시절 언젠가는 좌향에 머무른 적이 있었다. 그때는 부모와 함께였다.

다르나킨의 말이 유년의 추억 속을 빠르게 질주했다. 양이나 소를 몰고 오랜만에 밖으로 나온 마목인들이 다르나킨이 달리는 모양을 오래 내다보았다. 저건 무슨 일일까 싶은 불안한 시선이었다.

그는 말을 여러 번 갈아타며 그대로 좌향 초원 깊숙한 곳까지 들어갔다. 부쩍 짧아 보이는 해가 서쪽으로 기울 무렵, 말 탄 사람 몇 명이 멀리서 따라 달리기 시작했다. 그들은 사냥감의 뒤를 쫓듯 아주 조금씩 거리를 좁혀왔다. 이윽고 무장한 기병 열 기에 둘러싸이자, 다르나킨은 마침내 속도를 늦추고 좌향인들 앞에 섰다.

"나는 술름오름의 다르나킨이오."

좌향인들이 그의 이름을 듣고 당황한 듯 서로 속삭였다. 그는 아직 그 사실을 알지 못했지만, 이제 다르나킨은 영윤해와 더불어 초원의 지배자로 불리고 있었다. 행영의 가혹한 수탈에 시달린 사라의 서북 방면 고리가 줄줄이 영윤해에게 복속할 뜻을 전해왔듯, 대초원의 여러 오름이 다르나킨의 영향 아래 들어가는 건 시간문제나 다름없었다. 그에게 조금이라도 야망이 있다면.

그런 건 생각해본 적도 없다는 듯, 다르나킨이 평범한 여행자처럼 말했다.

"작은 칼은 있지만 창과 활은 지니고 있지 않습니다. 보시는 것처럼 혼자 왔고요. 좌향에는 손님으로 왔습니다. 보고 싶은 게 있어서요. 내 말들과 함께 좌향의 풀과 눈을 밟아도 되겠습니까?"

마지막은 초원의 인사말이었다. 평화로운 시대라면 그것만으로도 여행자는 안전을 보장받을 수 있었다. 그렇게 알고 있는 경작인들이 많았다. 하지만 실상은 달랐다. 가장 평화로운 시대에조차 그 말이 그만 한 위력을 발휘한다는 확신은 없었다. 다만 중요한 건, 다르나킨이 낯선 자를 존중하는 초원의 풍습을 신뢰한다는 사실을 분명히 한 점이었다. 초원의 문명을 인정한다는 말이기도 했다.

그런 다르나킨을 앞에 두고 좌향인들 사이에서는 당혹감과 긴장감이 감돌았다. 지금 이자를 죽여 후환을 없애는 게 나을까? 하지만 제 말을 타고 당당하게 달려 들어온 자라면 뭔가 믿는 구석이 있을 텐데.

결국 무리 중 나이가 제일 많아 보이는 자가 다르나킨 쪽으로 다가오며 말했다.

"물론이오. 좌향의 풀과 눈을 필요한 만큼 내어드리겠습니다. 그런데 그대가 정말 술름오름의 다르나킨이 맞소?"

"그렇소."

"그렇다면 한 가지 청이 있습니다. 우선 우리 칸을 만나 뵙고 가시지요. 그다음 가시는 곳은 어디든 내가 직접 안내하겠소."

그들이 이끈 곳은 위요제의 천막궁이었다. 위요제의 오름은 한눈에도 다른 마목인들의 것과는 달랐다. 우선 여느 마목인들처럼 뿔뿔이 흩어져 있지 않고 모두가 한 군데에 모여 있는 점이 특이했다. 마치 전쟁에 나선 마목인 연맹의 군영 같은 풍경이었다. 또한 천막이 들어선 모습을 자세히 보면 대로가 난 곳과 천막이 늘어선 곳이 확연히 구별되었다. 마치 경작인의 성읍 같은 형상이었다.

 사람들이 말하길, 위요제의 오름은 지금은 사라진 좌향 마목인들의 옛 도읍을 그대로 재현한 것이라고 했다. 그래서 초원 어디에 자리를 잡든 늘 똑같은 방식으로 천막을 친다고 했다. 즉, 좌향인의 기원이 경작인이라는 소리였는데, 그게 사실인지는 좌향인 자신들도 잘 모르는 눈치였다.

 위요제의 천막궁은 그 신기한 천막 도시의 궁성 위치쯤 되는 곳에 웅장하게 펼쳐져 있었다. 위요제는 그 화려한 궁의 가장 아늑해 보이는 자리에 허리를 꼿꼿하게 세우고 앉아 있었다.

 "호오, 듣던 대로 인물이 훤하군. 그대가 술름오름의 다르나킨이라고?"

 "그렇습니다. 우향의 다르나킨이 칸의 황금 천막에 발을 디딥니다. 제 이 더러운 발을 용서하소서."

 다르나킨은 한껏 예의를 갖추었다. 그러자 위요제가 흐뭇한 표정으로 손을 들어 다르나킨을 둘러싼 병사들을 물렸다.

 "아니, 그 명예로운 발을 내 천막에 두게 되어 반갑기 그지없구나. 지난번 일로 괜한 원한이 쌓이지 않았을까 걱정했다."

 위요제는 토르가이와 연합해 술름의 배후까지 병력을 이끌고 간 일을 이야기하고 있었다.

"초원의 큰 어른께 원한이라니요. 이렇게 귀한 곳에서 만나 뵙게 되어 한없이 기쁠 따름입니다."

미리 준비한 인사 덕인지, 다르나킨은 칸의 환대를 받았다. 따뜻한 불가에 앉아, 향료를 넣어 익힌 고기와 데운 술을 대접받았다. 위요제는 꽤 인자한 칸으로 알려져 있었으므로, 다르나킨이 격식을 챙기지 못했다 해도 험한 일을 당하지는 않았을 것이다. 절반만 마목인인 다르나킨은 좌향인 특유의 환대가 반가웠다. 어렴풋이 떠오르는 기억을 더듬어보면, 그의 부모 중 하나도 어쩌면 좌향인일지도 몰랐다.

그렇게 분위기가 한창 무르익어갈 무렵, 위요제가 아무렇지도 않은 투로 화제를 돌렸다.

"거문담에서 괴이한 일이 벌어진다는 사실을 알고 있다."

다르나킨이 고개를 들어 칸의 얼굴을 바라보았다. 칸이 말했다.

"번쩍이는 빛이 새어 나온다더구나. 술름의 마병 척후가 매일 밤 지키고 있다고도 했어. 정말로 그러하냐?"

다르나킨은 부인하지 않았다. 부인해봐야 소용도 없을 것이다.

"그렇습니다. 가끔 그런 일이 일어나고 있어 지켜보고 있습니다."

그러자 칸이 곧장 본론으로 파고들었다.

"그건 그대의 대영솔과 관계가 있지?"

"예?"

"있을 거야. 거문담 안쪽에서 무언가가 번쩍하는 건 좌향에서도 잘 보이니까. 나중에 들으니 술름의 고리지가 죽은 다음부터라더군. 대영솔이라는 아이는 그 직후에 왔지?"

고리지는 성주를 뜻하는 좌향의 옛말이었다. 다르나킨은 아무 대답도 하지 않았다. 너무 갑작스러운 기습이었다. 칸이 다시 말했다.

"괜찮아, 마음 놓아도 돼. 누구도 감히 내 천막에서 술을 나눈 손님을 해치지는 않으니까. 그대는 이제 나의 벗이니 안심하고 듣게. 다만 그대도 거문담에 관해 모르는 게 있을 것 같아 하는 말이야. 그대 자신을 위해서도 이건 알아두는 게 좋아."

"가르침을 주십시오. 그게 무엇입니까?"

"이렇게 만나지 않았으면 영영 못 할 뻔한 이야기지만, 토르가이와 한 약속을 지키러 배향 쪽으로 돌아가면서 이상한 걸 보았네. 내 두 눈으로 직접. 애초에 토르가이와 그 약속을 한 건 조금 전에 말한 거문담의 불빛이 수상해서였지. 그런데 가까이 가서 보니 다른 기이한 게 눈에 띄더군."

"기이한 것이오?"

"초원의 풀 말이야. 그대는 싸움이 분주해서 눈치를 못 챘는지 모르겠지만, 좌향의 말들은 금방 눈치를 챘지. 지난가을부터 초원의 풀에 무언가 변고가 생긴 걸 말이야."

다르나킨은 고개를 갸웃했다. 위요제의 말대로 전쟁을 치르느라 바빠서인지 그런 것까지는 신경을 못 썼다.

"전혀 몰랐습니다."

"그렇겠지. 몰랐을 게야. 알았으면 먼저 물어왔겠지. 좌향의 풀도 그러냐고. 묻지 않은 질문에 답하자면, 좌향도 그래."

"그런데 막하(幕下), 풀에 어떤 변고가 나타났다는 말씀이신지요?"

"검게 변했어. 맛이 없어졌지. 염소도 양도 그 풀은 잘 안 먹어. 나중에는 먹지만, 멀쩡한 풀을 다 먹고 난 다음에나 입을 대기 시작하는데, 그래 놓고 또 자주 뱉어. 그렇다고 안 먹는 건 아니야. 먹는데, 찝찝한지 조금씩 뱉어내지. 그걸 보고 나도 여기저기서 뜯어 먹어 봤는데, 그걸 뭐라고 하면 좋을까? 조금 죽어 있어."

"죽은 풀이라고요?"

좌향의 칸이 풀 맛을 음미하듯 시선을 위로 향한 채 말했다.

"아니, 죽은 건 아니야. 분명히 살아 있고 볕을 받으면 쭉쭉 크는데, 먹어보면 뭔가가 이상해. 죽음의 맛이 난다고 할까?"

"죽음의 맛이라고요! 저도 가서 확인해보겠습니다."

"풀을 조금 뜯어서 먹어봐. 아마 오름에 가서 물어보면 대번에 무슨 말인지 알 거야. 하여튼 내가 그걸 배향에 갔다가 처음 봤는데 말이야. 더 심상치 않은 건 그 죽은 풀이 나 있는 모양이야. 처음에는 그저 한 줄로 쭉 이어지는 줄 알았거든. 그런데 초원을 넓게 우회하면서 보니까 그것도 아니었어. 크게 휘어 있더라고. 소용돌이치듯이 말이야. 가까이에서 보면 보이지도 않을 거야. 독수리나 돼야 한눈에 보이겠지. 그런 커다란 소용돌이가 초원 전체에 휘몰아치고 있네. 초원의 풀이 그렇게 자라고 있다고. 지금은 눈이 덮여 있으니 잘 보이지도 않겠지. 그런데 그 소용돌이가 어디를 향해 있는지 짐작이 가나? 소용돌이의 중심 말이야. 빨려 들어가는 곳이 있을 거 아냐? 그게 어디일까?"

다르나킨은 잠시 생각하다가 초원에서 가장 무난한 답을 내놨다.

"거문담이었습니까?"

그러자 위요제가 회심의 미소를 지었다. 틀렸다는 뜻이었다.

"나도 그런 줄 알았지. 좌향에서 배향 쪽으로 거문담을 크게 돌아가면 색이 변한 풀의 소용돌이가 모여드는 지점이 나올 줄 알았지. 그건 당연히 거문담이어야 하고. 그런데 거문담 근처에는 소용돌이의 중심이 안 보이더군. 대신 정말 뜻하지 않은 곳에 그 불길한 소용돌이의 중심이 놓여 있더란 말이지."

"그게 어디였습니까?"

다르나킨은 어쩐지 답을 알 것 같았다. 그래서 불안했다. 위요제가 의미심장하게 말했다.

"술름고리."

"아."

위요제는 다르나킨이 혼란스러워하는 모습을 가만히 살폈다. 그러더니 한참 후에 다시 입을 열었다.

"좌향에서 배향을 지나 우향까지, 어쩌면 정향까지, 초원 전체를 휘감은 거대한 소용돌이의 중심이 거문담이 아니라 술름고리에 있었다는 말일세. 그대는 그게 무슨 뜻인지 알겠는가?"

"그 말씀은 곧 술름에……"

"불길한 것이 깃들어 있다는 얘기지. 초원 전체가 벌벌 떨 만큼 아주 몹쓸 것이."

"몹쓸"이라고 말하는 위요제의 말투가 갑자기 사나워졌다. 하늘을 받들어 제사를 올리는 좌향의 대무당 역할에 잘 어울리는 말투였다.

하지만 칸은 이내 살기를 감추고 온화한 지배자의 모습으로 돌아왔다. 불가에 앉아 옛날이야기를 들려주는 큰무당 할머니의 인자한 목소리로.

"비석을 보러 왔다고 했던가? 잘됐네. 오늘은 푹 자고 내일 해가 뜨면 내 사람들을 따라가게. 오래된 글씨를 읽을 줄 아는 자를 붙여줄 테니 묻고 싶은 건 다 물어보고. 그럼 내 말이 무슨 뜻인지 알게 될 게야. 그런 다음 내 제안을 고려해 주면 좋겠군. 제안은 단순해. 나와 동맹을 맺자는 거지. 사라에 반기를 든 경작인 고리지 대신 말이야. 단, 그 아이는 말고 그대 혼자여야 하네. 나는 그대의 경작인 주인이 의심스럽거든. 꼭 소문 때문에 하는 이야기는 아니야."

 윤해는 전장 한가운데 말을 타고 서 있는 마로하를 보았다. 6만은 됨 직한 기병이 마로하가 이끄는 절반 규모의 기병을 포위하려 하고 있었다. 젊은 마로하의 세계에서 벌어지는 싸움이었다. 마로하는 맨 앞에서 기병을 이끌었다. 공격하는 쪽이나 방어하는 쪽 모두 복장과 갑옷, 마구가 특이했다. 다른 세계의 물건이라는 걸 금방 알아볼 수 있었다.
 윤해는 마로하를 부를 때가 아니라는 걸 알았다. 윤해에게는 꿈이지만 마로하에게는 급박한 현실일 것이다. 예언자가 다른 예언자에게 닿는 건 가장 절박한 궁지에 내몰렸을 때가 많으니까.
 건조한 마로하의 표정에서 결연함이 드러났다. 그제야 윤해는 마로하의 왼쪽 귀에 난 상처를 보았다. 아래쪽 절반쯤이 잘려 나가 있었다. 아문 모양을 보면 오래된 상처였다. 윤해가 아는 다른 마목인들처럼 어려서부터 험난한 삶을 살아온 게 분명했다. 내내 만나서 이야기를 나누었는데도 그 전까지는 제대로 본 적 없는 상처였다. 그러니까 마로하는 점점 생생해지는 게 틀림없었다.

'예언자는 다 싸울 운명인 걸까?'

그럴 거라 짐작했다. 문이 열리고 거대한 괴물이 틈새로 빠져나오면 그 시대 문명이 지닌 모든 수단을 사용해 막아내야 할 테니. 그만큼 큰 힘을 얻으려면 세력을 충분히 결집해야 할 것이다. 문명으로 다스리든 무력으로 정복하든. 마로하는 후자인 모양이었다.

그건 마로하의 성품 이야기가 아니라 그가 처한 상황에 관한 판단이었다. 괴물을 직접 보기 전에는 예언자의 말을 의심하는 자가 태반일 것이다. 그들을 설득할 시간이 없다면 예언자는 과격한 조치를 취해야 할 수도 있다. 그런 급박한 상황 앞에서 예언자의 성품은 한낱 치장에 불과할 것이다.

전장에는 눈이 쌓여 있었다. 하늘이 맑게 개어 있어서, 오래전에 쌓인 눈인 걸 알 수 있었다. 혹한은 아니었지만, 눈은 녹지 않고 바람에 날리기만 했다.

포위망이 갖춰지자 상대 쪽에서 먼저 속도를 높였다. 마로하의 기병은 마주 달려가지 않았다. 대신 차분하게 기다렸다. 모두가 마로하를 바라보는 듯했다. 상대의 질주를 마주하고도 차분하게 예언자를 바라보는 일. 그것은 절대적인 신뢰였다. 예언자에게 무언가 계획이 있고, 그걸 실현할 능력이 있다는 믿음.

이상한 것이 눈에 들어왔다. 눈 쌓인 바닥에 붉은 점이 하나둘 생겨났다. 피였다. 방금 흩뿌려진 듯 선연한 피가 아무것도 없는 설원에 점점이 퍼져나갔다. 그와 함께 진중의 사기가 높아졌고, 마로하의 표정이 매서워졌다. 술름에서 본 적 있는 야인 무당의 얼굴 같았지만, 거기에는 없는 잔인함 또한 배어 있었다. 윤해는 마로하를 속으로만 불렀다.

'마로하.'

마로하는 듣지 못하는 소리였다.

그러는 동안에도 적의 포위망은 빠르게 좁혀지고 있었다. 마침내 마로하가 창을 든 오른팔을 높이 들더니 정면을 향해 길게 뻗었다. 그러자 나팔이 울리고 모두의 손이 바빠졌다. 다시 나팔이 울리자 마로하의 진영에서 한꺼번에 화살이 날아올랐다. 화살은 생각보다 멀리 날아갔다. 그 또한 마로하의 능력인지도 모른다. 적의 사정거리 밖에서 쏜 화살은 달려오는 적 대열까지 훌쩍 날아갔다.

설원에 번져가는 핏자국은 어느새 적 대열 바로 앞까지 도달해 있었다. 실은 거기가 가장 짙은 색이었다. 화살에 맞은 적 기병이 고꾸라졌다. 바로 뒤에는 고꾸라진 기병만큼 많은 병력이 달려오고 있었다. 그들을 기다리는 건 이례적으로 먼 거리를 날아오는 화살이었다. 그런 일이 계속 반복되었다. 적은 달려오던 기세 그대로 피로 그어진 줄 위에 차곡차곡 쓰러졌다. 어떤 곳에서는 쓰러진 말과 사람이 벽을 이룰 지경이었다.

그 벽보다 가까이 다가온 적은 마로하의 친위대가 직사로 쏘는 화살에 속절없이 쓰러졌다. 너무 쉬운 싸움이었다. 한쪽이 한쪽을 일방적으로 무너뜨리는 전쟁. 그런 건 책에서도 본 적이 없었다. 윤해의 세계에서는 절대 일어나지 않을 일이었다.

화살을 다 쏟아부은 마로하의 군대가 사격을 멈추었다. 전장은 이미 다 정리되어 있었다. 적진은 조용했고, 상당수가 전의를 상실한 채 왔던 곳으로 돌아갔다. 좌우로 펼쳐져 포위망을 이루던 기병 부대는 감히 다가오지도 못하고 멀리 달아났다.

전장을 살펴본 윤해는 그제야 무슨 일이 일어났는지 상황을 파악했다. 적군이 처참하게 쓰러져 있는 모양, 군데군데 낮은 둔덕을 이루며 쌓여 있는 말과 사람의 시신. 그 모양을 보고 나서야 조금 알 것 같았다. 죽거나 상처 입은 생명체의 분포가 어쩐지 눈에 익어서였다.

'이건, 설마!'

가까운 곳을 보니 윤해가 짐작하는 것이 맞았다. 죽은 사람과 짐승이 듬성듬성 보이는 설원 위 풍경.

거기에 흩뿌려져 있던 피가 보이지 않았다. 가까이에 있어서 눈에 익은 얼룩이 몇 군데 있었다. 그쪽을 확인하니 확실해졌다. 얼룩이 먼저 자리한 곳마다 붉은 핏자국이 있던 모습 그대로 누군가의 시신이 놓여 있었다. 윤해는 모골이 송연했다.

'저주였어! 피가 먼저 흩뿌려지고 그 위에 사람이 누운 거야! 결과를 알고 화살을 쐈더니 다 아는 결과가 눈 위에 펼쳐졌을 뿐이고.'

마로하의 얼굴을 돌아보았다. 핏기 없는 얼굴이 섬뜩했으나, 상황이 끝나자 이내 여느 때처럼 당돌한 인상으로 돌아가 있었다. 평소 윤해를 대하던 바로 그 얼굴이었다.

'진짜 예언자야! 진짜 예언자는 저렇게 사람을 맨 앞에서 이끄는 거야!'

소름 돋도록 끔찍한 발견이었지만, 윤해는 내심 마로하가 부러웠다. 그 부러움은 윤해가 내내 지고 있던 마음의 짐에 닿아 있었다.

'나는 저런 걸 할 수 없는데. 내 마법은 한결같이 쓸모가 없어. 내가 정말로 재앙을 막을 예언자라면 나는 왜 이다지

도 쓸모없게 빚어졌을까?'

그때였다. 부르지도 않았는데, 마로하가 먼저 윤해의 기척을 알아차리고 그쪽으로 돌아보았다. 그쪽 세계에서는 아마도 허공일 듯한 곳에 정확하게 시선을 둔 마로하가, 알아들을 수 있는 말로 먼저 말을 걸었다.

"거기니?"

마로하가 윤해를 찾아내는 능력 또한 점점 탁월해지는 모양이었다. 윤해가 자신 없는 목소리로 대답했다.

"그래."

"다 봤어?"

"응."

"저런. 다른 때 만났으면 좋았을 텐데."

마로하의 호위대가 혼잣말하는 예언자를 어리둥절하게 바라보았다. 몇몇 얼굴에 경이로운 감정이 떠오르는 걸 보고, 윤해는 아무래도 자기가 귀신이 된 것 같다고 생각했다. 위대한 예언자 마로하의 눈에만 보이는 귀신.

"이번에는 오래 머무는구나. 무슨 일이 있어?"

마로하가 물었다. 윤해는 마로하가 전장을 떠나 자기 오름으로 돌아갈 때까지 내내 그쪽 세계에 머물렀다. 그렇게 오래 머무르는 건 윤해에게도 마로하에게도 낯선 일이었다. 중간에 한 번은 윤해가 잠이 깨게 되어 있었으니.

"크게 다친 것 같아. 화살에 맞아 정신을 잃었고 오랫동안 못 일어나고 있어. 얼마나 됐는지도 알 수 없어."

"저런."

"나를 낫게 할 수 있어?"

마로하가 어쩐지 쓸쓸한 눈으로 윤해를 바라보았다.

"아니."

"왜?"

"아까 봤겠지만, 나는 저주만 내릴 수 있거든. 나도 누구를 돕는 능력이 있으면 좋겠다고 생각한 적이 있어. 그런데 그건 내가 할 수 있는 일이 아니었지."

윤해는 마로하의 안색을 살폈다. 짧은 시간 동안 여러 기억이 떠올랐다 사라지는 게 보였다. 분명 마로하는 점점 생생해지고 있었다.

윤해는 고민을 털어놓았다. 둘의 대화는 맥락 없는 직설일 때가 많았다. 언제 깨어날지 알 수 없는 꿈속의 만남이었으므로 순서를 기다려 말을 할 여유가 없었다. 마로하도 윤해도 그 사실을 잘 알았다. 그래서 맥락 없이 말하는 게 버릇이 됐다.

"나는 이렇다 할 능력이랄 게 없어. 예언자로서 부족한 게 아닐까? 우리 세계의 일관이 계산해주었는데, 문이 열리는 날이 머지않았대."

"파멸의 신전이야."

"응?"

"그 문의 이름. 몰라도 되지만, 이름은 알고 있으라고."

"그래. 그 파멸의 신전이 열리는 날이 이제 코앞인데, 나는 깨어나지도 못하고 있어. 깨어난다 해도 뭘 할 수 있을지 모르겠고. 나, 너무 늦는 거 아니야?"

마로하가 가만히 듣고 있다가, 적당한 말을 골랐는지 꿰뚫어 보듯 날카로운 눈으로 윤해를 바라보며 말했다.

"네 탓이 아니라 전승이 이어지지 않아서 그래. 원래는 1021년이 가까워지면 미리 대비하면서 예언자를 찾아야 하거든. 그건 다른 사람들이 해야 하는 일이지. 그런데 미리 대비할 여력이 없는 주기도 생기는 법이잖아. 그게 파멸의 신전의 고약한 점이기도 해. 언젠가 약한 고리가 생길 걸 알고 계속 열리는 거니까. 한 번 막아내도 다음번에는 그 예언자가 남아 있지 않도록. 생각해보면 자기를 막아낸 적을 없애는 제일 확실한 방법이잖아. 시간의 독으로 천천히 죽여버리는 거."

"들었어. 1021이 그런 숫자라고. 주기 자체가 사악한 거라고."

"다행히 그걸 말해줄 자가 있는 세상이구나."

"내가 그 약한 고리야?"

윤해가 물었다. 마로하가 대답 대신 고개를 끄덕였다. 다시 윤해가 물었다.

"내가 제일 위태롭구나. 이 주기는 넘기지 못할 수도 있는 거야. 그렇지?"

"손이 많이 가는 시기지. 그래도 네가 약하다는 건 아니야. 그 시대가 약한 거지 너는 아니야. 전승이 끊겼는데도 스스로 깨어났잖아. 있어야 할 자리에 정확히 가 있고."

"그런데 그 자리에 가서 해야 할 일이 있을 거 아니야. 나는 그걸 못하는걸."

"할 수 있어. 잠재력은 충분해."

"아니, 나한테는 너 같은 능력이 없어. 나는 그런 건 비슷하게도 못해. 그런데 이제 시간이 정말 얼마 안 남았다고. 마법도 나도 이렇게 잠들어 있을 때가 아니잖아."

그러자 마로하가 또래 동무처럼 친근하게 웃으며 위로했다.

"충분해. 할 수 있어. 그건 시간이 필요한 일이 아니야. 깨달아야 하는 거지. 깨달음은 한순간이어도 족해."

윤해는 반신반의했다. 전장에 선 마로하의 기병들처럼 마로하의 말이니 무작정 믿고 싶은 마음이 반이었고, 마로하가 하는 말이 하필 자기에 관한 것이라 그것만은 쉽게 믿을 수 없는 마음이 나머지 반이었다.

마로하가 다른 말을 덧붙였다.

"하여튼 까다로운 예언자라니까. 너는 네가 얼마나 대단한 존재인지 모르고 있어. 넌 말이야……"

마로하가 뭐라고 말했으나 무슨 말인지 알아들을 수 없었다. 그러자 마로하가 답답한 듯 손짓 발짓을 해가며 몇 번이나 했던 말을 반복했다. 마치 말이 통하지 않던 예전으로 돌아간 것처럼, 유독 그 이야기만 미끄러지듯 귀에 들어오지 않았다.

"무슨 말인지 모르겠어. 안 들려."

마로하가 체념한 듯 말했다.

"그래, 이건 네가 스스로 깨우쳐야 하는 거니까. 나는 내 세계가 끌어낸 예언자고, 너는 네 세계가 빚어낸 예언자지. 네 세계를 구하는 건 내가 아니야. 그러니까 아무래도 이건 너의 몫인 것 같아."

다르나킨은 편히 잠을 이루지 못했다. 칸이 내어준 천막은 따뜻하고 아늑했으나 그의 머릿속은 날이 샐 때까지 내내 번잡했다. 다르나킨은 정세에 관해 깊이 고민해본 적이 없었다. 그런 건 윤해의 일이었다. 스스로 복속하는 고리는 어떻게 대할지, 어느 마목인 부족과 동맹해 누구를 견제할지, 또한 사라 곳곳에서 일어나는 봉기의 움직임은 어떻게 이용해야 할지, 그런 문제는 다르나킨의 영역이 아니었다. 그는 그 문제를 생각하고 싶지 않았다. 결정을 내리는 건 더더욱 부담스러웠다. 어쩌면 그가 갑자기 좌향으로 달려온 것도 결국 그 고민을 미루기 위해서일지도 모른다.

'하지만 대영솔의 부재가 오래 계속된다면……'

그렇다면 그건 다르나킨이 떠맡을 짐이 될 것이다. 그렇지 않으면 한채주나 하살루타가 술름의 운명을 정해버릴지도 모른다. 거기에 좌향의 칸까지. 위요제의 개입은 사소한 문제가 아니었다. 그의 오름은 여느 경작인의 왕조만큼이나 웅장한 규모로 자라나고 있었다.

게다가 위요제의 의심이 일리 있는 소리라면? 그건 다르나킨이 감당할 수 있는 질문이 아니었다. 물론 그는 영윤해가 거문담과 이어져 있다는 사실을 누구보다 잘 알았다. 그러나 대영솔이 정말로 좌향의 대제사장이 말한 '아주 몹쓸 것'일까? 그게 가능할까? 그가 아는 영윤해는 전혀 그런 사람이 아닌데. 하지만 만약 대영솔이 그 몹쓸 존재에게 이용당하는 처지라면 어떨까? 혹시 그렇다면, 대영솔을 몹쓸 존재에게서 떼어내어 온전히 구해내는 게 가능할까? 그런 시도를 하느라 더 큰 화를 막아내지 못한다면?

새벽이 되자 전날 초원에서 만난 자들이 다르나킨의 천막을 찾아왔다. 그를 칸의 천막으로 데려간 자들이었다. 처음

보는 여자도 끼어 있었는데, 아마 그 사람이 위요제가 말한 옛 문자를 해독하는 자인 듯했다.

비석은 천막 도성 밖 외진 곳에 있었다. 쓰러진 고목처럼 뿌리가 뽑힌 채 개울 한쪽에 아무렇게나 버려진 모습이었다. 무엇보다 그 비석은 다르나킨이 기억하는 것보다 훨씬 작았다. 그래도 비석 돌의 모양은 그가 기억하는 것과 똑같았다.

"예전에 보셨을 때는 땅에 제대로 박혀 있었지요? 그래도 이게 맞을 겁니다. 이것 말고는 옛 글자가 새겨진 비석이랄 게 따로 없으니까요."

구르초우치라고 자기를 소개한 여자가 말했다. 그럴 것 같았다. 옛날에도 마목인은 글이 새겨진 바위 따위를 남기는 걸 좋아하는 사람들이 아니었을 터였다. 구르초우치가 설명을 이어갔다.

"여기에 버려지면서 남쪽을 향하게 된 쪽이 원래는 해를 바라보고 서 있던 쪽입니다. 정향이고, 제일 중요한 말이 새겨져 있는 면이지요. 내용은 이렇습니다."

오래된 말이라 씌어 있는 그대로는 이해할 수 없는 이야기였다. 말의 순서가 다 달라서 그렇다고 했다. 구르초우치는 우선 씌어 있는 순서대로 비문을 읽은 다음 그것을 초원의 말로 다시 풀이했다.

1만 210번의 봄을 거슬러 오른 옛날에, 밤하늘의 문이 땅에서 열려 검고 사특한 짐승이 튀어나왔다. 여덟 개의 팔다리로 기어 나온 그것은, 하늘의 새를 보고 날개를 만들어 달았다. 우뚝 선 키가 "무엇무엇"이었고, 늘어선 거리가 "무엇무엇"이었다. 그 키가 산보다 컸으므로 숲의 끝에서 끝까지 보이지 않는 데가 없었다. 검은 것이 하늘로 날아오르자 폭풍이 일고 해가 가려졌다. 또한 공중에서 불을 뿜으니 검은 불꽃이 숲을 불살랐다. 그러자 숲이 황폐해져 다시는 나무가 자라지 않았다. 신께서 온 세상의 군대를 모아 5백 일간 싸운 끝에 마침내 짐승을 물리칠 수 있었다. 죽은 짐승은 시신을 남기지 않고 검은 안개가 되어 문으로 돌아갔다. 땅과 바다와 하늘의 절반이 부서져 그 후로 영영 회복되지 않았다.

"무엇무엇"은 길이를 알 수 없게 된 척도라고 했다. 정확히 얼마인지는 모르겠으나 높이로 치면 거문담보다 조금 작은 키일 거라고 했다.

구르초우치가 옮긴 비석의 내용은 다르나킨이 기억하는 그 이야기가 맞았다. 어렴풋한 기억밖에 남아 있지 않았지만, 대지와 바다, 그리고 하늘까지 불사른 검고 거대한 괴물 이야기는 마음속에 오래 남아 있었다. 다르나킨에게 그것은 너무나 특이한 이야기였다. 초원에서 자란 아이는 그 후에도 평생 바다를 볼 일이 없었으므로, 산만큼 키가 큰 괴물 못지않게 바다라는 말 또한 신기하기는 마찬가지였다. 비석의 기억이 부모와 이어져 있던 것도 바로 그것 때문이었다. 다르나킨이 바다가 뭐냐고 물었고, 부모 중 하나가 "물이 대지만큼 넓게 펼쳐진 것"이라고 답한 기억이 났기 때문이었다. 물의 초원. 다르나킨에게 바다는 딱 그런 모습이었다.

가물가물한 기억 속에서 다르나킨이 또 부모에게 물었다.

"괴물이 다시 나타나면 어떻게 해? 사람이랑 양이 검은 불에 타서 다 죽으면?"

그러자 부모가 말했다.

"그러면 우리 다 같이 모여 있어야지. 세상의 마지막은 함께하는 거야."

거기에 초원을 구할 구원자의 생사에 관한 언급은 없었다. 활에 맞아 낙마한 대영솔이 다시 깨어날지에 관한 단서 같은 건. 비석을 새긴 자는 영윤해에게 관심이 없었다. 오로지 괴물 이야기뿐이었다.

'차라리 곁을 지킬걸.'

다르나킨은 그 길로 말을 몰아 술름으로 향했다. 좌향을 안전하게 벗어날 때까지 칸의 기병이 그를 호위했다. 말 등에 탄 다르나킨은 생각이 많지 않았지만, 한 가지만은 계속해서 떠올랐다. 비석을 보고 나면 자기가 무슨 말을 하는지 알게 될 거라는 위요제의 말이었다.

"나는 그대의 경작인 주인이 의심스럽거든."

윤해는 여전히 의식을 회복하지 못한 채 꿈속에서 마법을 연마하고 있었다. 마로하는 곁에 있지 않았지만 마로하가 남긴 말은 의식 한쪽에 깊이 각인되어 있었다.

"곰개를 불러내던 때를 떠올려봐. 그때 네 안에서 무슨 일이 일어났는지."

마로하의 말은 오랫동안 묻어두었던 기억을 일깨웠다. 윤해는 그날 일을 떠올리고 싶지 않았다. 결국 이겨냈지만, 너무 끔찍한 기억이었기 때문이다. 그날 윤해는 죽은 거나 다름없었다. 사냥감이 되었고, 거의 사냥당했으며, 마지막까지 사냥감으로 다루어졌다. 그 경험이 윤해를 강인하게 만들었지만, 사실 그건 그런 일을 다시 겪지 않으려는 몸부림이었지, 기억 안으로 파고들어서 무언가를 깨우친 결과는 아니었다. 마로하의 조언은 그날 이후 쭉 미뤄둔 숙제를 제대로 끝내라는 말이었다.

곰개가 튀어나오기 직전에 윤해가 느낀 건 궁지에 몰렸다는 감각이었다. 포위망이 열린 줄 알고 열심히 달렸으나 그 앞에 절벽이 나타난 순간에 느낀 감정. 궁지는 공간의 끝이었다. 우주가 한 발 앞에서 끝나는 감각이었고, 시간 또한 찰나밖에 남지 않았다는 자각이었다. 그러므로 나의 존재도 여기가 끝이라는 인식. 윤해는 그 직후를 떠올리는 데 집중했다. 궁지와 승리 사이, 사방이 꽉 막힌 밤과 튀어나온 곰개 사이. 그 사이에 무엇이 있었는지.

공포와 긴장 같은, 첩첩이 포개진 혼란스러운 감각을 걷어내자 무언가 날카로운 모서리가 만져졌다. 윤해는 혀로 이 사이를 더듬듯 만져지지 않는 기억 속을 오래 더듬었다. 그러자 숨어 있던 무언가가 서서히 윤곽을 드러냈다. 몇 날 며칠이 지났는지 알 수 없을 만큼 긴 꿈속에서 얻어낸 작은 성과였다.

'맞아, 그때 내가 사라졌어.'

윤해는 그 희미한 기억을 더 후벼팠다. 땅속에 묻힌 비석을 붓으로 파내듯 집요하고도 무용해 보이는 시도였다.

'아니, 아니야. 그저 내가 사라진 게 아니라 다른 게 없어졌어. 그게 정확히 뭐더라.'

비석에 새겨진 글씨는 좀처럼 모습을 드러내지 않았다. 삽으로 퍼내면 속이 시원하겠지만 꿈속의 윤해에게는 삽이 없었다. 또한 비석의 글씨는 삽으로 퍼낼 수 있는 것이 아니었다. 윤해는 온 마음을 쏟아 한 겹씩 기억을 벗겨냈다. 눈 아래 언 땅을 붓으로 쓸어내듯 조금씩.

마침내 음각된 글자가 모습을 드러냈다. 대강의 윤곽이 잡히고, 획이 이어진 곳과 끝나는 곳이 선명하게 구별되었다. 깊은 수양처럼 오랜 노력 끝에 윤해의 의식이 기억 깊숙한 곳 단단히 숨겨진 지점에 다다랐다.

'그래, 그때 사라진 건 그냥 내가 아니라 자아의 경계였어! 어디까지가 나고 어디까지가 나 아닌 것인지 구별할 수가 없었지.'

그다음을 떠올리는 건 훨씬 쉬웠다. 자아의 경계가 없어지자, 무언가가 자기를 향해 빠르게 밀려들어왔다. 그게 뭔지도 모르고, 얼마나 많은지, 얼마나 큰지도 알 수 없었다. 어디에서 와서 어디로 가는지도. 다만 윤해의 존재 한가운데에 텅 빈 무언가가 자라났다는 건 알 수 있었다. 공백이 자란다는 건 그 자리가 비워진다는 것과 다르지 않았다. 공허가, 빈 칸이, 허무가, 아무것도 없음이, 윤해가 차지해야 할 공간을 대신했다. 그리고 그게 점점 커졌다. 윤해의 온몸이 완전히 무(無)에 압도당할 만큼.

그때 무언가 커다란 것이 밀려들어왔다가 빠져나갔다. 자아가, 세상이, 우주가, 삼라만상이, 인연의 덫과 끊지 못한 슬픔이, 멸족의 운명이, 생의 감각이, 그리고 또 허무 자체가. 무가 유로 바뀌는 감각이, 생명체의 감각으로는 감지할 수 없고 단지 존재와 부재로만 구분할 수 있는 우주의 근원에 닿은 무언가가.

드디어 윤해는 답을 얻었다.

'맞아! 나는 문이었어! 궁지에 내몰린 나는, 빠져나갈 구멍을 갈망하다가 내가 바로 그 자리에서 문이 되었어. 곰개는 거기로 튀어나온 거야. 열려 있는 문으로. 나를 통과해서. 내가 바로 열린 문이야!'

 꿈속의 윤해가 긴 명상에서 깨어나 자리에서 일어났다. 윤해는 마당으로 나갔다. 여느 꿈과 마찬가지로, 걸음을 옮기자 바닥이 생겨나고 풍경이 펼쳐지는 꿈이었다. 소라울에 있는 아버지의 집 마당이 눈앞에 펼쳐졌다. 호미는 아직 집에 들이지 않았고, 숙부도 아직은 성군 소리를 듣던 시절이었다. 아버지가 손에 긴 막대기를 들고 두 손으로 꾹꾹 눌러가며 마당에 그림을 그리고 있었다. 발톱에서 시작해서 몸통과 날개로 퍼져나가 점점 봉황의 형태를 갖춰가는 그림. 세상을 다 끌어안을 듯 우아한 자태로 날개를 편 봉황은 하늘을 향해 높이 솟구쳤다. 두리번거리지 않고 영물답게, 큼직큼직하고 시원시원한 모습이었다.

 그림이 완성되자 아버지는 사라졌다. 그림을 다 그린 아버지가 비를 들고 봉황 그림을 쓸어버렸듯, 윤해의 꿈은 그림을 그린 아버지를 쓱싹 지워버렸다. 이제 살아남은 건 봉황 쪽이었다. 금방이라도 튀어나올 듯 역동적인 기세로 꿈틀거리는 봉황.

 윤해가 그 앞에 서서 조금 전에 깨우친 것을 행했다. 곰개를 불러낸 마법. 봇짐 진 곰 두 마리를 엉뚱하게 거문담에 불러내는 게 아니라, 원하는 곳에 원하는 것을 소환하는 윤해의 능력을. 자아를 지워 세상과 세상을 뛰어넘는 진귀한 통로로 변하는 경지를.

윤해는 문이 되었다. 세상과 세상, 그리고 깨지 않는 꿈을 연결하는 문이었다. 마당을 박차고 날아오른 봉황이 그 안으로 힘차게 날아들었다.

다르나킨은 몇 날 며칠을 달려 우향으로 돌아왔다. 날이 이미 저물었으나 눈 덮인 초원 위에 달이 크게 떠 있어 땅의 모양을 훤히 알아볼 수 있었다. 다르나킨은 전속력으로 말을 몰았다. 술름이 지척이니 야영은 안 해도 될 것 같았다. 밤바람이 더 매서워지기 전에 오름에 다다를 작정이었다.

그런데 그때, 저 멀리 술름에서 심상치 않은 일이 일어났다. 고리 어딘가에서 새어 나온 빛이 달보다 밝게 밤하늘로 퍼져나갔다. 술름고리의 빛은 남북으로 길게 늘어지더니, 이윽고 문이 열리듯 동서 방향으로 넓게 퍼졌다. 그러자 열린 문으로 빛줄기가 쏟아져 나왔다. 아래에서 위로 솟아오르는 섬광에 초원 전체가 환해졌다.

다르나킨은 말을 멈춰 세우고 그쪽을 바라보았다. 조금 높은 언덕 위여서 술름고리 안쪽 풍경이 다 내려다보였다. 초원 여기저기에서 늑대와 곰개가 짖어대는 소리가 들렸다.

문이 열린 곳은 객사 언저리인 것 같았다. 지금은 고리 상공이 다 환했지만, 그 커다란 광원의 중심은 분명 객사였을 것이다. 상처 입은 영윤해가 잠들어 있는 곳, 위요제가 말한 불길한 소용돌이의 중심.

그때, 열린 문틈으로 무언가가 튀어나왔다. 긴 목에 긴 꼬리, 고리와 마리뿐 아니라 오름이 있는 곳까지 다 덮을 만큼 광활한 날개를 지닌 오색 빛깔의 새가 태양처럼 찬란한 빛을 뿜어내며 하늘로 날아올랐다. 새가 한번 날갯짓을 할 때마다 황금색 빛이 폭포처럼 쏟아져 내렸다. 온몸이 폭풍에 휩싸일 듯했으나 쏟아지는 것은 빛의 입자뿐이었다. 바람이 불어도 휩쓸리지 않고 곧장 아래로 떨어지는 무수한 빛의 가루. 형언할 수 없는 아름다움에 낯선 감각이 깨어났다. 가슴속에서 벅찬 감정이 일어나 온몸을 휘감으며 공중으로 퍼져 나갔다.

그 압도적인 광경에 다르나킨은 숨이 턱 막혔다. 사방에서 짖어대던 늑대 소리, 곰개 소리가 일시에 잠잠해졌다. 다르나킨은 흥분한 말들을 진정시키며 땅 위에 내려섰다. 그러면서 위로 솟구치는 황홀한 새의 궤적을 눈으로 좇았다. 멀리까지 볼 수 있는 마목인의 눈으로, 끝을 모르고 날아오르는 봉황의 뒷모습을 끝까지 바라보았다.

봉황은 형체가 보이지 않을 때까지 멀리 날아가 반짝이는 별들 사이에 몸을 숨겼다. 하늘 지도를 세세하게 기억하는 일관이 아니라면 어느 빛이 별이고 어느 빛이 봉황인지 알아보기도 힘든 지경이었다. 그래도 새의 궤적을 더 오래 추적한 건 은난조가 아니라 눈이 더 좋은 다르나킨 쪽이었을 것이다.

다르나킨은 요동치는 심장을 애써 진정시키며 말 위에 올라탔다. 그런 다음 술름고리를 향해 질주했다. 그는 비석에 새겨진 사악한 짐승의 거대한 날개를 떠올렸고, 거문담이 아니라 영윤해가 문제라는 위요제의 은밀한 경고를 곱씹었다. 다른 한편으로는 꿈속에서 헤매는 영윤해의 정신이 점점 강건해지는 것이 다행스러웠다. 정세를 어떻게 해야 하는지는 여전히 알 수 없었다. 대영솔이 잠에서 깨어나면 무슨 말부터 해야 할지도.

어쨌거나 다르나킨은 술름고리 객사로 달려가고 있었다. 그에게는 영윤해가 필요했다. 그를 위해 초원을 접어줄 보기대대영솔이 필요했고, 그를 맞이해 댓돌에 올라서게 할 경작인 성주도 필요했다. 무엇보다 그는 영윤해가 그리웠다. 눈 덮인 초원을 달려 좌향에 다녀오는 내내, 다르나킨은 윤해가 그립지 않은 날이 단 하루도 없었다.

8

 술름에서 날아오른 봉황은 어디에서나 보였다. 사라의 변경 지역뿐만 아니라 소라울의 궁성에서도 빛의 입자를 뿌리며 힘차게 날아오르는 봉황의 모습을 분명히 알아볼 수 있었다. 봉황은 당연히 영씨의 상징이므로, 그 광경을 본 사람들은 누구나 북쪽에서 봉기한 창강부원대군의 딸을 떠올렸다.

 심지어 배향 너머 초원 길의 먼 차리에서도 상서로운 징조는 뚜렷이 목격되었다. 안 그래도 의심의 눈초리로 지켜보던 좌향의 칸이 그 광경을 놓치고 지나갈 리 없었다. 그리하여 온 세상이 술렁이기 시작했다. 영윤해가 사경을 헤맨다는 소문이 자자했지만, 그 거대한 봉황을 직접 보고 나자 이야기가 달라졌다. 복속할 시기를 재던 서북면 고리들은 술름으로 보낼 사자를 서둘러 채비했다. 소라울에는 반역의 기운이 짙어졌고, 지방의 귀족들도 마병의 수를 다시 셌다. 또한 위요제가 보낸 전령이 초원 전역으로 뻗어갔으며, 초원 길의 대상들은 맹골차리로 가는 낙타의 걸음을 재촉했다.

하살루타는 며칠 전부터 이미 고리에 머무르고 있었다. 온 세상이 떠들썩했으나 정작 술름고리의 객사는 작은 요동도 없이 평온하기만 했다. 객이며 관솔 모두가 그저 주인이 깨기만을 기다리는 탓이었다.

의원들은 하살루타에게, 봉황이 날아오르기 직전 윤해의 몸에 걱정스러운 증상이 나타났다고 말했다. 열이 올라 땀이 나고 안색이 눈에 띄게 나빠졌다고 했다. 다행히 윤해는 평안을 되찾았지만, 봉황을 소환한 것이 술름의 지배자가 건재하다는 의미만은 아니라는 점을 하살루타와 의원들은 잘 알고 있었다.

"내가 여기에 있다는 걸 차리의 거간들이 알면, 눈치 빠른 늙은이가 영악하게 선수를 쳤다고 씹어댈 겁니다."

미닫이 하나로 나뉜 윤해의 침소 옆방에서 하살루타가 다르나킨에게 말했다.

"그렇지 않다는 건 제가 제일 잘 알고 있습니다. 마음 놓으시지요."

"아니, 그런 건 괜찮습니다. 이 늙은이는 다른 거간들이 뭐라 말하든 별 상관 안 해요. 그 말의 씨가 자라 나를 해할 때쯤이면 이쪽도 이 세상 사람은 아닐 터라."

하살루타는 다르나킨의 얼굴을 세심히 살폈다. 이미 날이 저문 지 오래였다. 여러 개의 등불에 비친 다르나킨의 표정은 이렇게도 보이고 저렇게도 보였다. 걱정스러운 듯도 하고, 조바심이 나는 것 같기도 했다. 그래도 혈육의 환우를 대하듯 진심 어린 눈을 하고 있었다. 한채주의 눈에 담긴 조바심과는 비교도 할 수 없을 만큼 깨끗한 마음이었다. 비록 그 안에는 또 다른 어둠이 드리워 있기는 하지만.

상인은 젊은 기병에게 정세에 관한 충고를 해줄까 망설였다. 술름고리의 두 청년에게는 선택할 수 있는 길이 넓게 펼쳐져 있었다. 소라울로 진군하든, 초원으로 달아나든, 인근 고리와 마목인 부족을 받아들여 연호를 새로 세우든, 할 수 있는 일은 무수히 많았다. 지금 당장이라면 어떤 이상한 선택을 해도 다 성공할 판세이기도 했다. 다만, 안쪽에서부터 무너져 내리는 일은 경계할 필요가 있었다.

하살루타는 객사를 찾는 손님 중 한채주가 유독 마음에 걸렸다. 그는 영윤해의 위태로운 사업에 너무 많은 걸 걸어버린 바보였지만, 그 뒤에 찾아온 뜻밖의 성공으로 가장 큰 이문을 남긴 멍청이이기도 했다. 특히 적은 병력을 이끌고 두 달이나 고리를 지켜낸 전공은, 술름고리의 성주 자리를 주장하기에 손색이 없는 업적이었다.

'그가 승리의 도취감에서 깨어나 제정신을 차리기 전에 뒤를 치셔야 할 게요.'

하살루타는 그렇게 충고하고 싶었다. 하지만 결국 말을 아꼈다. 승리의 열매를 누가 가져가든 그건 결국 자기와는 상관없는 일이었다. 또한 그가 아는 경세의 방식은 다르나킨이나 영윤해의 방식과는 맞지 않는 듯도 했다. 두 사람이 세상과 맞서는 방식에는 잘 구운 그릇처럼 반질반질한 구석이 있었다. 요컨대 그들은 승리를 위한 승리를 원하지 않았다. 세상을 떠들썩하게 한, 또는 세상을 침묵시킨 승리자들이었지만, 두 사람이 바라는 건 승리 그 자체가 아니라 그 너머에 있는 무언가였다.

그래서 하살루타는 그저 의원들의 말만 담담하게 전할 뿐이었다.

"그대의 대영솔께서는 차도를 보이고 계신다오. 이런 돌웃집에 누워서 겨울을 나면 웬만한 병은 다 털어내는 법이지. 나 같은 늙은이도 그런데 이렇게 젊은 분이야 말해 무엇하겠소."

"그러나 그날은, 대영솔께서 많이 힘들어하셨다 하지 않으셨습니까?"

"그거야 강건해지는 정신을 몸이 아직 받아내지 못하는 까닭 아니겠소? 정신이 그냥 죽어버리면, 몸은 평안해 보이지만 그대로 끝이지. 나도 사경을 헤매는 자를 수도 없이 봐서 안다오. 마음이 끙끙대는 건 좋은 징후입니다. 저 몸에 어떤 마음이 들었는지는 이제 세상 사람들이 다 봤는데 더 말해 뭐 하겠소."

다르나킨이 물었다.

"그럼 언제쯤 정신이 드시겠습니까?"

"글쎄요. 내 의원들은 허풍을 칠 필요가 없는 자들이라, 입이 하도 무거워서요. 그렇게 만들어준 게 누군데, 어떻게 된 게 나한테도 똑바로 말을 안 하지 뭡니까. 내가 죽을 날도 그 비슷하게 말할 걸 생각하면 그리 얄미워 보이지는 않소만. 뭐, 한 며칠이면 좋은 징후가 보이지 않겠습니까?"

"며칠이라고요!"

"의원도 뭐도 아니니 내 말을 너무 믿지는 마시고."

하살루타가 물러간 뒤에도 다르나킨은 그 방에 남아 윤해의 곁을 지켰다. 의원 둘이 교대로 병자의 방을 지켰으나 밤이 깊어지자 의원 또한 앉은 채로 졸고 있는 모양이었다.

대영솔의 방에는 등불 두 개가 켜져 있었다. 다르나킨은 한참 전에 불을 껐다. 가끔 거문담에 보내놓은 척후가 와서 새로 튀어나온 게 있는지 보고했다. 그날 이후로는 아무것도 나타나지 않았다는 보고뿐이었다. 마지막에 다녀간 척후도 마찬가지였다. 일몰 직전까지 입구를 지켰으나 아무 변화도 없다는 것이었다.

 물론 윤해의 정신이 무기력하게 꺼져 있는 건 아니었다. 하살루타가 말한 그대로였다. 입이 무거운 의원들은 윤해의 몸 상태에 관한 이야기만 조심스럽게 입에 올렸지만, 그들 또한 다르나킨이 본 것과 똑같은 것을 보았을 것이다. 두 방을 가르는 미닫이문에 밤새 일렁이는 기묘한 그림자를. 윤해의 정신 활동이 활발해졌다는 소리 또한 바로 그걸 보고 내린 진단이었을 것이다.

 다르나킨은 대영솔의 잠이 마법을 연마하는 방법이라는 걸 오래전부터 알았다. 순서도 대강 짐작이 됐다. 우선 윤해는 꿈속에서 본 것이 거문담으로 튀어나오는 현상에 관해 자세히 알고 싶어했다. 그런 다음 그 무언가가 튀어나오는 지점을 거문담이 아닌 자기 눈앞으로 옮기려 했다. 아마 소라울에서 있었던 일을 재현하고 싶은 모양이었다. 그 훈련의 마지막은 꿈으로부터 무엇을 끄집어낼지를 자기 의지로 정하는 단계였다. 필요한 장소에 필요한 것을 불러내는 것. 그것이 윤해가 연마하는 마법의 본질이었다.

 지금도 대영솔은 한창 연습에 매진해 있는 모양이었다. 꾸고 싶은 꿈을 마음대로 꿀 수 없듯, 꿈에 본 것을 의지대로 골라내기도 쉽지 않은 일이었다. 대영솔의 방을 가득 채운 온갖 기괴하고 끔찍한 형상은 그걸 연마하는 과정에서 생겨난 부산물인 셈이었다. 하살루타의 말대로 대영솔은 그저 잠들어 있기만 한 게 아니었다. 지금 처지에서 할 수 있는 것을 다 해보려는 간절함, 거기에는 분명 그런 절박함이 깃들어 있었다.

하지만 옆에서 지켜보는 다르나킨의 머릿속은 복잡한 생각으로 가득했다. 그에게는 대영솔의 일을 누구보다 깊이 이해하는 데서 비롯된 고뇌와 갈등이 있었다. 대영솔의 마법이 정교해질수록, 윤해의 정신이 더 견고해질수록, 그 일은 점점 위요제의 말을 닮아갔다. 초원을 휘감은 불길한 소용돌이의 중심이 거문담이 아니라 영윤해라는 사실. 윤해가 꿈속에서 만지작거리는 것들의 기괴함이 위요제의 의심에 힘을 더했다. 객사 미닫이에 비친 그림자는 아무래도 선량한 존재의 형상으로는 보이지 않았다.

구운 돌 위에 지어진 방은 한겨울에도 따뜻했다. 그리고 방바닥 위에는 칼 한 자루가 놓여 있었다. 질주하는 말 위에서 힘들이지 않고 슥 긋기만 해도 팔이나 목이 베어지도록 날이 뒤로 휘게 만든 날렵한 칼이었다. 다르나킨은 칼을 바라보며 생각했다.

'초원의 풀과 짐승들은 이미 알고 있었어. 술름고리의 주인이 언젠가 재앙의 씨앗이 되리라는 걸. 그렇다면 기껏 마법을 연마해 그 예언을 실현하는 건, 결국 사악한 의지를 지

넌 무언가에게 보기 좋게 이용당하는 꼴이 아닐까?'

다르나킨은 좌항에서 본 비석의 내용을 떠올렸다. "밤하늘의 문이 땅에서 열리고," 그 틈으로 기어 나와 세상을 반이나 살라 먹은 거대한 짐승. 그 검고 흉측한 몸을 가득 채운 사특하고 영악한 저승의 기운. 그 짐승이 대영솔을 통해 세상으로 나오는 거라면? 영윤해가 준비하는 마법이 괴물을 막아내기 위한 것이 아니라, 실은 그 괴물을 불러내는 주술이라면? 그때는 정말 어떻게 해야 할까.

방에 놓인 칼은 혹시 있을지도 모를 암살 시도로부터 대영솔을 지켜내기 위한 것이었다. 객사를 드나드는 모두가 그렇게 알고 있었다. 그러나 정작 다르나킨 자신은 확신할 수 없었다. 왜 그 칼을 방 안에 들였는지. 자신이 왜 그 밤을 뜬눈으로 지새우는지.

바닥에 놓인 칼이 따뜻하게 데워졌다. 미닫이에 비친 그림자가 어지럽게 춤을 췄다. 기병은 내내 생각이 많았다. 말 등이 아니라 경작인의 집에 올라앉은 까닭이었다.

'안 돼, 이런 걸로는.'

윤해는 생각했다. 아직 꿈속이었다. 꿈의 벽이 꽤 얇아진 게 느껴졌다. 반가운 일이었지만 한편으로는 아니기도 했다.

윤해는 아직 답을 찾지 못했다. 무엇을 소환해야 그 끔찍한 괴물을 막을 수 있을까? 윤해는 검은 짐승의 압도적인 힘을 잘 알았다. 파멸의 신전 입구에 세워진 고대의 성벽. 문을 빠져나온 괴물이 밖으로 나가지 못하게 문 바로 앞에 가둬놓는 함정 같은 방어 시설. 거문담은 거대한 덫이었다. 언젠가 윤해는 거기에 갇힌 사냥감이 되는 꿈을 꾸었다. 괴물은 강고했고 초조하지 않았다. 궁지에 몰렸어도 두려워하는 기색이 없었다. 그 압도적인 자신감이 짐승이 가진 힘의 크기였다.

그림에서 나온 봉황 따위가 과연 그걸 상대할 수 있을까? 오색 깃털을 지닌 새는 대단히 아름다웠지만, 기괴함은 아름다움으로 당해낼 수 있는 게 아니었다. 그것은 초원에서 죽어간 아버지의 운명처럼 허망하게 스러질 우아함일 뿐이었다. 이제 윤해는 아버지의 방식을 믿지 않았다. 윤해가 믿는 건 힘과 위세였다. 지금 자신이 갖고 있지 않은 것. 화살에 맞기 직전에 마목인이 되고 싶었던 윤해는 이제 마로하가 되고 싶었다.

"그래도 잘하고 있어."

마로하가 말했다. 소라울의 아버지 집 대청마루 위였다. 집은 남향이었으나 여름이라 문을 다 열어놓아서 고개만 돌리면 북쪽 하늘이 보였다. 거기에 거문담이 성큼 다가서 있었다. 먼 산 너머로 보이는 게 아니라, 바로 아래에서 올려다보듯 우뚝 솟은 모습이었다.

"이제 뭘 불러내야 하지? 너는 알고 있어?"

윤해가 물었다.

"알잖아. 네가 답을 알아낼 때까지는 말조차 제대로 통하지 않을 거라는 걸."

"시간이 정말 얼마 안 남았어. 이 꿈도 곧 깨고 말 텐데, 춘분 전에 내가 답을 찾아낼 수 있을까?"

"충분히. 그건 복잡한 문제가 아니야. 깨닫기만 하면 바로 되는 거라고. 그러니 깨어난 다음에 해도 늦지 않아. 그리고 언제까지나 누워 있을 수는 없지 않아? 이제 곧 몸이 쇠약해질 텐데, 일어나서 네 손으로 음식을 먹고 네 두 다리로 일어서야지. 네 세계에도 할 일이 많잖아."

"그건 그렇지만."

"명심해. 너는 세상과 세상을 잇는 문이야. 작은 파멸의 신전이지. 지금도 봐. 전에는 아무리 해도 알아듣게 설명할 수 없었는데 이제는 이렇게 말로 할 수 있잖아. 네가 스스로 터득해서 가능한 일이야. 다음 문제도 그렇게 풀어가면 돼. 이제 거의 다 왔어. 너는 평범하지 않아. 그 어느 예언자도 스스로 문을 열지는 못해. 그건 파괴자들의 능력이지 우리 능력은 아니니까. 그런데 너는 그걸 할 수 있어. 오직 너만. 너는 제일 약한 고리이지만 그래도 제일 특별한 고리야. 이제는 그렇게 약하지도 않지. 생각해봐. 지금까지는 불러낸 것 대부분을 파멸의 신전에 빼앗겼어. 그쪽이 더 강한 문이니까. 하지만 이제 빼앗기지 않지? 온전히 너를 통해 불러낼 수 있어. 너는 그만큼 강해. 저 고마담을 이긴다고. 그런 너 자신을 믿어봐."

윤해는 곰개를 불러내던 날 들었던 마로하의 목소리를 떠올렸다. 그럼 너를 구해, 라고 말하던 목소리.

"그래, 일단 나를 구할게. 하지만 아무리 특별해도 나는 결국 나야. 내가 너였다면 정말로 세상을 구할 수 있을 텐데."

그 말에 마로하가 미소를 떠올렸다. 위로와 응원의 의미였지만, 동의나 공감은 포함되어 있지 않았다.

복잡한 미련이 끝없이 피어나 윤해를 꿈속에 붙들어두려 했지만, 결국 윤해는 자신을 구하기로 마음먹었다. 그러자 세계를 감싼 벽에 균열이 생겨났다. 마로하가 어느새 사라지고 소라울의 집도 자취를 감췄다. 하늘과 땅과 거문담밖에 남지 않은 꿈속. 정말 거문담은 꿈이 다 깨지는 와중에도 무너지지 않는구나, 윤해는 생각했다.

가로로 길게 난 세계의 균열. 그 틈새가 위아래로 천천히 넓어졌다. 틈새 너머로 술름고리 객사의 높은 천장이 보였다. 천천히 눈을 뜨고 기척이 들리는 쪽으로 고개를 돌렸다. 부스럭거리는 작은 소리에, 옆에 앉은 사람이 황급히 돌아앉

왔다. 윤해는 그 사람의 옷을 알아보았다. 자주색 네모가 쭉 늘어선 바둑판무늬의 양모 바지. 다르나킨이었다.

"대영솔!"

크게 놀라 외치는 그의 목소리에 머릿속이 뒤죽박죽으로 헝클어졌다. 윤해는 얼굴에 미소를 떠올렸으나, 그 마음이 얼굴 표면까지 전해졌는지는 알 수 없었다. 아마 어색한 표정이 되었을 것이다.

"달 대감."

바람 소리 같은 말소리가 목구멍을 겨우 빠져나갔다. 다르나킨이 감격에 겨워 사람들을 불렀다. 눈에 익은 관솔과 낯선 사람 하나가 방으로 들어오는 동안, 윤해는 바닥에 놓여 있는 다르나킨의 칼을 보았다. 이상하게 그 물건이 눈에 걸렸지만, 그게 무슨 의미인지는 생각할 기력이 없었다.

은난조는 반가운 마음을 감추지 못했다. 윤해가 깨어나 자기를 부른다는 소식을 듣고 난조는 한달음에 객사로 달려왔다. 윤해가 깨어난 건 반갑기 그지없었으나, 전보다 더 수척해진 윤해의 얼굴을 본 난조는 그만 눈물을 쏟아내고 말았다.

윤해는 자리에서 일어나지도 못했다. 아직은 눈을 뜨고 있을 때보다 감고 있는 시간이 더 길었다. 그런 윤해의 입에서 흘러나온 말은, 난조뿐만 아니라 내내 윤해의 곁을 지키던 다르나킨의 예상마저 크게 벗어난 이야기였다.

"곧장 소라울로 돌아가서 태보 어른께 말씀드려."

"뭐라고요?"

"거사를 일으키시라고."

"예? 무슨 거사를……?"

난조가 당황하며 물었지만, 윤해는 자세히 설명하지 않고 곧장 다음 이야기로 넘어갔다.

"필요하면 나를 옹립해도 좋아. 숙부를 막을 수 있다면. 그게 아니면 은씨 왕조를 세워도 괜찮겠지. 나는 소라울의 일에는 미련이 없으니까."

"하지만, 누님!"

"이번에 노획한 전마 중에서 2만 필을 내주라 했어. 목감이 준마를 골라줄 테니 몰고 갈 사람을 보내. 기수는 은씨 집안에서 모아. 그거면 마군이 5천쯤 생기겠지? 그 정도면 거사에 도움이 될 거야."

난조는 윤해의 얼굴을 빤히 들여다보았다. 다르나킨도 마찬가지였다. 윤해는 이미 계산을 다 마친 듯 결연한 표정이었다. 얼굴이 해쓱해져서 더 그래 보였는지도 모른다.

난조가 말했다.

"거사라니요? 우선 누님께서 자리를 털고 일어나셔야죠.

그 뒤에 말씀하셔도 늦지 않아요."

"난조야."

"예?"

"그때면 늦어. 어서 움직여야 해. 상대는 내 숙부야. 폭군이 되기 위해 십 년 넘도록 성군으로 지낸 임금이라고. 고금에 그런 왕이 또 있었어? 그러니 어서 갈 채비를 해. 그리고 소라울로 가면서 소문을 내줘. 어느 밤에 봉황이 천구로 올라갔다면서? 그걸 온 천하가 다 봤다던데. 너도 봤지?"

"봤지요. 안 볼 수가 없었지요."

"좋아, 그럼 봉황이 올라가서 별이 됐다는 소문을 내. 어느 별자리로 들어갔을까? 그런 건 적당히 끼워 맞춰서, 창강부원대군이 영씨 왕조의 적통이었다는 이야기를 지어내. 그런 거 잘하지? 적통은 나 말고 아버지여야 해. 죽은 아버지를 적자로 만들면 어차피 살아 있는 나를 받들게 될 테니까. 다른 말을 함께 퍼뜨려도 좋아. 태보의 아들인 서운관감이 부원대군의 딸인 술름고리 보기대대영솔과 긴밀히 내통했다는 소문도 좋겠네. 그래 주면 양쪽 모두에게 도움이 되겠지. 그사이에 나는 스스로 복속을 청한 서북면 고리를 받아들일 거야."

"건국하시려고요?"

"아니, 태보를 도우려는 거야. 아직도 도성에는 왕의 병력이 남아 있을 테니 시선을 되도록 이쪽으로 돌리려고. 그다음은 태보께서 알아서 하시겠지. 다 그림이 있으실 테니."

"그럼, 그리 전하라고 사람을 보내겠습니다."

"난조야."

윤해가 다시 불렀다. 끊어질 듯 희미하게 이어지는 목소리에 난조는 왠지 가슴이 미어졌다.

"예."

"네가 가서 태보를 설득해야 해. 그리고 태보를 도와서 반드시 거사를 성공시켜. 일관의 일이 적지 않을 텐데, 그 역할이 사소하지 않을 거야. 알지? 내가 은씨를 위해 시간을 버는 동안 은씨도 나를 위해 시간을 벌어줘. 나는 아직 여기에 싸움이 남았어."

난조는 윤해의 말을 반 정도만 알아들은 것 같았다. 윤해가 1021년 주기에 관해 무언가 준비한다는 사실은 잘 알고 있었지만, 그게 어떤 싸움일지는 짐작조차 안 됐다. 그건 오로지 윤해와 다르나킨만 아는 싸움이었다. 초원의 풀과, 어쩌면 위요제도.

윤해가 덧붙였다.

"달 대감이 있으니 여기는 걱정하지 말고."

다르나킨은 은난조와 눈이 마주쳤다. 평생 귀하게 자란 소라울의 일관. 그의 눈동자가 흔들리고 있었다. '저자는 대영

솔을 연모하는구나. 그런데 왜 자기 마음을 믿지 못하지?'
다르나킨은 생각했다. 대영솔에게 그 눈은 상처가 될 것이
다. 자기를 사모하는 사람마저 절대적인 믿음을 보이지 않는
다면. 다르나킨은 또 생각했다. '내 눈도 흔들리고 있으면 어
쩌지?'

차마 발이 떨어지지 않았지만, 난조는 결국 윤해의 말을
받아들였다. 언젠가 그는 오열할 것이다. 이별이 확정된 후
에. 그러나 아직 발길을 돌릴 여지가 있는 곳에서라면 그는
오열조차 하지 못할 것이다. 다르나킨도 언뜻 알고 있었다.
은난조가 자기 연모의 핑계로 윤해의 마법을 언급하는 걸 들
은 적이 있었다. 지금 이 순간에도 난조는 똑같은 생각을 하
고 있을 것이다. 객사를 떠나는 발걸음이 이다지도 무거운
건 모두 윤해 주위에 펼쳐진 마법 때문일 거라고. 자신이 느
끼는 감정은 연모가 맞지만, 그렇기에 진짜 연모는 아닐 거
라고.

다르나킨에게도 빤히 읽히는 그 마음을 대영솔이 알아채
지 못할 리 없었다. 말을 마친 윤해는 잠든 사람처럼 눈을 감
고 있었다. 더 듣지 않겠다는 의미인지, 정말로 기력이 없어
서인지는 알 수 없었다. 난조가 마법을 핑계로 또 한 발 물러
서는 걸 직접 보지 않은 건 어쨌든 다행이었다.

둘만 남겨지고 한참이 지난 후 윤해가 잠꼬대처럼 입을 열

었다.

"대감."

"예."

"좌향이 거병할 거라 하셨지요?"

"그렇습니다."

다르나킨은 일부러 천천히 대답했다. 서두르지 말고 차근차근 말하라는 의미였다. 윤해가 말했다.

"한채주를 성주로 임명할까 합니다."

"예."

"우리는 정향 부족과 동맹을 맺읍시다."

"예? 정향 부족이요?"

"토르가이가 규합했던 연맹이요. 이제 술름에는 전마가 넘쳐나지만, 마목인 기수는 더 필요합니다. 그러니 정향에서 사람을 더 구하고, 하살루타의 도움을 얻어 배향 사람도 되는대로 모아주세요. 춘분이 되기 전에 거문담까지 영역을 확보해야 합니다. 거기서는 술름의 벽과 망루를 이용할 수 없으니 좌향의 칸에 맞설 정예 기병을 충분히 늘려야겠지요. 하실 수 있겠습니까?"

"해볼 만합니다. 정향인들은 대영솔과 직접 겨뤄본 자들이라 이쪽에서 베푸는 게 있으면 복속하는 부족이 많을 겁니다. 또 봉황의 일도 있으니까요."

"아, 그 봉황. 내가 그 봉황이 하늘로 날아가는 모습을 직접 보지 못한 게 안타까울 따름이네요. 도대체 어떤 광경이었기에 다들 스스로 무릎을 꿇겠다는 건지."

다르나킨이 짧게 요약했다.

"마법을 보았지요. 그런 걸 보면 그렇게 됩니다."

그 말에 윤해는 다시 눈을 감았다. 어쩐지 피로가 밀려오는 모양이었다.

다르나킨은 객사를 나와 하살루타의 거처로 갔다. 하살루타에게 대영솔의 청을 전한 다음 곧바로 정향으로 달려갈 참이었다.

윤해가 깨어나자 고리에는 활기가 넘쳐났다. 승전의 기쁨을 누리기에, 대영솔이 쓰러졌다는 소식은 너무나 충격적이었다. 역사에 남을 대승이었지만, 그 승리를 지켜내려면 역시 영윤해가 필요했다. 그들의 보기대대영솔이 없다면 술름의 고리 따위는 아무 쓸모도 없을 게 뻔했다. 그들에게 윤해는 성벽이고 망루였다. 그런 대영솔이 정신을 차렸으니 이제 승리는 견고해질 것이다. 다들 그렇게 믿었다. 오직 다르나킨 한 사람만이 그 절대적인 믿음에 끼지 못하고 있었다. 영윤해의 사기에 맨 먼저 넘어갔던 대영솔의 오른팔인 술름고리의 좌기대대감이.

"어서 오시오, 대감! 마침 사람을 보낼 참이었는데 이렇게 직접 나타나시다니."

하살루타의 거처는 고리 서문 안쪽에 있었다. 술름의 시장이 들어서는 곳. 동씨와 채씨가 지은 2층, 3층 누각이 화려하게 늘어선 곳이었다. 그중에서도 제일 높은 건물이 하살루타의 거처였다. 술름에 머무르는 동안 거금을 주고 빌린 집이었는데, 정작 하살루타는 1층에서만 지낸다고 했다. 온돌이 깔린 곳이 1층밖에 없어서였다.

다르나킨을 보자마자 하살루타는 다짜고짜 신발 한 켤레를 내밀었다. 한눈에 보기에도 바닥이 두꺼운 이국의 신발이었다.

"이건 뭡니까?"

다르나킨이 어리둥절한 얼굴로 물었다.

"다르 대감에게 꼭 필요한 물건 같아 사람을 시켜 가져왔지요. 이 늙은이가 가만히 보아 하니 요즘 대감이 너무 생각이 많아 봬서요. 특히 객사에서는 더 그렇습디다. 처음 봤을 때 나는 대감이 마목인인지 경작인인지 헷갈렸다오. 사람을 잘 알아보는 편인데 대감은 영 모르겠더군요. 들어보니 중간이시라고요. 내가 보니 중간이라기보다는 아예 경작인이거나 아니면 아예 마목인이 되던데, 나는 마목인일 때의 대감이 더 마음에 들어요. 대영솔에게 도움이 되는 것도 그때일 겝니다. 말 위에서 생각 없이 달릴 때."

"그것과 이것이 무슨 상관인지?"

다르나킨이 신발을 들어 보이며 물었다.

"아, 그거요? 가만 보니 대감은 생각을 발로 하더군요. 그런데 대감은 궁리하는 데는 재주가 없어 보여서 말이지. 말을 모는 재주에 비하면 말이오. 그래서 말인데, 바닥이 두꺼운 신발을 신으면 생각이 좀 달아나지 않겠소? 이 늙은이가 두 사람에게 주는 선물인데, 신는 건 대감뿐이지만 대영솔께도 아주 큰 도움이 될 겝니다."

가장 혹독한 겨울이 지나고 날이 조금씩 길어지고 있었다. 오름의 곰개들은 겨울 동안 새끼를 낳았다. 새끼가 살아남기에는 불리하지만, 이동이 적은 만큼 오름의 사람과 동물 식구들에게는 제일 부담 없는 기간이었다.

위요제는 좌향 부족 대부분을 규합해 설원을 건널 준비를 마쳤다. 좌향의 칸은 다르나킨의 답을 기다리지 않았다. 술름에서 봉황이 날아올랐으니 더 기다릴 이유가 없다고 여긴 듯했다. 그의 기병은 4만에 달했다. 초원의 정예 기병 4만은 경작인의 마군과는 비교할 수 없을 만큼 위협적이었다.

다만, 그사이 술름 연합군도 규모가 크게 늘어 기병만 거의 3만을 헤아리게 되었다. 더 반가운 건 살려서 정향으로 돌려보낸 토르가이의 창병 절반 정도가 윤해에게 복속했다는 점이었다. 좌향을 치고 나면 윤해야말로 초원 전체의 지배자가 되리라는 계산 때문이었다. 거기에 서북면 고리에서 선발한 3천 명을 보태면 꽤 강력한 보창대를 꾸릴 수 있었다. 겨울은 언제나 더 북쪽에서 온 이들의 편이지만, 성벽이 없는 설원에 고리만큼 견고한 저지선을 그을 수 있게 된 건 다행스러운 일이었다.

윤해는 가끔 객사를 나가 가마를 타고 고리 여기저기에 모습을 드러냈다. 얼굴을 계속 내놓지는 않았지만, 망루 아래나 장이 서는 곳에서는 잠깐이라도 가마에서 내려 사람들에게 직접 얼굴을 보였다. 영윤해가 진짜로 살아 있다는 걸 온 세상에 알리기 위해서였다.

윤해의 목적은 술름의 영역을 거문담까지 확장하는 것이었다. 딱 거기까지였다. 1021년 만의 하루. 그 일이 일어날 때 거문담 바로 앞에 서 있기 위함이었다. 깨어난 윤해가 내린 모든 정세 판단과 이례적일 만큼 과감한 동맹, 그리고 좌향에 대한 적대적 대응은 전부 그것 하나를 위한 것이었다.

다르나킨은 그런 윤해가 위태로워 보였다. 봉황이 날아오른 이후의 천하에서 윤해를 위태롭게 여기는 건 오직 다르나킨 하나뿐이었다. 다르나킨이 보기에 윤해의 계획에는 다음이 없었다. 마치 춘분 열흘 뒤에 세상이 끝날 것처럼, 대영솔은 그 뒤에 일어날 일은 전혀 고려하지 않았다. 술름의 부흥도, 사라를 무너뜨리는 과업도, 초원의 지배자가 되는 야망도 다 윤해의 목적이 아니었다. 윤해는 그저 개의치 않을 뿐이었다. 그러면서 죽을 날을 미리 아는 자가 빚을 마구 끌어다 탕진하듯, 지킬 수 없는 약속을 여기저기에 남발했다.

그런 윤해의 의도를 구미에 맞게 해석하는 건 다른 이들의 몫이었다. 사람들의 해석은 저마다 윤해의 실제 행동과는 조금씩 어긋났다. 그래서 오히려 더 신비하게 받아들여지는 듯했다. 윤해는 그런 오해를 바로잡지 않았다. 자신의 존재감을 부풀릴 수 있다면 무엇이든 받아들일 기세였다. 단 한 사람의 오해만 빼고.

마지막 한파에 거문담이 음울한 노래를 읊조리던 어느 날, 윤해가 말을 타고 다르나킨의 오름을 찾아와 말했다.

"내가 깨어났을 때 대감 앞에 놓여 있던 그 칼 말입니다."

다르나킨은 대영솔의 얼굴을 올려다보았다. 윤해는 말 위에 올라 있었고, 다르나킨은 설원 위에 두 발로 서 있었다. 하살루타가 준 신발을 처음 신은 날이었다. 다르나킨의 허리에는 방금 윤해가 말한 칼이 차갑게 식은 채로 걸려 있었다.

다르나킨이 대답하지 않자 윤해가 말을 이었다.

"내내 신경이 쓰였는데 이제 그 의미를 알게 되었습니다."

"그렇습니까?"

"대감."

"예, 대영솔."

"정말로 나를 벨 수 있겠습니까?"

다르나킨은 또 말없이 윤해의 두 눈을 바라보았다. 꽤 긴 시간 동안 두 사람은 마주친 눈을 피하지 않았다. 그러자 주변이 순식간에 잠잠해졌다. 사람도 짐승도 마찬가지였다.

둘은 서로의 눈동자를 시선으로 더듬어 상대의 진심을 읽어내려 애썼다. 그것은 보이는 것보다 훨씬 간절한 대화였다. 말로는 전할 수 없는 수많은 감정이 두 사람의 눈을 통해 이쪽으로 건너왔다가 저쪽으로 되돌아갔다. 애착과 불안, 안도와 기대, 맹세와 배신 같은 복잡한 것들이 한마디 말도 거치지 않고 한쪽에서 다른 쪽으로 직접 전해졌다.

그렇게 한참이 지난 후, 윤해가 시선을 그대로 둔 채 단도직입적으로 물었다.

"내가 누워 있는 사이, 좌향에 가서 무엇을 보고 오셨습니까?"

다르나킨 또한 기다렸다는 듯 솔직하게 답했다.

"비석을 보러 갔습니다."

"무슨 비석을요?"

"저도 정확히 뭔지는 몰랐는데, 어릴 적 기억이 막연히 떠올랐습니다. 옛 기록인지 아니면 먼 훗날의 예언인지가 새겨진 불경스러운 비석이었습니다. 옛날 초원의 글씨로 되어 있어 지금 사람들은 봐도 모르는 이야기가 새겨져 있었지요. 어렸을 때는 제 부모가 전해 내려오는 이야기를 들려주었고, 얼마 전에는 좌향의 칸이 글을 읽을 수 있는 자를 붙여주었습니다. 어렴풋이 떠오르는 기억을 더듬다 문득 그 비석이 떠올라 직접 내용을 확인하고 싶었습니다. 그래서 좌향으로 갔고요."

"비석에는 무슨 내용이 있었습니까?"

"그건, 괴물에 관한 이야기였습니다."

"거문담의 괴물인가요?"

"그런 것 같습니다."

"뭐라고 하던가요?"

"크고 검은 짐승이 검은 불을 뿜어 세상의 반을 불살랐다고요. 하늘 반, 땅 반, 바다도 반."

윤해가 숨을 크게 들이쉬었다 내쉬며 말했다.

"내가 막으려는 그 짐승이겠군요. 그런데 왜 그걸 보고 와서 나를 베려 했습니까?"

여전히 눈을 피하지 않은 채 다르나킨이 대답했다.

"좌향의 칸이 한 말 때문입니다."

"무슨 말을 하던가요?"

"저는 미처 눈치를 못 챘습니다만, 초원의 풀에 변고가 생겼다고 했습니다. 이 일대 초원 전체가요. 죽음의 맛을 내며 검게 변한 풀이 줄지어 늘어서 있는데, 토르가이와의 싸움 때 배향을 돌아 슬름으로 오다 보니 그 풀의 행렬이 초원 전체를 소용돌이치듯 휘감고 있더랍니다. 그 중심이 거문담일 줄 알고 왔는데 직접 와서 보니……"

"슬름고리였답니까?"

"예. 지금은 눈이 덮여 있어 확인할 수 없지만, 그랬다고 합니다."

윤해가 탄식했다.

"어째서 그런 일이! 그럼 우향 마목인들에게 물어 그 말의 진위를 확인했나요? 좌향인의 말이 옳았습니까?"

"와서 물어보니 모른다는 자가 대다수였지만, 그 말이 맞는 것 같다는 이도 더러 있었습니다. 슬름고리 근처에 가면 양들이 길을 헤맨다고요. 어떤 이는 제 말을 듣고 보니 그런 듯도 하다고 답했습니다."

다르나킨이 목감처럼 말했다. 슬름의 좌기대대감이 아니라 그저 가축이나 먹이는 오름의 여느 마목인처럼. 윤해는 그제야 영문을 알 것 같았다. 다르나킨이 왜 그렇게 고민이 많았는지, 다가올 싸움을 준비하는 좌기대대감의 발걸음이 왜 전에 없이 굼뜨게만 보였는지.

윤해는 마로하의 말을 떠올렸다. 마로하는 윤해가 문이라고 했다. 작은 파멸의 신전이라고도 했다. 그러니 위요제나 다르나킨의 의심도 말이 안 되는 건 아니었다. 어쨌거나 파멸의 신전이기는 하니까.

게다가 초원의 풀은, 거문담 한가운데에 있는 진짜 파멸의 신전이 아니라 술름고리에 새로 부임한 예언자를 지목했다. 어째서 그랬는지는 윤해도 알 수 없었다. 다만 초원의 마목인들은 그 예언을 덜컥 믿고 싶었을 것이다. 그들에게 풀은 태양 다음으로 위대한 신이었을 테니. 더구나 목소리를 낼 줄 모르는 초원의 풀이 스스로를 죽여 누군가를 지목했다면, 초원을 바다로 알고 살아가는 자들이 그 목소리에 귀를 기울이지 않을 도리가 없었다. 그게 초원의 삶이었다.

'하지만 그 이야기는 뭔가 이상해. 나도 꿈에서 그 소용돌이를 본 적 있어. 분명 그건 거문담 쪽으로 빨려 들어가고 있었는데. 어째서 그게 나를 향한다는 거야? 게다가 애초에 이건 좌향 노파의 이간질일 수도 있잖아. 눈이 걷히기 전에는 확인이 안 되니까. 왜 달 대감은 내게는 묻지도 않고 그쪽 말부터 덜컥 믿고······?'

물론 그건 정신을 잃고 헤매던 밤, 미닫이문에 드리운 기괴한 형상의 그림자를 직접 보지 못해 하는 생각이었다. 의원들도 다르나킨도, 윤해에게 그 기괴한 형상에 관해 이야기해준 사람은 아무도 없었다. 그것이 윤해의 밑바닥이었으므로, 윤해를 아끼는 자라면 차마 본인에게는 할 수 없는 말이었다.

그걸 모르는 윤해는 혼자만의 생각을 이어갔다. 애꿎은 심정이 가득했지만, 윤해는 자기를 믿지 못하는 다르나킨을 위해 먼저 마음을 열기로 했다.

비록 가까이에서 윤해를 보좌해왔어도, 다르나킨 또한 윤해의 마법을 직접 접해본 적은 없었다. 그건 같은 예언자가 아니면 실감하기 어려운 일이었다. 꿈을 어떻게 현실로 불러내는지, 어떻게 해야 잠에서 깨지 않고 보다 생생한 꿈을 꿀 수 있는지, 어떻게 스스로 문이 되어 세상을 잇는 통로를 여는지. 그런 경험을 함께 나눌 사람은 이쪽 세상에는 아무도 없었다. 윤해는 전승이 끊긴 시대의 유일한 예언자였으니까.

윤해의 세상에는 펼치지도 않은 마법을 펼쳤다고 오해하거나, 반대로 펼치려는 마법을 펼칠 수 없으리라 의심하는 자들뿐이었다. 정말 모두가 그랬다. 그게 윤해의 솔직한 심정이었다.

그래도 다르나킨의 의심은 왠지 억울했다. 세상 사람들이 다 그렇대도 다르나킨만은 달랐으면 했다. 윤해는 더 강한 걸 불러내지 못해 조바심이 나는데, 다르나킨은 윤해가 너무 무서운 걸 불러낼까 근심이었다. 하지만 그는 다르나킨이 아닌가. 세상 사람들이 다 자기를 몰라봐도 좌기대의 달낙현이 자기를 의심하는 건 정말이지 너무나 야속한 일이었다.

윤해는 다르나킨이 보는 앞에서 오래 연마한 마법을 펼쳤다. 윤해는 문이 되었다. 작은 파멸의 신전이 되고 공허가 되었다. 거기에 윤해는 없었다. 세계도 인식도 아무것도 없는 허무였다. 대신 무언가가 그 허무를 가득 채웠다. 그리고 조금 뒤에 밖으로 빠져나갔다. 물론 겉으로 보기에 윤해는 그 일이 일어나는 내내 말 등에 가만히 앉아 있을 뿐이었다.

윤해가 불러낸 것은 나무였다. 분홍색 봄꽃을 단 커다란 나무. 소라울에나 있는 키 큰 나무가 두 사람의 머리 위에 긴 가지를 드리웠다. 계절도 장소도 다 어긋난 풍경이었다.

바람이 불자 향기도 날렸다. 다르나킨은 마주 보던 시선을 거둬들여 머리 위쪽을 올려다보았다. 언제 자라났는지도 알 수 없는 커다란 나무가, 그런 데서 자랄 리 없는 남쪽의 나무가, 마치 원래부터 쭉 그랬던 것처럼 위화감 없이 서 있었다. 태어나 처음 보는 큰 나무의 자태에 다르나킨은 저도 모르게 탄성을 내질렀다. 사실 그건 윤해도 본 적 없을 정도로 큰 나무였다.

꽃잎이 떨어져 꽃비가 내렸다. 꽃잎이 추락하며 연신 뒤집히는 모습이 마목인의 밝은 눈을 한껏 어지럽혔다. 다르나킨은 다른 세상에 온 것 같았다. 평생 살아온 것보다 조금 좋아 보이는 세상.

윤해가 말했다.

"이렇게 할 겁니다."

다르나킨이 돌아보았다. 경이로움으로 가득한 시선을 단단히 붙들며 또 윤해가 말했다.

"내가 도대체 뭘 하겠다는 건지 궁금했지요? 지금 이 나무가 들어섰듯 무언가를 불러낼 겁니다. 봐도 이해는 안 가겠지만, 그래도 한번은 보여드리고 싶었습니다. 내가 펼치는 마법을요. 대감 덕분에 열심히 연마해서, 지금은 잠들지 않고도 원하는 걸 정확히 불러냅니다. 원래는 거문담에 빼앗긴 거라고 합니다. 그쪽이 더 강한 문이라, 약한 문인 제가 불러낸 것들이 전부 거문담 한가운데에 나타나고 만 거지요. 요즘의 나는 그걸 뺏기지 않는 연습을 했고, 이제 단 하나도 빼앗기지 않습니다. 대감은 아직 거문담에 사람을 붙여두셨지요? 내 말이 맞지 않습니까? 하나라도 내 통제를 벗어나 잘못 튀어 나가는 게 있던가요?"

다르나킨은 고개를 저으며 말했다.

"없습니다. 전혀."

"그러니 믿어보세요. 나는 내가 원하는 것만 확실하게 불러낼 거고 어느 하나도 저 사특한 문에 빼앗기지 않을 겁니다. 그래서 그 일을 막아낼 거예요. 하늘과 땅과 바다의 절반이 불에 타버리는 대재앙을요. 초원의 풀이 누구를 지목했는지 나는 모릅니다. 그게 초원의 예언이래도 어쩔 수 없어요.

나는 이제 다른 누군가가 쓴 운명대로 살지 않을 겁니다. 그러기 위해 지금껏 싸웠어요. 이제 와 그러기를 멈추지는 않을 겁니다. 그래야 내가 나로 남을 수 있어요."

그 말을 하는 윤해의 마음은 걷잡을 수 없이 격해졌다. 그것은 윤해가 스스로 써낸 자기 삶의 이유였다. 소라울의 어느 저택에서, 또는 어느 산속에서, 소멸의 운명을 따라 조용히 지워져야 했던 존재가, 술름의 겨울을 두 차례나 겪으며 마침내 찾아낸 자신의 쓰임새였다. 윤해는 자기 것인 그 이유가 진심으로 탐났다. 사촌인 혜에게도, 혹은 파멸의 신전에도, 아니면 그 거대한 짐승에게도, 그 이유만은 빼앗기지 않을 것이다. 힘껏 움켜쥐고 싸워 이겨낼 것이다. 욕심을 부리고 끝내 집어삼킬 것이다.

윤해가 몸을 틀어 말에서 내렸다. 아직 몸이 성치 않아 조금은 위태로운 움직임이었다. 그러자 다르나킨이 다가와 윤해의 허리를 붙들었다. 그럴 것 같았다. 이 사람이라면 분명 그래줄 거라 믿었다.

윤해는 재빨리 몸을 돌려 그의 품으로 파고들었다. 그러면서 아까 했던 질문을 다시 속삭였다. 가슴이 너무 벅차올라 속삭이는 소리밖에는 나오지 않았다.

"정말로 나를 벨 수 있겠어요? 이런 나를, 그대가?"

다르나킨은 아무 생각이 없어졌다. 어쩌면 하살루타가 준

신발 때문일지도 모른다. 그게 아니면 폭설에 말을 몰고 찾아와 눈앞에 마법을 펼쳐 보인 다음 자기 품에 안겨 속삭이는 사람 때문일지도 몰랐다. 그 사람이 다름 아닌 영윤해였으므로.

윤해가 얼굴을 묻은 채로 또 속삭였다.

"이것만은 알아주세요. 누구에게도 말하고 싶지 않지만, 사실 나는 내가 이 재앙을 막아낼 수 있을지 확신이 없습니다. 다만 내가 찾아낸 내 역할이기에 할 수 있는 만큼 하려는 것뿐이지요. 만약 그래도 안 되면, 그래서 세상 마지막 날이 오면, 그때는 그대가 내 곁에 있어주기를, 내가 바라는 건 단지 그뿐이에요."

그 말에 다르나킨은, 좌향에 살던 어린 시절에 그의 부모가 종말에 관해 한 말을 떠올리며 대답했다. 세상 마지막 날이 오면.

"제가 바라는 것도 오직 그뿐입니다."

소라울에서보다 훨씬 늦게, 술름고리에도 봄이 왔다. 눈이 녹자 윤해는 초원 모든 방향으로 마병을 보내 풀이 자란 모양을 살핀 후 보고하라고 했다. 과연 초원에는 소용돌이가 치고 있었다. 그리고 그 중심은 술름고리였다.

그 보고를 전하는 낙현의 눈에는 조그만 의심도 남아 있지 않았다. 다행이었다. 그가 다시 초원 제일의 마목인으로 돌아가 있어서. 윤해에게는 그가 필요했다.

그날 밤 꿈에 마로하가 나왔다.

"예언자는 원래 이런 거야?"

윤해가 마로하에게 물었다.

"뭘?"

"포위되고, 손가락질당하고, 표적이 되고."

"원래 그래."

"더 대접받는 시절도 있다며."

"그래도 믿지 않는 사람들이 많지. 그게 다 인간이 어리석기 때문이야."

"어리석기 때문이라니?"

"역서에 정확한 날짜가 씌어 있고 비석에 무슨 일이 일어나는지 다 새겨져 있는데, 예언자가 예언할 게 뭐가 더 있겠니?"

"생각해보니 그것도 그러네. 왜 예언자라고 부르는 거지?"

"빤히 보이는 재앙을 아무도 믿지 않으니까. 더 좋은 시기여도 다 그래. 백 년만 지나면 사람들은 세상의 절반이 불타 없어진 이야기를 전설이나 신화라고 믿어. 아무리 정확하게 써서 전해도 그런 일은 실제로 안 일어났다고 믿는 거지. 왕조를 세워놓고 5백 년만 지나면 자기네 선조가 세상을 창조

했다고 거짓말하는 게 인간이야. 9백 년이 지나고 천 년이 지나면 제일 현명할 것 같은 인간도 어리석은 자가 되고 말아. 그런 건 다 옛사람들이 지어낸 이야기라는 거지. 진실을 말하는 게 아니라 거기에 빗대 다른 무언가를 이야기하려는 거라고. 그래서 어딘가에 다 쓰여 있는 걸 쓰인 대로 믿으라고 말하는 게 예언이 되는 거야. 그건 어느 주기든 달라지지 않지."

짧은 꿈이었지만 깨고 나니 기분이 한결 나았다. 윤해는 여러 시대에 걸쳐 있는 예언자들을 떠올렸다. 몇 명이나 될까, 그런 예언자들은? 열 명? 아니면 열다섯? 백 년도 긴데 무려 1만 5천 년이라니! 세월이 아득해 모습조차 상상할 수 없었지만, 그들 중 하나가 되었다고 생각하는 것만으로도 윤해는 어쩐지 마음이 가벼워졌다.

어쩌면 그건 열다섯 명에서 그치는 행렬이 아닐지도 모른다. 파멸의 신전을 뚫고 나오는 짐승은 역사 속에서 나온 괴물이 아니다. 다른 세계에서 온 존재라는 뜻이다. 세상과 세상을 잇는 문이라는 건, 다른 세상이 여러 개 있다는 의미이기도 했다. 어쩌면 마로하 또한 다른 세계에 속한 존재일지도 모른다. 사실 오래전부터 윤해는 그렇게 믿고 있었다.

예언자 중 하나가 된다는 건 어딘가에 속한다는 이야기이기도 했다. 너무 넓게 퍼져 있어서 한자리에 모일 방법은 없지만, 그래도 저 넓은 우주 어딘가에는 예언자라는 역할과 임무가 있다. 지금까지 그래왔고 앞으로도 이어질 대체할 수 없는 막중한 사명이. 궁극적으로 윤해는 거기에 속하고 싶었다. 소라울이나 술름이 아니라.

봄에 또 한 번 큰 눈이 내렸다. 거문담 일대에서도 보기 드문 일이라 했다. 좌향의 기병은 아랑곳하지 않고 거문담을 향해 진격했다. 초원의 정예 기병 3만 5천을 규합한 대병이었다. 술름군도 거의 3만에 이르렀다. 대부분이 마목인인 기병이어서 위요제의 좌향 연맹에도 밀리지 않는 전력이었다.

게다가 술름군에는 마법사가 있었다. 위요제는 술름군의 배치에 관한 척후대의 보고를 듣고 혀를 찼다.

"죽을 고비를 넘기고 나서도 여전히 과시하는 걸 좋아하는구나."

일선으로 직접 나가 멀리서 살펴보니 과연 척후가 말한 그대로였다. 좌군과 우군이 양옆을 지키는 가운데, 술름군 중군이 있어야 할 자리가 텅 비어 있었다. 아무것도 없는 건 아니었고, 딱 한 사람이 말에 탄 채로 북쪽을 바라보고 있었다. 영윤해였다.

"어떻게 할까요?"

참모들이 물었다. 바람의 방향이 남풍이었다. 멀리서 화살로 저격하기에는 사정거리가 짧아 불리할 것 같았다. 술름의 좌우군이 둘러싸 반격할 수 있으니. 위요제는 술름의 좌군과 우군의 위치를 살폈다. 애매하게 먼 거리에 자리 잡고 있었다. 영윤해를 치러 병력을 보내면 제때 원군을 보낼 수도 있고 그러지 못할 수도 있는 어중간한 위치였다.

'중앙 쪽에 제일 빠른 말을 준비해두기는 했겠지. 무슨 일이 생기면 양쪽에서 얼른 달려갈 수 있게.'

소수의 정예병을 보내는 건 효과가 없을지도 모른다. 너무 탐나는 미끼이긴 하지만, 상대도 단순한 수에 대한 대비책은 마련해두었을 것이다.

'그렇다면 남은 건?'

위요제는 중군의 수장들을 가까이 불러 모았다. 별동대로 안 된다면 주력을 밀어 넣으면 될 일이었다.

'저 요망한 아이만 잡으면 다 끝날 일이야. 무슨 재주를 부리려는지 모르겠지만, 그 전에 끝내면 돼.'

위요제가 휘하의 부족장들에게 말했다. 대제사장의 단호하고 날카로운 목소리였다.

"길게 끌 것 없이 여기서 끝내. 중군이 다 달려들어서 저 아이의 목을 베. 지금 당장."

칸의 명에 따라 2만 5천 기병이 말에 올랐다. 그런 다음 곧장 긴 창을 옆구리에 끼고 눈보라를 가르며 맹렬하게 질주했다. 꽉 짜인 대열은 아니었지만, 자유롭게 흩어진 형태에서 결연함이 엿보이는 돌격이었다. 목표는 물론 영윤해였다. 갑옷이나 마갑도 없이 덩그러니 대열 중앙을 지키고 선, 무모하기 짝이 없는 경작인 왕족.

 그런데도 술름의 좌우군은 중앙으로 원군을 보내지 않았다. 의아한 일이었지만, 좌향의 기병은 속도를 늦추지 않았다. 그게 뭐가 됐든 그 일이 일어나기 전에 먼저 저자의 목을 베라는 칸의 엄명 때문이었다. 칸의 말은 아마 정답일 것이다. 지금껏 늘 그래왔듯, 완벽하지는 않아도 가장 낫기는 한 방법일 터였다. 돌이켜보면 항상 그랬다. 그러니 당장의 직관에 어긋나더라도 일단 실행부터 하고 보는 게 최선이었다.

 그런데 그때, 영윤해의 머리 위로 커다란 것이 날아오르는 모습이 보였다. 날개를 활짝 편 새의 형상이었다. 날개 끝에서 끝까지의 길이가, 술름군 대열 한가운데 중군이 차지했어야 할 너비만큼 길었다.

 거대한 새가 태양을 가렸다. 그러자 질주하는 좌향군의 대열을 그림자가 먼저 뒤덮었다. 아래에서 올려다본 새의 배는 새로 내린 눈처럼 하얀색이었다. 마목인의 눈으로 자세히 들여다보니 눈처럼 하얀 게 아니라 눈 그 자체였다. 그러니까 그건 눈으로 된 새였다. 단색이라 깃털 색으로 종류를 알 수는 없지만, 몸통이 둥글고 목이 거의 없으며 날개 또한 짤막한 귀여운 형상은 분명 박새나 뱁새를 모사한 듯했다.

새는 날개도 한번 펄럭이지 않고 질주하는 좌향군 너머로 날아가는 듯했다. 그런데 자세히 보니 그것도 아니었다. 새는 앞으로 날아가는 게 아니었다. 새가 날아가는 궤적은 아무리 봐도 그냥 추락하는 것으로밖에 보이지 않았다.

정말로 그렇다는 걸 깨닫기까지는 긴 시간이 필요하지 않았다. 달리는 말이 열여섯 걸음쯤 디딜 시간이면 충분했다. 좌향의 정예 중군은 모두 긴 창을 옆구리에 낀 채 하늘 위를 올려다보았다. 조금 뒤에 일어날 일은 예언자가 아니어도 알 수 있었다. 새의 형상을 한 거대한 눈 뭉치가 전력 질주하는 기병 대열 한가운데에 퍽 하고 내려앉는 결말.

선두에서 달리던 족장들이 황급히 제자리에 멈춰 섰다. 그러자 뒤따르던 대병이 줄줄이 속도를 늦췄다. 멈춰 선 자들은 하늘을 올려다보며 슬금슬금 뒤로 물러났다. 뒤따르던 기병이 좌우로 넓게 갈라지면서, 같은 편끼리 엉키는 불상사는 간신히 피했다. 대신 좌향군의 대열 전체가 얇고 길게 펼쳐졌다.

그 앞에 새가 쿵 하고 떨어졌다. 초원에서 가장 거대한 눈덩이가 설원 한가운데에 묵직하게 추락했다. 둔탁한 소리가 땅을 통해 전해졌다. 난데없는 일격에 초원 전체가 일시에 잠잠해졌다. 침묵이 지나가고, 이제 남은 건 얼른 상황을 파악하는 일이었다.

퍽퍽한 눈덩이는 형체를 알아볼 수 없도록 그대로 부서졌다. 새가 추락한 자리에는 눈으로 된 언덕이 새로 만들어졌다. 그게 원래 무슨 새였는지는 이제 중요하지 않았다. 지금 중요한 건, 갑자기 나타난 그 언덕이 좌향군의 전진을 완전히 차단하고 있다는 사실뿐이었다.

위요제는 황급히 퇴각 신호를 보냈다. 좌우로 넓게 갈려 있던 술름의 좌군과 우군이, 얇고 길게 펴진 좌향 중군의 가장 취약한 양측면을 향해 동시에 포위망을 뻗어오고 있었다.

'아, 이건 도대체 뭐 하자는 싸움이야?'

위요제가 속으로 탄식했다. 영윤해는 이미 칸의 예상을 뛰어넘은 존재가 되어 있었다.

좌향의 정예 기병은 황급히 말 머리를 돌렸다. 그러면서 또다시 전력으로 질주했다. 조금 전까지 향하던 방향과는 완전히 반대였다. 그들은 좌우에서 좁혀오는 3만 마군의 포위망을 빠져나가기 위해 필사적으로 도주하고 있었다.

위요제가 좌우군을 보내 엄호하게 하면서 중군이 가까스로 포위망을 벗어났지만, 위요제는 그날의 패배로 전선을 크게 뒤로 물려야 했다. 사상자가 없는 싸움이었지만 좌향인들은 확실히 패배했다고 느꼈다. 특히 중군에 있던 기병이 가장 깊이 절감했다.

그들은 알고 있었다. 영윤해를 노리고 달려가던 때의 질주와, 포위망에서 벗어나기 위해 달아나던 때의 질주가 어떻게 다른지를. 반드시 목을 베겠다는 예리한 살기가 어떻게든 살아남겠다는 다급한 독기로 바뀌는 데는 긴 시간이 필요하지도 않았다. 뱁새가 날아가다 떨어지는 시간. 영윤해에게 필요한 건 겨우 그뿐이었다.

윤해는 시야를 가로막은 눈 언덕을 등지고 남쪽으로 돌아섰다. 우뚝 솟은 거문담이 성큼 다가와 있었다. 윤해는 이제 알고 있었다. 거문담의 거대한 장벽은 적도 아니고 두려워할 대상도 아니라는 사실을. 그것은 예언자를 도와 짐승을 가두기 위해 고대인이 마련해둔 함정일 뿐이었다. 진짜 위협은 거문담 아래에 있었다. 장벽 한가운데 아무것도 없는 넓은 공터에.

윤해는 거문담 맨 아래로 시선을 옮겼다. 1021년. 인간이 충분히 어리석어지는 시간. 그런 길고 까다로운 주기로 두 세계를 연결해 세상을 파괴할 검은 짐승을 뱉어내는 사악한 문. 윤해의 적이 거기에 있었다.

윤해는 생각했다. 자기가 거문담을 바라보듯, 거문담 또한 자기를 내려다보고 있을 거라고. 전승이 끊어진 시대의 예언자, 재앙을 상대할 운명을 지닌 자 중 가장 준비가 늦고 가장 취약한 고리. 그게 바로 영윤해였다.

춘분이 지나고 삼 일째 되는 날이었다. 파멸의 신전은 이제 기병과 마법사의 영역 안에 들어와 있었다.

9

 파멸의 신전이 열리기 직전에 끔찍한 절규가 온 세상으로 퍼져 나갔다. 거문담 근처에서 제일 크게 들리기는 했지만, 파멸의 신전 너머에서 나는 소리는 아니었다. 그것은 세상이 내지르는 고통스러운 비명이었다.

 윤해는 곧장 깨달았다. 파멸의 신전은 세상과 세상을 무심하게 연결하는 문이 아니었다. 그것은 안전하게 닫혀 있는 세상의 표면을 송곳으로 후벼 파 상처를 낸 다음, 피가 철철 나는 구멍을 끌어다가 다른 세상에 난 또 다른 구멍에 억지로 잇대놓은 통로였다.

 그칠 줄 모르는 날카로운 절규에 윤해는 그만 기가 꺾이고 말았다. 세상 마지막 날에 죽음을 맞이하는 건 그 위에서 살아가는 사람만이 아니다. 세상 자체도 바로 그날 죽는다. 한 번도 떠올린 적 없는 거대한 죽음. 윤해는 그 당혹스러운 진실을 처음으로 마주했다.

예언자의 역할이 이렇게나 컸던가. 내가 실패하면 정말 세상도 끝나는 걸까? 나는 충분히 준비된 게 맞나? 시간이 오래 걸리는 일은 아니라고 마로하가 여러 번 말했지만, 도대체 뭘 어떻게 깨달아야 세상이 겪는 저 어마어마한 고통을 해소할 수 있단 말인가? 그보다 정말로 그런 일이 가능하기는 한 걸까? 그건 그냥 응원이 아닐까? 결과는 이미 정해져 있지만, 그래도 마지막까지 포기하지 말라는 격려.

세상이 내지르는 고통스러운 비명은 초원의 모든 오름과, 경작인의 모든 고리와 마리, 그리고 초원 길에 늘어선 모든 차리에 전부 똑같이 가 닿았다. 또한 그 소리를 들은 자는 누구든 같은 것을 떠올릴 수밖에 없었다. 그날이 바로 세상의 마지막 날이라는 절망적인 자각. 몇 달 뒤도 아니고 며칠 뒤도 아닌, 당장 그날이 끝이라는 사실.

세상은 금방 혼란에 빠졌다. 아직 해가 중천에 뜬 시각이었지만, 자다 깨어 혼비백산하듯 모두가 우왕좌왕했다. 집에 있던 자는 밖으로 나가고, 밖에 있던 자는 집을 향해 달렸다. 두 가지 모두 정답이 아니었다. 아예 세상 밖으로 달아날 수 없다면.

혼란스럽기는 소라울의 조정도 마찬가지였다. 관직이 있

는 자는 궐 밖으로 달아나고 관직이 없는 자는 궐문 앞으로 달려갔다. 정사를 내팽개쳤던 주상은 대신들을 찾아댔다. 집으로 간 대신들은 값나가는 물건을 챙겨 지방의 근거지로 달아날 궁리를 했다. 영위는 결국 텅 빈 조정에서 내관들과 함께 허둥거렸다. 오로지 서운관감 은난조가 궁에 머물며 1021년 주기와 거문담에 관한 보고를 준비했지만, 왕은 끝내 하문하지 않았다.

그런 사정은 술름에서도 다를 게 없었다. 거문담 북쪽에서 며칠째 대치 중인 술름군과 좌향군 또한 마찬가지였다. 초원에서 가장 용맹한 정예 기병 수만 명 중 전의를 잃지 않은 자는 얼마 되지 않았다. 거기에 모인 대부분은 달아나고 싶은 마음뿐이었다. 그들이 탄 말들도 마찬가지였다. 어제까지만 해도 세상에서 가장 중요했던 전쟁은, 세상이 질러대는 절규 앞에 아무 의미 없는 일이 되어버렸다.

그 와중에도 흔들리지 않고 대열을 유지하는 건 술름고리의 마군 좌기대밖에 없었다. 이제는 규모가 너무 커져서 좌기대가 아니라 좌군이라고 불러야 할 다르나킨의 기병이었다. 다르나킨은 거문담 바로 아래 정향 방향에 서서 매서운 눈으로 거문담을 노려보았다. 좌기대가 그의 뒤에서 거문담을 포위하듯 에워싸고 있었다. 정향 쪽에는 거문담 성벽의 갈라진 틈새가 있었는데, 그 틈으로 보면 거문담에서 일어나는 변화를 맨 먼저 알아볼 수 있었다. 술름고리 좌군은 그 일이 일어나기를 기다리고 있었다. 전장에 모인 모두가 무기를 팽개치고 달아난다 해도 그들만은 그 자리를 지키고 있을 것이다.

윤해는 그런 다르나킨을 보며 꺾였던 용기를 다시 일깨웠다. 윤해는 다르나킨의 좌군 바로 뒤에서, 마찬가지로 거문담의 틈새를 응시했다. 윤해는 정신을 바짝 차렸다. 지금 벌써 기세가 꺾여서는 안 됐다. 윤해가 기다리는 건 예언자의 운명이었다. 멸족하고 소멸할 부원대군 여식의 맥 빠진 결말이 아니라, 꼭 필요한 날 꼭 필요한 장소에서 재앙에 맞서 싸울 결연한 전사의 사명이었다.

세상이 내지르는 고통스러운 비명이 한층 더 날카로워졌다. 이제 그 일이 일어나려는 모양이었다. 두 세계 사이를 억지로 이어 붙인 파멸의 신전이 저쪽 세계에서 데려온 거대한 괴물을 이쪽 세계에 풀어놓는 일.

윤해는 고삐를 움켜쥐었고, 다르나킨은 전통에서 화살 하나를 뽑아냈다. 틈을 통해 보이는 거문담 아래쪽에 무언가 시커먼 것이 꿈틀거리는 게 보였다. 윤해가 꿈에서 본 괴물, 그리고 좌향 어느 오름의 버려진 비석에 옛날이야기처럼 새겨져 있던 검은 짐승.

눈이 보였다. 긴 팔을 뻗어, 열린 문을 찢어버릴 듯 양쪽으로 밀어내며 땅 위로 기어 나온 다른 세계의 파괴자. 괴물 또한 틈새를 통해 밖을 내다보았다. 입구 아닌 입구를 지키고 선 다르나킨과, 그 뒤에 자리 잡은 영윤해의 얼굴을.

'오늘은 네가 예언자구나. 그런데 나를 사냥할 자들은 이게 다인가?'

파괴자의 생각이 윤해에게 전해졌다. 머릿속에 직접 울리는 낮고 무거운 음성이었다. 짐승이 또 생각으로 덧붙였다.

'그렇다면 이 세계의 수명은 여기까지겠군. 드디어.'

거문담 꼭대기에 짐승의 손이, 혹은 앞발이, 그것도 아니면 정확히 뭐라 부를지 알 수 없는 무언가가 올라왔다. 검은 짐승은 사실 검지 않았다. 괴물의 표면에는 색채가 없었다. 또한 형태의 윤곽도 분명히 알아보기가 어려웠다.

그건 검정이 아니라 암흑이었다. 자기 세계에서 짐승이 무슨 색으로 보일지는 알 수 없었다. 그게 뭐가 됐든 그 색은 윤해의 눈 안에 들어 있지 않았다. 다르나킨의 눈에도 마찬가지였다. 그래서 괴물의 색깔은 감지되지 않고 자꾸 다른 감각으로 미끄러졌다. 미끄러지고 미끄러지다 마침내 인간의 인지가 도달할 수 없는 영역으로 숨어들었다. 그곳은 어둠이었고 암흑이었다. 언뜻 검게 보이는 색깔이지만, 한밤중에 본 말이 갈색인지 검정인지 확신할 수 없듯, 이 세상에 존재하는 색의 관념으로는 짐승의 색깔을 알아볼 수 없었다. 그래서 아예 못 본 것이 되었다. 어두워서 못 봤다고 말할 때와 똑같이, 볼 수 없기에 암흑색이 되었다. 그러므로 그것은 색깔이 아니었다. 오히려 색채의 부재였다.

알아볼 수 없기는 형체도 마찬가지였다. 성벽 꼭대기에 올라온 손 같은 것을 보고도 그게 정확히 어떻게 생겼는지 알 수가 없었다. 윤해에게만 그런 게 아니었다. 다르나킨이나 다른 마목인 모두에게도 다 마찬가지였다. 손인지, 발인지, 주먹인지, 쫙 편 손인지. 바로 그것이 짐승의 본질이었다. 다른 세상에서 온 파괴자. 이 세상에 속하지 않아서 보고 있어도 알아볼 수 없을 만큼 이질적인 존재. 그래서 파괴적일 수밖에 없는 만남.

거문담 틈새로 괴물의 눈을 알아볼 수 있었던 건, 반대로 말하면 괴물이 그 눈을 통해 이쪽 세상을 똑바로 볼 수 있다는 뜻이기도 했다. 파멸의 신전을 반쯤 기어 나와 갈라진 틈으로 밖을 내다보는 짐승의 커다란 눈. 생각이 거기에 이르자 등골이 오싹했다.

윤해는 지체 없이 거문담 성벽 위에 불덩이를 불러냈다. 모든 방향으로 불타는 작은 태양 같은 불이었다. 아직 한낮인 거문담 위에는 해가 두 개 뜬 것 같은 광경이 펼쳐졌다. 허공에서 튀어나온 불덩이는 윤해가 언젠가 꿈에서 본 것처럼 거문담 안쪽으로 떨어졌다. 성벽 안에 집어넣으면 맞춘 듯 쏙 들어가는 거대한 불덩이. 검은 짐승도 불덩이만큼이나 거대했다. 애초에 거문담은 파괴자를 가두기 위한 함정이었다. 정확히 말하면 파멸의 신전을 가두기 위한 함정이었다. 그러니 거문담의 크기가 곧 파멸의 신전의 크기였다. 문을 통해 나온 괴물이 힘들여 비집고 나와야 할 만큼 문에 꽉 차는 크기였다.

불덩이가 거문담 안으로 떨어지자 안쪽에서 괴성이 울려 퍼졌다. 괴물이 내는 포효였다. 불길이 짐승을 덮칠 때, 다르나킨이 혼자 말을 달려 거문담 입구로 바싹 다가갔다. 윤해는 좌기대대감의 그 당돌한 기백에 새삼 마음이 놓였다. 맹수를 향해 달려드는 말벌 같은 기세였다.

안을 들여다본 다르나킨은 뒤쪽으로 돌아보며 손짓을 했다. 효과가 없다는 신호였다. 돌아선 다르나킨의 등 뒤로, 갈라진 틈새에 바싹 달라붙은 짐승의 커다란 눈이 보였다. 불꽃이 함정 안을 가득 채우고 있어서 독기 오른 괴물의 눈빛이 한층 선득해 보였다. 시선을 느낀 다르나킨이 말을 돌려 눈을 마주하고 섰다. 그러고는 손에 든 화살을 재빨리 활에 재어 자기를 노려보는 눈을 향해 쏘아 올렸다. 다시 짐승이 울부짖었다. 색깔이나 형태와 마찬가지로, 형언하기 어려운 기묘한 소리였다.

그와 동시에 파괴자가 거문담 성벽을 쿵쿵 때리는 소리가 들렸다. 갈라진 틈 사이로 이따금 무언가가 튀어나왔다. 이 세상 짐승이라면 발톱이 튀어나왔다고 묘사했겠지만, 그게 뭔지 정확히 알아볼 수 있는 자는 아무도 없었다. 그것은 단지 암흑색 선으로 그린 윤곽으로만 보일 뿐이었다. 먹을 갈아 붓에 찍어 종이 위에 그은 획이 아니라, 마른 먹을 그대로 종이에 그은 듯 거칠고 메마른 획이었다.

다르나킨은 침착하게 거문담에서 물러났다. 짐승이 벽을 치는 소리가 요란하게 울렸다. 그 소리는 공기를 타고 초원으로 퍼져 나갔다. 돌로 만든 종을 치듯 둔탁한 울림이었다. 성문을 두드리는 충차의 충격음처럼 듣는 이의 마음을 한껏 졸아들게 하는 소리였다. 또한 그 소리는 땅으로도 퍼져 나갔다. 육중한 쇠구슬이 연달아 대지 위에 퉁퉁 떨어지듯, 기괴한 상상을 불러일으키는 소리였다. 문을 두드리는 소리. 세상의 마지막 날을 위해 칼춤을 출 저승의 망나니가 들어가겠다고 대문을 쾅쾅 때리는 소리.

그로써 초원에 모인 자들은 거문담 안에서 무슨 일이 일어나고 있는지 알게 되었다. 정향이 아닌 곳에서는 성벽 안쪽이 전혀 보이지 않지만, 그 안에 무언가 거대하고 무시무시한 것이 갇혀 있다는 사실만은 모두가 알 수 있었다. 드문드문 꼭대기 위에 걸쳐지는 검은 손이 그 믿음에 확신을 더해주었다.

좌향의 칸 위요제는 얼어 있는 병사들을 독려했다. 그들이 움직이지 않자 맨 앞에서 말을 몰아 거문담 쪽으로 향했다. 그러자 족장들이 먼저 그 뒤를 따랐다. 좌향 기병 전체가 그 뒤를 따르기까지는 그리 오랜 시간이 걸리지 않았다.

위요제는 누구보다 빨리 상황을 파악했다. 비석에 새겨진 이야기. 검은 짐승이 저 안에 갇혀 있었다. "밤하늘의 문이 땅에서 열려 검고 사특한 짐승이 튀어나왔다." 위요제는 그 밤하늘의 문이 영윤해일 거라 짐작했다. 초원이 지목한 것을 믿은 것이었다. 그런데 지금 눈앞에서 벌어진 일은 초원의 예언이 틀렸다는 사실을 보여주고 있었다. 영윤해는 그 문이 아니었다. '땅에서 열리는 밤하늘의 문'은 비석에서 말한 대로 땅에서 열렸다. 여기서 '밤하늘'이란 우주를 가리키는 표현일 터이므로, 고쳐 말하면 우주를 건너온 괴물이 지금 거문담 성벽 안에 갇혀 있는 셈이었다.

그 무시무시한 광경을 보고도, 눈 하나 깜짝하지 않고 마주 선 군대. 좌향의 칸은 술름의 기병 좌군의 기세에 시선을 빼앗겼다. 그러면서 깨달았다. 자신이 좌향 마목인을 이끌고 온 것은 바로 지금 다르나킨이 하는 것과 똑같은 일을 하기 위해서였다. 영윤해를 없애기 위해서가 아니라, 세상을 파괴할 괴물을 상대하기 위해서. 애초에 위요제에게도 영윤해의 목숨은 마지막 목표가 아니었다. 그건 목표를 이루는 지름길 같은 것이었다. 통로를 부수면 괴물이 나타날 일도 없으니까. 그런데 이제 그렇지도 않다는 게 밝혀졌다. 영윤해의 숨통을 끊는 건 괴물을 막는 데 아무 도움도 되지 않는다. 어쩌면 그건 저 사특한 짐승의 음모였을지도 모른다. 초원의 풀을 동원해 자기를 막아설 자를 오히려 악으로 지목하는 뻔뻔한 손가락질. 위요제는 초원에 대해 배신감을 느꼈다. 작고 평범하지만 그래서 가장 위대한 신이라 믿었던 초원의 풀에도.

그와 좌향의 전사들이 서야 할 곳은 분명했다. 위요제는 말을 달려 술름군 진영 쪽에 다가섰다. 술름군이 긴장했지만, 그들은 전날까지도 적대하던 좌향군의 접근을 막지 않았다. 처음부터 그럴 심산이었으므로. 며칠 전 영윤해가 얼음새를 띄워 좌향군의 진격을 저지한 것도 다 그런 의도였을 터였다. 병력 손실 없는 승리와 패배. 병력을 온전히 보존한 채로 초원에서 함께 때를 기다려주기를, 그러다 정말로 그때가 오면 직접 보고 결정하기를 바라고 한 일.

'말로 할 것이지.'

그러나 말로 해서는 믿지 않았을 것이다. 위요제 자신도 알고 있었다. 요망한 경작인 성주의 말을 듣느니 무고한 초원의 풀을 믿었을 테니.

위요제의 기병은 다르나킨의 좌군 북쪽에 진을 쳤다. 거문담을 둘러싼 포위망의 북쪽 면이 그로써 한층 견고해졌다. 그 모습을 보고, 전의를 상실한 채 어리둥절해 있던 기병 전부가 무기를 들고 포위망에 합류했다. 이제 어느 병사가 원래 어느 편에 속해 있었는지는 상관이 없었다. 중요한 것은 세상의 편에 서서, 최후의 보루인 거문담 성벽을 요란하게 두드려대는 저 악마의 출현을 저지하는 것이었다.

그때 윤해가 거문담 상공에 화염 비를 내리는 구름을 불러냈다. 맹렬한 불꽃이 소나기처럼 거문담 안쪽으로 쏟아졌다. 성벽이 달궈지고 연기가 피어올랐다. 무언가가 타는 냄새가 바람에 실렸다. 위요제는 말 위에 앉아 있는 윤해를 바라보았다. 그러면서 생각했다.

'다행이야. 이런 때에 저 아이가 여기에 있어주어서.'

마음이 바뀌는 데는 정말로 긴 시간이 필요하지 않았다. 아무도 입 밖에 내지 않았지만, 그와 똑같은 마음이 삽시간에 초원 전체로 퍼져나갔다. 이제 윤해는 초원에 모인 사람 모두의 예언자였다.

그러나 괴물은 무기력하지 않았다. 직접 상대하는 윤해가 제일 잘 알았다. 십중팔구 그날은 세상의 마지막 날이 되리라는 것을.

윤해가 좌군 정면에 거대한 방패를 불러냈다. 방패가 시야를 가리자 술름의 좌군은 어리둥절해졌다.

"숙여!"

다르나킨이 외쳤다. 그 순간 거문담의 갈라진 틈새로 괴물이 뿜어낸 불꽃이 튀어나왔다. 좌향의 버려진 비석에 언급된 검은 불꽃이었다. 불꽃이 검은 것은 그 또한 이 세상에 속한 것이 아닌 탓이었다. 그래서 그 불꽃은 이 세상의 불보다 훨씬 해로웠다. 태울 것이 없어도 꺼지지 않고, 그저 살짝 닿기만 해도 이쪽 세상의 모든 것에 치명적인 손상을 입혔다.

그 불꽃은 일렁이는 모습조차 암흑이었다. 어둡지 않은 이쪽 세상의 윤곽으로 형태와 경계를 간신히 짐작할 뿐, 불 자체는 보이지도 않았다. 또한 형태를 이루는 윤곽선조차 깔끔하게 그어지는 것이 아니었다. 모호하게 일렁이는 죽음의 불.

그 불을 바라보며 윤해는 생각했다. 서로 다른 두 개의 세계란, 닿기만 해도 서로에게 파멸이 되고 만다. 그래서 옛날 예언자들은 세상 사이를 잇는 문에 파멸의 신전이라는 이름을 붙인 게 아닐까? 그러면서 윤해는 절감했다.

'내가 불러내는 선명한 불로는 저 짐승을 당해낼 수가 없어.'

검은 불꽃이 잠시 잦아들자 다르나킨이 기병 셋을 데리고 방패 앞쪽으로 달려 나가, 각기 다른 독을 묻힌 화살 여섯 개씩을 성벽 틈새로 날려 보낸 다음 원래 자리로 돌아왔다. 그러자 다시 검은 불꽃이 뿜어져 나왔다.

윤해는 그 모습을 보고 새삼 용기를 얻었다. 기병은 꺾이지 않고 있었다. 거문담의 파괴자는 기병으로 대적할 수 있는 상대가 아니었지만, 그래도 다르나킨은 아랑곳하지 않고 자기가 할 수 있는 일을 부지런히 해냈다.

'그래, 저거면 돼. 내가 할 수 있는 걸 끝까지 성의껏 해내면 돼.'

그때 거문담 성벽 위에 촉수인지 팔인지 알 수 없는 것이 대여섯 개나 뻗어 나왔다. 괴물이 성벽 위로 기어오르려는 것이었다. 윤해는 화염 구름 위로 거대한 바위를 불러냈다. 그 바위가 아래로 떨어지며 화염 구름을 흩어버렸다. 그런 다음 뚜껑처럼 거문담 위에 내려앉았다.

성벽은 꽤 오래 괴물을 가두고 있었다. 그러나 윤해는 성벽만으로는 괴물을 영원히 가둬둘 수 없다는 사실을 알았다. 정향 방향에 난 틈새가 증거였다. 지진이 일어나지 않는 오래된 대지의 한가운데에 세워진 성벽에는 그만한 균열이 생길 이유가 없었다. 그런 게 생겨날 만큼 강력한 재난이라면 저 괴물 말고는 아무것도 없을 것이다. 그러니까 그 균열은 1021년 전의 괴물이 거문담에 낸 상처가 분명했다. 어쩌면

2042년 전에 내놓은 작은 상처를, 1021년 전에 나타난 괴물이 조금 더 벌려놓은 것인지도 모른다. 중요한 것은 거문담만으로는 괴물을 오래 가둬둘 수 없다는 사실이었다. 너무 늦기 전에 괴물을 공격해 파멸의 신전으로 돌려보내지 않으면.

하지만 윤해는 알고 있었다. 지금은 거문담이 자기보다 훨씬 강하다는 사실을.

거문담을 덮은 바위가 둘로 쪼개졌다. 성벽을 부수는 데는 애를 먹었던 괴물이 윤해가 만든 바위는 가볍게 쪼갰다. 윤해는 거문담에 아직 뚜껑이 덮여 있을 때 불러낸 먹구름에서 끝이 뾰족한 고드름을 뽑아냈다. 거문담의 높이보다 두 배나 긴 얼음 송곳이 하늘에서 아래로 떨어졌다. 거문담 한가운데, 함정에 고정된 괴물을 향해서였다.

그사이 괴물은 예닐곱 개나 되는 팔을 뻗어 거문담 위쪽으로 기어올라왔다. 암흑색이라 형태를 알아볼 수 없었지만 아마도 머리와 어깨가 있을 법한 곳. 얼음으로 된 커다란 송곳이 바로 그 머리 위에 정확히 꽂혔다. 추락하는 힘을 제대로 받도록 뾰족한 끝이 똑바로 아래를 향한 채였다.

그러나 송곳은 아무것도 관통하지 못했다. 대신 수많은 조각으로 잘게 부서졌다. 튀어 나간 파편은 그것만으로도 중량감이 상당했다. 거문담 주변에 파편이 떨어지면서 둔중한 충격음이 초원 여기저기를 울렸다. 그런데도 괴물은 아무 상처도 입지 않았다.

　윤해가 다시 먹구름 속에서 무언가를 불러냈다. 이번에는 벼락이었다. 어둑해진 하늘에 수십 개의 금을 긋듯 구름 위에서 지면까지, 아니, 지면에서 제일 높이 솟은 건물 위까지 한 번에 내리꽂히는 찬란한 불빛. 번개가 다시 파괴자의 머리 위를 관통했다. 성벽을 기어오르던 괴물의 움직임이 멈췄다. 그러나 그뿐이었다. 파괴자가 다시 팔을 뻗어 거문담 장벽을 기어올랐다. 무언가 시커멓고 거대한 것이, 알아볼 수 없는 어둑어둑한 형체가 거문담 위로 밀려 올라왔다.

　꼭대기에 올라선 파괴자는 불규칙한 간격으로 박힌 여섯 개의 눈을 이리저리 굴렸다. 이윽고 여섯 개의 눈동자가 한 곳을 향했다. 윤해가 있는 곳이었다.

　울부짖는 괴물의 포효가 세상의 절규를 덮어버렸다. 끔찍한 괴성이 모두의 청각을 찢어발겼다. 사람도 말도, 귀를 파고드는 절망에 넋을 잃을 지경이었다. 포효가 잦아들자, 괴물은 거대한 몸체를 꿈틀거려 알을 낳듯 무언가를 몸속에서 끄집어냈다. 윤해가 꿈에서 보고, 좌향의 비석에도 새겨져 있던 것. 날개였다. 거문담 성벽의 세 배는 되어 보이는 시커먼 날개가 좌우에 하나씩 몸 밖으로 튀어나왔다. 갑자기 밤이 내려앉은 듯, 짙은 어둠이 초원에 드리웠다. 날개가 펼쳐지며 일어난 강풍에 윤해의 몸이 안장 위에서 크게 휘청였다.

'저게 펼쳐지면 안 돼! 그럼 정말 끝장이야! 어떻게든 여기에 가둬놓고 물리쳐야 해!'

다급해진 윤해의 눈앞으로 곰개가 튀어 나갔다. 종마금의 머리를 집어삼킬 때보다 열 배는 커 보이는 덩치였다. 커다란 곰개는 다르나킨의 머리 위로 훌쩍 뛰어올라, 날카로운 발톱으로 거문담의 성벽을 할퀴며 검은 짐승의 날개를 향해 수직으로 내달렸다. 그 사나운 턱으로 짐승의 날개를 물어 찢으려는 찰나, 짐승의 몸체에서 다섯 개인지 여섯 개인지 분간할 수 없는 팔이 뻗어 나왔다. 길고 검은 팔이 곰개의 입을 움켜쥐더니 순식간에 턱뼈를 부러뜨렸다. 맥없이 추락한 곰개의 몸이 묵직한 소리를 내며 맨땅에 던져졌다. 윤해가 던진 마지막 수는 아무런 성과 없이 좌절되고 말았다.

윤해는 소리 없이 탄식했다. 마침내 괴물이 날개를 퍼덕였고, 땅 위에는 폭풍 같은 바람이 일어났다. 그렇게 그 시커먼 것이 거문담 꼭대기를 빠져나갔다. 이제 짐승은 함정 안에 갇혀 있지 않았다. 지금부터 괴물은 어디로든 갈 수 있었다. 예정된 세상의 종말은, 다른 세상에서 온 파괴자는, 바야흐로 모든 곳으로 퍼져 나갈 채비를 마쳤다.

다르나킨은 마른침을 삼켰다. 초원에 모인 모두가 고개를 들어 그 광경을 바라보았다. 몇 번의 날갯짓만으로 거문담을 훌쩍 벗어난 파괴자가 허공에 가만히 멈춰 섰다. 짐승의 맨 위쪽, 여섯 개의 눈이 달린 머리가 있는 곳에서부터, 알아볼 수 있는 금 하나가 그어졌다. 가느다란 빛줄기처럼 보이는 그 금은 이마에서 시작해 아래쪽을 향해 쭉 이어졌다. 그러면서 금을 따라 짐승의 몸이 갈라졌다. 등은 그대로 붙은 채 앞면만 반으로 쪼개졌다. 그러자 짐승의 몸 안에 든 것이 다 보였다. 모두를 경악하게 한 그것은 이쪽 세계의 생명체도 알아볼 수 있는 것이었다. 바로 시퍼렇게 불타는 뜨거운 화염이었다.

짐승의 몸속은 비어 있는 듯했다. 지옥 불 같은 화염으로 가득 차 있을 뿐. 다른 세계에서 온 괴물이 스스로 자기 몸의 안팎을 뒤집었다. 인형 앞쪽을 가위로 갈라 안팎을 완전히 뒤집듯, 안은 비고 바깥에는 안감이 보이도록. 뒤집힌 괴물의 몸 바깥에는 솜 조각 대신 푸른 화염이 이글거리고 있었다.

윤해가 소환했던 작은 태양과는 비교할 수 없을 만큼 뜨거운 열기에 초원 여기저기에서 불길이 일어났다. 그리고 다음 순간, 괴물의 표면이 폭발을 일으켰다. 떠오르던 태양이 공중에서 폭발하듯 뜨거운 화염이 모든 방향으로 퍼져 나갔다. 윤해가 아는 세상 전부를 윤해가 이해할 수 있는 방식으로 불살라버릴 맹렬한 불꽃. 그것은 완전한 절망이고 파멸이었다.

 윤해가 할 수 있는 일은 머리 위에 넓은 지붕을 펼쳐 초원의 말과 전사들이 모조리 타 죽지 않게 하는 것뿐이었다. 꿈에서 깨어나면 맨 먼저 시야를 가득 채웠던, 술름고리 객사 지붕을 쏙 빼닮은 구조물이었다.
 높게 솟은 커다란 지붕이 먼저 불에 타는 사이 초원에 모인 병사들은 가까스로 목숨을 구했다. 곧 지붕이 무너졌지만, 그 아래에 있던 기병 대부분은 불타는 지붕에 파묻히기 전에 안전한 곳으로 몸을 피할 수 있었다. 물론 그들이 빠져나온 곳은 까맣게 타버린 불지옥이었다.
 하늘을 뒤덮은 거대한 암흑은 그새 어디론가 사라진 듯했다. 분명 그것은 세상의 다른 부분을 불태우러 갔을 것이다. 한 쌍의 커다란 날개를 퍼덕여 눈 깜짝할 사이에 세상 구석구석으로.
 "막지 못했어요."
 윤해가 주위를 돌아보며 말했다. 손쓸 수 없는 패배감에 입술이 파르르 떨렸다. 세상이 내지르는 비명이 한층 날카롭게 들렸다. 가까이에 다가와 있던 다르나킨은 아무 말도 하지 않았다. 말이 필요 없는 세상의 종말이었다.
 다르나킨은 윤해가 춘분 열흘 이후는 있지도 않을 것처럼 굴었던 이유를 알 것 같았다. 이제 보니 그게 맞았다. 그런 날은 없었다. 세상 밖으로 튀어나온 괴물과 싸우며 공존하는 내일 따위는. 윤해는 괴물의 어마어마한 힘을 이미 알고 있었던 모양이었다.

그러나 윤해는 생각했다. 어마어마한 줄은 알았지만 저렇게 손도 못 댈 정도일 줄은 미처 몰랐다고. 그만큼 압도적일 줄을 미리 알았다면 시도조차 하지 않았을 텐데. 아비를 희생해가며 세상이 발칵 뒤집힐 싸움을 연거푸 일으킨 일이 이토록 허망하게 느껴질 줄은 몰랐다.

까맣게 타버린 초원 위에서 모두가 망연자실 윤해를 바라보았다. 무릇 예언자라면 모두의 시선을 끌어모아 다른 곳을 바라보도록 이끌어야 했지만, 이제는 윤해 자신도 다음은 어디를 바라봐야 할지, 할 수 있는 일이 남아 있기는 한 건지, 가늠조차 할 수 없었다. 뚫어지게 보는 시선이 너무 따가워, 스스로 아무리 단단해져도 결국에는 구멍이 날 것 같았다.

마로하라면 뭐라고 말했을까? 다르나킨처럼 침묵할까? 아니면 할 만큼 했다고 위로할까?

마로하의 위로를 떠올렸다. 1021년 주기의 고약한 속성 때문에 어딘가에서는 약한 고리가 생길 수밖에 없다. 그런데 그 나약함은 예언자가 아니라 문명의 어리석음에서 비롯된다. 그 어려운 시기를 감당하기로 한 건 민폐가 아니라 용기이며 희생이다.

"손이 많이 가는 시기지. 그래도 네가 약하다는 건 아니야. 그 시대가 약한 거지 너는 아니야. 전승이 끊겼는데도 스스로 깨어났잖아. 있어야 할 자리에 정확히 가 있고."

마로하의 말을 곱씹었지만, 거기에서도 위안을 얻지는 못했다. 위안 따위를 어디에 쓴단 말인가. 세상이 다 부서지는 마당에.

윤해는 아직 편안해지고 싶지 않았다. 할 수 있는 게 있다면 뭐라도 하고 싶었다. 마지막 순간까지 성의껏. 윤해는 아직 꺾이고 싶지 않았다. 그건 초원에 와서 배운 것이었다. 술름고리 방어군을 패배에서 구한 좌기대의 활약을 장계에서 읽은 날부터. 그런데도 할 수 있는 게 없었다. 땅 위에는 아무것도 남지 않았고, 파괴자는 어디론가 날아가버렸다. 마법은 통하지 않았고, 세상은 차례차례 불타고 있을 것이다.

마로하처럼 저주를 새길 수 있는 예언자라면 어땠을까? 누군가를 안전하게 구해내지는 못했어도 파괴자에게 저주를 걸어 날아간 곳 어딘가에서 서서히 썩어가게 만들 수는 있었을 것이다. 어느 날 풀이 돋고 세상의 절규가 사라지면, 새로 생긴 초원을 방랑하던 모험가가 땅에 처박혀 죽은 짐승의 시신을 발견하게 되겠지. 그렇게 가까스로 넘기는 수도 있었을 것이다.

아니면 지금도 꼿꼿이 서 있는 거문담 성벽처럼 절대 무너지지 않는 장벽을 만드는 재주라도 있었다면. 눈 좋은 마목인들이 말했다. 거문담의 안쪽 면은 발을 디디거나 줄을 걸 틈 하나 없이 매끈한데, 바깥쪽에는 무언가를 걸었던 흔적이 많다고. 성벽 바깥쪽에는 흙이나 나무로 된 계단과 사다리가 있었을 것이다. 어쩌면 처음에는 바깥면 전체가 완만한 경사면으로 지어졌을지도 모른다. 그 길로 병사들과 장비를 실어 올려 효과적인 싸움을 준비했을 것이다. 그래서 결국 꼼짝없이 갇힌 짐승을 문으로 돌려보냈겠지. '땅에서 열리는 밤하늘의 문', 마로하가 파멸의 신전이라 부른 그 문으로.

저마다의 방식으로 재앙을 막아냈을 텐데, 그럼 나에게 주어진 능력은 대체 뭐였을까? 인간이 가장 어리석은 시대에, 이어진 전승도 없이 스스로 깨어나 꼭 맞는 곳에 정확히 가 있는 게 도움이 되는 역할이란 과연 무엇일까? 끝없이 이어진 1021년 주기의 싸움에서 예언자가 결국 패배하는 광경을 직접 목격하는 것? 정말로 그게 장점이긴 한 걸까? 역시 그건 마로하가 위로의 말로 건넨 뜻 없는 소리는 아니었을까?

윤해는 마로하의 말 속에 자기가 미처 깨닫지 못한 진실이 있었으리라 직감했다. 마로하는 알려주고 싶었겠지만, 윤해가 깨닫기 전에는 말로 옮겨지지 않는 무언가. 결국 윤해 스스로 깨달은 뒤에야 이야기를 나눌 수 있는 비밀스러운 마법.

골똘히 생각에 잠긴 윤해를 보고 다르나킨이 물었다.

"혹시 아직 쓰지 않은 수가 남았습니까?"

윤해는 고개를 끄덕였다. 아주 살짝만. 다르나킨이 다시 말했다.

"지푸라기라도 보이면 잡는 게 좋지 않을까요?"

"그게 뭔지 몰라서요. 아직 꺼내지 않은 수가 있다는 것만 알고 그게 뭔지는 몰라요. 답을 찾아야 해요."

"알겠습니다. 하지만 그것만으로도 도움이 될 겁니다. 깃발이 서 있으면 기병은 꺾이지 않으니까요."

그 말 그대로였다. 아직 무언가가 남았다는 것을 알자, 윤해를 바라보던 병사들은 전의를 잃지 않았다. 그들은 다르나킨과 위요제의 지휘에 따라 대열을 이룬 채로 지시를 기다렸다. 그것 말고는 할 게 없었다. 뭐라도 할 수 있는 일이 남아 있다면 단단히 붙들고 놓지 않아야 했다.

윤해는 마로하가 꺼냈다가 끝을 맺지 못한 말을 떠올렸다.

"하여튼 까다로운 예언자라니까. 너는 네가 얼마나 대단한 존재인지 모르고 있어. 넌 말이야……"

그다음 말은 전해지지 않았다. 나는 뭘까? 까다롭고 손이 많이 가는 예언자. 꽤 대단한 존재이지만 왜 대단한지 전혀 깨닫지 못하는 사람. 필요한 때에 필요한 장소에 찾아가 있는 게 유일한 재주인 예언자. 얼마나 오랜지 짐작조차 할 수 없는 기나긴 대결에서 예언자들이 내놓은 가장 약한 고리.

막연하기만 한 고뇌 속에서 무언가 껄끄러운 것이 만져졌다. 예언자들이 내놓은 고리. 한 번에 하나씩밖에 존재할 수 없지만, 긴 시간에 걸쳐, 어쩌면 수십 개의 다른 세상에 걸쳐, 느슨하게 이어진 예언자들의 연결. 언젠가 윤해를 두근거리게 했던 마로하의 말이 떠올랐다.

"너도 예언자니까."

거기에서 가장 마음에 들었던 건 '예언자'가 아니라 '너도'라는 말이었다. 그건 윤해가 어딘가에 속해 있다는 뜻이었다. 다시 말하면 그건 다른 사람이 어딘가에 존재한다는 의미이기도 했다. 그제야 윤해는 생각해냈다. 마로하가 자기를 지칭한 말 중 하나. 분명 부정적인 뜻인데도 이상하게 절망적이지만은 않았던 한마디. 그것은 '약한 고리'라는 말이었다.

이 말이 부정적인 건 약하다는 표현 탓이었다. 그런데도 이 표현이 절망적이지만은 않은 건 고리라는 말에 붙어 있기 때문이었다. 고리란, 연결되어 있다는 뜻이니까.

윤해가 눈을 반짝였다. 다르나킨은 그 변화를 놓치지 않았다. 아무리 수수하게 하고 다녀도 결코 감출 수 없는 날카로운 호기심. 영윤해가 답을 찾아가고 있었다.

윤해는 마로하의 또 다른 말을 떠올렸다.

"어느 예언자도 스스로 문을 열지는 못해. 그건 파괴자들의 능력이지 우리 능력은 아니니까. 그런데 너는 그걸 할 수 있어. 오직 너만. 너는 제일 약한 고리이지만 그래도 제일 특별한 고리야."

특별한 고리. 기억을 더듬어보니 그런 말도 있었다. 다른 예언자에게는 없고 윤해에게만 있는 특별한 능력. 제일 약하지만, 그래도 어떤 일을 해낼 수 있는 유일한 고리.

'나는 문이고, 또 연결된 고리야. 그러니까 나는 그걸 할 수 있어!'

다시 깃발이 꼿꼿이 섰다. 규모로는 좌군이었지만 새로 임명해줄 사람이 없어 아직은 공식 명칭이 좌기대인 다르나킨의 마군이, 마찬가지로 공식 직함이 보기대대영솔에 머물러 있는 영윤해의 명을 받들어 재빠르게 움직였다. 그러자 나머지 술름 연합군과 위요제의 좌향군도 좌기대를 따라 정렬했다.

윤해가 담담하게 말했다.

"괴물이 곧 돌아올 겁니다. 세상을 얼마나 더 파괴하고 올지 모르겠지만, 내가 여기에 있는 이상 꼭 돌아옵니다. 내가 아직 살아 있다는 걸 놈에게 알릴 거예요. 그때 마지막으로 모든 걸 걸겠습니다."

 윤해는 초원의 모든 방향으로 척후를 보냈다. 파괴자가 다가오는 방위를 확인하기 위해서였다. 나머지는 척후의 신호에 따라 검은 짐승이 다가오는 쪽으로 진을 전개할 수 있도록 대비시켰다. 놈이 반드시 기병 대열을 향해 달려들도록 하려는 것이었다. 되도록 가까이에 붙들어둔 후 방금 깨달은 마법을 펼치기 위해서였다.

 척후가 충분히 멀어지자 윤해는 봉황을 불러냈다. 새는 곧장 위로 솟아올랐다. 맥없이 아래로 떨어지지 않고 위쪽으로 쭉쭉 날아가는 새. 윤해는 그 새의 특별함을 새삼스레 통감했다. 아버지가 마당에 그린 새는 따로 영혼을 불어넣지 않아도 저절로 승천할 줄 알았다. 온 세상이 다 알아보도록.

 얼마 지나지 않아 배향으로 뻗어 나간 척후가 멀리서 기를 들어 신호했다. 검은 짐승이 다가온다는 신호였다. 다행히 봉황이 날아오르는 모습을 알아챈 모양이었다. 척후는 신호를 보내고 얼마 지나지 않아 몰려오는 어둠에 잡아먹혔다. 다른 세계에서 온 파괴자는 그만큼 빠른 속도로 불에 탄 초원 위를 달려오고 있었다.

 다르나킨은 신호를 보자마자 재빨리 파괴자가 다가오는 쪽을 향해 진을 펼쳤다. 중앙은 돌격대형에 가깝게 좁고 두꺼운 대열이었고, 좌군과 우군은 중군의 양측면을 지키기보다는 자유롭게 이탈해 상대 측면이나 배후를 둘러쌀 수 있도록 중군과의 간격을 넓게 벌린 형태였다. 그렇게 초원의 정예 기병 7만이 거문담을 뚫고 나온 괴물을 막아낼 준비를 했다.

괴물은 다시 검은색이 되어 있었다. 인간의 눈으로는 정확히 알아볼 수 없는 어둠의 존재. 기병들은 자신을 향해 달려오는 것이 정확히 어떤 형태의 위협인지도 알 수 없었다. 뿔이 있는지, 무기를 들었는지, 혹은 입을 크게 벌리고 달려오는 건지도. 심지어 네발로 뛰는지 두 발로 뛰는지도 알아보기 어려웠다. 하지만 분명한 건 그 짐승이 굉장한 속도와 중량감을 지녔다는 사실이었다.

괴물이 눈앞까지 성큼 다가왔을 때 다르나킨은 각오를 다졌다.

'저걸 막아낼 방법은 없어. 하지만 시선을 돌리고 시간을 끌 수는 있지. 대영솔이 마음먹은 일을 안전하게 끝마칠 때까지.'

그는 좌군을 이끌고 본대에서 멀찍이 떨어져 나갔다. 수랏치의 우군도 다르나킨을 따라 했다. 중군은 위요제가 지켰다. 윤해의 정면에 최대한 두꺼운 차단벽을 쌓기 위해서였다. 적지 않은 병력이 셋으로 나뉘었으니, 따로 떨어진 세 개의 군대처럼 보일지도 모른다. 그럼 시간을 세 배로 벌 수 있겠지. 그 셋을 더해도 과연 얼마나 버틸 수 있을지는 장담할 수 없지만.

괴물의 오른쪽 측면까지 달려나간 다르나킨은 달리는 말 위에서 허리를 돌려 괴물의 눈을 마주 보았다. 여기를 보라고, 여기! 아까 네놈 눈에 화살을 박아 넣은 게 나야. 어때? 약 오르지 않아? 이쪽을 먼저 밟아 뭉개고 싶지? 좌기대가 짐승의 눈을 겨냥해 온갖 독을 바른 화살을 쏘아 올렸다. 그중 하나는 통할지도 모르지. 치명상은 못 입혀도 조금 가려운 상처라도 입힐 수 있다면 귀찮거나 짜증스럽기는 할 거야. 그럼 살짝 방향을 틀어 이쪽부터 해치우고 싶지 않을까?

다르나킨의 진심이 통했는지, 괴물이 정말로 방향을 틀었다. 묵직한 짐승이 갑자기 속도를 늦추자 땅이 쓸리고 흙먼지가 잔뜩 피어올랐다.

'됐어. 내 역할은 다 할 수 있겠어.'

다음 순간 팔이라고 생각했던 검고 길쭉한 것이, 채찍 아니면 촉수처럼 뻗어 나와 술름군 좌군 우측면을 후려쳤다. 그 일격에 수백 명이 낙마했으나, 살아남은 좌군은 속도를 늦추지 않고 화살을 퍼부으며 괴물의 배후로 돌아갔다. 괴물의 눈이 그쪽으로 돌아가자 이번에는 수랏치의 우군이 빠르게 치고 나와 돌아선 괴물의 등에 화살을 퍼부었다. 그러자 끝에 가시가 돋친 꼬리 같은 것이 뻗어 나와 우군 대열을 휩

쏟었다. 그 한 번의 공격에도 마군 수백 명이 나가떨어졌지만, 그래도 우군은 속도를 늦추지 않았다. 그러는 사이 짐승은 결국 제자리에 완전히 멈춰 섰다. 그로써 윤해가 조금 더 시간을 벌게 된 셈이었다.

 윤해는 말에서 내려 두 발로 땅을 디디고 섰다. 눈높이가 낮아진 만큼 괴물이 더 커 보였다. 괴물은 검은 불꽃을 뿜어내 좌군과 우군을 불사르고 있었다. 그 불은 꺼지지도 않고 오래 탔다. 검은 불이 붙은 말과 사람이 고통스럽게 바닥을 뒹굴었다. 그런데도 술름의 마군은 제자리에 멈춰 서지 않고 좌군과 우군이 번갈아가며 다가갔다 물러서기를 반복했다. 그러면서 계속 화살을 퍼부었다. 살아남은 자는 이제 절반밖에 안 돼 보였지만, 술름의 마군은 꺾이지 않았다. 윤해에게로 갈 괴물의 시선을 엉뚱한 곳에 붙들어 매기 위해서였다.

 목숨으로 번 소중한 시간. 좌우기대의 어지러운 포위망을 헤치고 마침내 고개를 돌린 괴물이 윤해 쪽으로 달려들었다. 그러자 이번에는 좌향의 정예 기병이 그 앞을 막아섰다. 윤해가 커다란 방패를 불러내 좌향군 정면을 보호했지만, 제자리에 선 채로 윤해를 지키는 그들에게 그 방패는 큰 도움이 되지 않았다. 거대한 종말 앞에 그들은 무력했다. 그들이 할 수 있는 일은 아무것도 없었다. 맨몸으로 버텨 아주 조금씩이라도 시간을 끄는 방법 말고는. 그런데도 그들은 그 일을 했다. 마치 그러기 위해 지금껏 살아남아 싸워온 것처럼.

그 광경을 지켜보며, 윤해는 마음을 가라앉히고 정신을 집중했다. 이제 그것을 소환할 차례였다. 윤해는 문이 되기로 했다. 작은 파멸의 신전이 되었고, 크기가 크지는 않아도 가장 정교하게 세계와 세계를 잇는 통로가 되었다. 그것을 불러내려면, 불러내서 온전하게 살아 숨 쉬게 하려면, 윤해 스스로가 섬세한 문이 되어야 했다. 아버지의 집에 있던 가구처럼.

그거라면 자신이 있었다. 지난 몇 달간 잠에 빠져 살며 오래 연마한 마음의 기교도 도움이 됐다. 꿈속인 듯 생시인 듯, 몽환과 현실을 이어 낯선 것을 찾아낸 다음 정확하게 눈앞에 불러내는 기예.

마음이 차분하게 가라앉았다. 바로 눈앞에서 펼쳐지는 처참한 광경이 전생의 일처럼 멀게만 느껴졌다. 예언자의 임무도, 멸족으로 나아가던 현세의 운명도, 그걸 이겨내기 위해 겪었던 기나긴 싸움도, 모두 없었던 일이 되었다. 윤해는 소멸의 운명을 받아들였다. 세상의 마지막 날도, 허무하게 끝나버린 초원의 운명도, 소멸을 받아들이는 데 도움이 됐다. 그러자 이제는 익숙한 자아와 세계의 경계가 나타나고, 수백 번 그래왔듯 그 경계가 희미해졌다.

윤해는 자기가 바라던 문이 되었다. 안쪽이 텅 비어 있었으나, 바깥쪽이라고 꽉 찬 것은 아니었다. 윤해가 연 문은 경계조차 희미해서 서로 이어진 양쪽 세계 모두에 조그만 상처도 내지 않았다. 세상은 비명을 지르지 않았고 고통스럽게 몸을 뒤틀지도 않았다. 문은 그저 바위나 나무처럼 가만히 놓여 있을 뿐이었다. 그것이야말로 윤해의 특별함이었다.

그런 무아의 경지에서 윤해는 그것을 불렀다. 목소리를 내어 이름을 불렀다.

"마로하!"

그것이 대답했다.

"답을 찾아냈구나."

마로하가 모습을 드러냈다. 기묘한 의복에, 아래쪽이 잘려 나간 왼쪽 귀, 바람에 날리는 머리카락 한 올까지, 지금껏 본 중 가장 생생한 모습의 마로하였다.

멈춰버린 시간 속에서 윤해가 말했다.

"답을 찾아냈어."

"잘했어."

"하지만 아직도 잘 모르겠어. 이런다고 정말 세상을 구하게 될까? 네가 말했잖아. 여기는 내 세계고 나만이 이 세상을 구할 수 있다고."

"그랬지."

"그래도 정말 도움이 될까? 너를 여기로 불러오는 게?"

"그렇게 될 거야. 네가 답을 찾아냈으니까. 우리가 혼자가 아니라는 걸 드디어 깨달았으니."

윤해가 짧게 대꾸했다.

"내가 가장 약한 고리랬지?"

"아니, 가장 특별한 고리라고 했지. 누가 가르쳐주지 않아도 스스로 깨어나 필요한 때에 꼭 맞는 곳에서 끝까지 버텨낼 거라고."

"그래. 잘 버텼지."

윤해의 목소리에 피로가 묻어났다. 마로하가 다정한 미소를 지어 보였다. 그러면서 윤해에게 물었다.

"영윤해, 우리 마법의 첫 번째 고리가 되어주겠어?"

윤해가 대답했다.

"그래. 기꺼이."

시간이 다시 흘렀다. 텅 빈 윤해의 내면이 무언가로 가득 채워졌다. 채움과 비움으로만 감지되는 무언가. 문이 된 윤해의 안을 꽉 채우고 들어온 특별한 존재의 섬세한 무게감.

그다음에 이어진 건 비움이었다. 상실의 기쁨. 무언가가 빠져나가서 개운해진 안도감. 잠시 머금었던 것이 더 넓은 곳에서 활짝 피어나기를 바라는 즐거움.

마로하가 문을 건너왔다. 아득한 시간을 건너, 세상과 세상 사이의 까마득한 간극을 지나. 윤해의 세계에 발을 디딘 마로하가 손을 뻗어 윤해에게 인사했다. 그런 다음 지체하지 않고 자기 몫의 마법을 펼쳤다. 마로하가 예언자의 운명을 깨달은 직후, 꿈속에 나타난 누군가로부터 배운 마법.

"이건 너로부터 비롯된 거야."

마로하가 그렇게 말하며 남자아이 하나를 소환해냈다. 별이 박힌 듯 찬란한 눈을 한 아이가 손을 내밀어 윤해에게 인사했다. 아이가 곧장 마음을 모으더니 뼈 갑옷을 입은 전사를 소환했다. 전사가 팔을 뻗어 윤해에게 인사하고, 백발의 여자 무당을 소환했다. 무당이 손을 들어 윤해에게 인사했다. 그러면서 곧장 은빛 털을 지닌 커다란 늑대를 소환했다. 늑대가 고갯짓으로 윤해에게 인사했고, 서낭신처럼 치렁치렁한 옷을 입은 또 다른 예언자를 소환했다.

연결 고리는 계속 이어졌다. 시간과 공간을 잇고 이어, 각자 자신에게 주어진 딱 한 가지 역할만을 정확하게 수행했다. 다음 예언자를 눈앞에 불러내는 것. 빌려온 소환술. 예언자의 운명을 알게 된 직후, 꿈에서 만난 누군가에게서 배운 마법이었다. 예언자는 제각각이었지만, 그들에게 나타나 소환 마법을 가르친 자는 단 하나였다. 윤해의 세상으로 나온 예언자들은 선명하기도 하고 희미하기도 했다. 소환 마법의 숙련 정도에 따라 불러낸 결과가 들쭉날쭉했다. 가장 선명한 건 마로하였고 나머지는 다 달랐다.

늘어선 예언자의 행렬을 보며 윤해는 가슴이 벅차올랐다. 그제야 마로하가 말하던 특별한 고리라는 게 무엇을 뜻하는지 알 것 같았다. 시간과 시간을 잇고 세상과 세상을 이어 한자리에 불러낼 수 있는 진귀한 마법. 그 마법의 첫 번째 고리.

다른 세계의 마법사를 자기가 속하지도 않은 세계에 불러내는 건 예언자들에게도 쉽지 않은 일이었지만, 그런 건 문제가 되지 않았다. 어떻게 불러내도 문이 된 윤해에게로 모두 빨려 들어올 테니. 윤해의 영향이 미치는 영역 안에서 예언자들의 소환 마법은 어김없이 정확했다.

스무 번째 소환이 이루어졌을 때, 바닥에 끌릴 만큼 긴 옷을 이불처럼 뒤집어쓴 키 큰 여자가 나타나 윤해에게 인사하며 투덜거렸다.

"하여간 참 성가신 예언자라니까. 이 많은 사람을 꼭 순서대로 불러내야 처음 하려던 걸 할 수 있다니. 그 노인네 말이야. 이 순서를 알아낸 것만 해도 대단하지만, 그래도 이건 너무 길지 않아? 연쇄 소환술이라니, 누가 상상이나 했겠어? 이봐, 거기! 그러니까 잘 봐두라고. 이 많은 사람이 다, 언젠가 이렇게 불려올 날을 기다리면서 살았다니까! 당신 때문에, 각자 다른 세상에서 말이야."

그 여자가 마지막 예언자를 불러내며 소환 지점을 향해 말했다.

"드디어 갚았네. 이걸로 빚은 다 없어진 거다."

그러자 모두의 눈앞에 그 예언자가 나타났다. 윤해가 불러낸 마로하만큼 또렷한 윤곽을 지닌 예언자였다. 예언자의 운명을 깨달은 날, 모두의 꿈에 나타나 따뜻하게 안아주며 너는 혼자가 아니라고 말해준 사람. 따로 태어난 모든 예언자를 찾아가 말을 걸고 위로하고 연결해준 마법사. 예언자들의 예언자가 윤해에게 손을 내밀었다.

'어?'

윤해는 그 사람의 얼굴을 알아보았다. 모두가 공들여 불러낸 대예언자의 이름도 어쩐지 이미 알고 있었다.

'어떻게 이럴 수가! 저건……'

윤해는 예언자가 내민 손을 맞잡았다. 그러면서 속으로 외쳤다.

'저건, 나야!'

정말이었다. 그것은 분명 윤해였다. 미래의 윤해. 곱고 건강하게 수십 년을 더 살아온, 미숙하지 않은 예언자 영윤해.

접혀 있던 시간이 길게 펼쳐졌다. 윤해는 그 윤해에게서 활짝 열린 길을 보았다. 윤해가 알던 자기 운명은 다 거짓이었다. 부원대군의 딸 앞에 놓인 길은, 결코 짧게 살다 사라질 운명이 아니었다. 사방이 가로막힌 궁지로부터 스스로를 구해 찾아낸 돌파구였다. 그건 절대로 비석이나 역사책 같은 곳에 한 줄로 요약될 수 있는 것이 아니었다.

'그래, 나는 나를 구했지.'

그 생각을 하자 눈물이 핑 돌았다.

마법이 다 펼쳐지고 마침내 예언자들의 예언자가 소환되었을 때, 초원의 방어선도 거의 다 무너졌다. 압축된 시공간에서 펼쳐진 마법이라 긴 시간이 흐른 것도 아니었지만, 그래도 정면을 지키고 선 좌향의 저지선이 궤멸할 만큼은 긴 시간이었다. 짐승이 외치는 소리가 윤해의 머릿속으로 직접 전해졌다. 머리 전체를 울리는 묵직한 소리였다.

'무슨 짓을 하든 이 세계는 오늘 끝난다니까!'

그와 함께 파멸의 신전을 뚫고 나온 파괴자가 예언자의 무리와 윤해가 있는 곳을 덮쳤다. 괴물이 뿜어낸 검은 불꽃이 폭풍처럼 몰아치는 순간, 미래의 윤해가 파괴자 쪽으로 돌아섰다. 그러자 모두의 머리 위로 거대한 짐승이 뛰어올랐다. 곰개였다. 어깨높이가 거문담을 훌쩍 넘는 거대한 곰개.

곰개가 거대한 턱으로 짐승의 날개를 물어 부러뜨렸다. 두 짐승이 바닥에 뒹굴면서, 괴물에게서 뿜어져 나오던 불길이 하늘 위로 솟구쳤다. 그 모습을 보며 윤해는 생각했다.

'그래, 저 영윤해도 이 세상에 속한 예언자였지. 내 세계를 구할 수 있는 예언자.'

곰개는 짐승의 날개를 입에 문 채로 거문담 꼭대기로 뛰어올라갔다. 괴물을 다시 함정 안으로 집어넣어, 파멸의 신전으로 돌려보내려는 것이었다. 괴물은 열 개가 넘는 팔다리를 휘저으며 격렬히 저항했다. 그러다 암흑색 몸체가 반으로 갈라지더니, 안을 가득 채운 파란 불꽃이 다시 모습을 드러냈다. 또 몸을 뒤집어 지옥의 불꽃을 밖으로 쏟아내려는 것이었다.

그러자 미래의 윤해가 하늘을 가리켰다. 그 위를 올려다본 사람들은 모두 입이 떡 벌어졌다. 거기에, 봉황이 있었다. 오색 깃털이 화려한 봉황이 황금빛 입자를 흩날리며 거문담을 향해 내려오고 있었다. 모두를 놀라게 한 것은 그 새의 크기였다. 초원의 마목인뿐 아니라 각기 다른 옷을 입은 예언자들까지, 어쩌면 짐승을 물고 있던 곰개까지.

아무도 모르는 사이 소환된 새는 언뜻 보기에 천구의 반을 덮을 만큼 거대했다. 그건 하늘이 아니라 그 너머 우주에 떠 있는 것만 같았다. 그렇게밖에는 표현할 수 없었다. 어쩌면 그 형상의 본질은 환상으로 표현된 다른 힘일지도 모른다. 어쨌거나 그 힘은 천구를 다 뒤덮을 만큼 장대했다.

아래로 곤두박질치던 새가 속도를 늦추기 위해 날개를 펼치자 하늘 전체가 봉황의 품이 되었다. 금빛 입자가 우수수 떨어지는 가운데, 새가 입을 벌려 괴물을 집어삼켰다. 거문담만큼이나 큰 괴물을 한입에 삼킬 만큼 웅장한 부리였다. 뒤집힌 짐승의 몸에서 푸른 지옥 불이 뿜어져 나왔겠지만, 봉황의 입 밖으로 튀어나오지는 못했다.

새는 발로 땅을 짚지 않고 날갯짓만으로 다시 날아올랐다. 원래부터 하늘에 속한 존재임을 과시하듯 가벼운 움직임이었다. 그러더니 곧장 하늘로 향했다. 우주를 향해 한참을 날아가던 새는 얼마 후 올라가기를 멈추고 아래를 향해 방향을 틀었다. 그러고는 날개를 접어 몸에 붙이고, 추락하듯 빠른 속도로 목표를 향해 날아갔다. 윤해는 아버지를 나타내는 깃발에 그려진 날개 접힌 봉황의 형상을 떠올렸다. 그러니까 그것은 무기력한 새의 그림이 아니었다.

추락하는 봉황의 시선 끝에는 거문담이 있었다. 또한 그 아래에는 입을 벌린 파멸의 신전이 자리하고 있었다. 세상을 절규하게 한 사악한 문. 새는 조금도 망설이지 않고 열린 문 안으로 날아들어갔다. 거문담 꼭대기의 비좁은 문틈으로 그 큰 몸체가 부드럽게 빨려 들어갔다. 마치 파멸의 신전이 혀를 길게 뻗어 새를 집어삼킨 것만 같았다. 봉황은 검은 짐승과 함께 파멸의 신전 아래로 사라졌다. 땅에서 열리는 밤하늘의 문 너머로.

"아씨."

꿈속에서 호미가 윤해를 불렀다. 얼굴은 보이지 않고 목소리만 들렸다.

"응?"

"그걸 드시지 않은 건 잘하신 일이에요."

"뭘?"

"죽은 마병사의 생살이요. 그런 거 드시면 못써요."

"아, 난 또. 맹세했잖니. 못 지켜서 미안해."

"누가 그런 약속을 하래요? 이제 좋은 것만 드시고 재미나게 사셔야죠."

"그래도 미안해. 나 때문에 일어난 일들 다."

"에이, 됐어요. 그건 아씨가 일으킨 사달이 아닌걸요."

"고마워."

"그런데 아씨."

호미는 지난 일 같은 건 더 이야기하고 싶지 않은 듯 장난스럽게 윤해를 불렀다.

"응?"

"이제 마님 하세요."

"뭐어?"

"있잖아요. 잘생긴 배필감."

"애가 갑자기 무슨 소릴 하는 거야?"

"다르나킨 대감이요. 욕심 한번 내세요."

"네가 달 대감을 언제 봤다고 잘생기고 말고야?"

"말씀 한번 잘하셨네요. 아씨가 그렇게 생각하신 게 아니면 제가 그분이 잘생겼는지 박색인지 어찌 알겠어요? 아씨가 저한테 알려주신 거예요. 아, 그놈, 인물 한번 훤하네!"

"너어? 내가 언제 그렇게 생각했다고 그래! 점잖지 못하게, 쪼끄만 애가 어른을 놀리려고!"

눈을 뜨니 둥근 천장이 보였다. 마목인의 천막이었다. 오랜만에 기분 좋은 꿈이었다. 윤해는 다시 눈을 감고 장난기 가득한 호미의 목소리를 여러 번 곱씹었다.

천막 밖은 폐허였다. 초원은 새까맣게 타버렸고, 술름고리는 성벽만 간신히 남았다. 마리는 황폐해져 경작이 어려웠다. 검은 불이 꺼진 게 불과 며칠 전이었다. 먹을 것이 귀해졌으나 먹을 입도 그만큼 많이 줄어 있었다.

그래도 세상은 절규를 멈췄고, 하늘도 제 색깔을 찾아가고 있었다. 북쪽을 돌아보면 거문담이 한결같이 서 있는 게 보였다. 그건 모두의 위안이었다. 세상 사람들에게는 마음껏 어리석어도 되는 시간이 1021년이나 더 주어졌다.

한채주는 술름고리와 함께 증발했다. 검은 불에 타버렸는지, 혼란 중에 어디론가 사라졌는지는 아무도 몰랐다. 술름 인구의 태반이 그렇게 사라졌으므로 그의 최후를 알아낼 방법은 어디에도 없었다. 위요제는 확실히 전사했다. 용맹한 전사답게 괴물을 정면에서 막아서다 일격을 맞아 쓰러졌다고 했다. 하살루타는 맹골보다 먼 차리로 떠났다. 초원 길 너머에도 재산이 남아 있어 여생을 보내는 데는 문제가 없다고 했다. 그렇게 많은 사람이 떠났다.

좌향 초원으로 돌아가기 전 위요제의 수하 하나가 죽은 칸이 한 말을 윤해에게 전했다. 역시 초원의 풀은 틀린 예언을 한 게 아니라고. 그날 열린 두 개의 문 중 더 중요한 쪽은 파멸의 신전이 아니라 윤해가 아니었겠느냐고. 윤해는 어떻게 답해야 할지 몰라 애매한 미소로 답했다.

사라국은 강토의 절반이 불에 탔으나 소라울 이남은 비교적 멀쩡했다. 윤해는 남은 마병과 술름의 주민들을 이끌고 소라울로 향하는 수밖에 없었다. 짐승과 사람을 먹여 살리기 위해서였다. 진군을 의도한 건 아니었으나 윤해의 깃발이 보이는 곳마다 성문이 열리고 환호가 들려왔다. 윤해는 고리에 오래 머무르지 않고 천막에서 묵으며 소라울로 남하했다.

숙부는 끈질기게 살아남았다. 끝까지 결심을 미루던 태보가 파멸의 신전이 열린 직후에야 거사를 일으켜 비어 있다시피 한 소라울을 무혈로 장악했다. 왕의 시위대를 소라울에 묶어두는 역할은 충분히 했으나, 윤해가 난조에게 부탁한 것보다는 훨씬 늦은 시점이었다. 은함인은 은씨 왕조를 세우지 않고 윤해가 소라울에 돌아오기를 기다렸다. 그때까지 왕은 침전에 연금했다. 왕은 여전히 영씨 왕조의 임금이었으나, 실상은 처분을 기다리는 포로 신세였다.

영위는 세상이 내지르는 절규를 들었다. 심지어 소리가 그치고 난 뒤에도 혼자 밤낮없이 그 소리를 들었다. 아무도 꾸미지 않은 역모가 두려워 피와 뼈와 살의 시대를 불러온 임금. 이제 그의 침전에는 불이 꺼지는 날이 하루도 없었다. 그는 자신이 봉황을 불러내 검은 짐승을 처단했다고 믿었다. 진심으로 그렇게 믿었다. 그런 소문이, 그런 장계가 매일같이 윤해의 천막으로 날아들었다. 윤해는 숙부를 측은히 여기지 않았다. 세상에 새겨진 파탄이 너무 깊고 무거워, 안락한 궁에서 편안하게 먹고 자면서 스스로 지은 지옥에 갇혀 살아온 자에게 마음을 쏟을 여유가 없었다.

대신 윤해는 왕의 침전에 저주를 들여보냈다. 그것은 마로하식 저주였다. 언제고 영위가 깊은 잠에 빠져들면 그 머리맡에 영유의 형상이 나타나는 소환 마법. 영위는 깜빡 잠이 든 밤마다 소스라치게 놀라며 잠에서 깼다. 영유의 형상은 아무 일도 하지 않았다. 그저 아우를 바라보며 이따금 한숨을 쉬었을 뿐이었다. 그것만으로도 영위의 지옥살이는 한층 딱해졌다. 나날이 잠이 옅어졌고, 허공에 대고 말하는 일도 점점 많아졌다. 윤해는 그 소식을 전해온 태보에게 답신을 보냈다. 부디 주상께서 천수를 누리시도록 옆에서 잘 살피시라고.

윤해가 이끄는 마군이 소라울 근처에 이르자 태보가 직접 성문을 열고 나와 멀리서부터 윤해를 마중했다. 윤해는 말에 탄 채로, 낮은 성벽 너머로 보이는 고향의 풍경을 물끄러미 바라보았다. 사라질 날을 기다리며 조용히 숨죽이고 지내던 시절이 떠올랐다.

'저기가 내 감옥이었는데. 어떻게 소라울이 나를 환영할 수 있겠어?'

성문 앞에 늘어선 백관들의 대열 앞줄에 서운관감 은난조의 모습이 보였다. 소라울이 잘 어울리는 백면의 일관. 윤해는 반갑게 웃는 그에게로 말을 몰아가 이렇게 말했다.

"부친을 도와 나라를 잘 다스리세요."

진심이 담긴 한마디에 은난조가 당황스러운 표정을 지었다. 나라를 다스리라니.

"하지만 그건……"

"나라를 세워 기반을 다질 때까지는 내가 이 근처에 있는 게 도움이 될 겁니다. 내가 있어 부담스러운 때가 되면 마병을 추슬러 초원으로 돌아갈 테니 걱정하지 마시고요."

윤해는 울상이 된 은난조를 뒤로하고 성문 앞을 지나 선발대가 자리 잡은 남쪽 초지로 발길을 돌렸다. 그러다 문득 말을 멈춰 세우고는, 고개를 돌려 난조에게 말했다.

"그건 내가 펼친 마법이 아니었다오."
"예?"
"우리는 그저 인연이 아니었던 게지요."

선발대와 합류하기로 한 초지가 가까워지자 윤해는 새 말로 갈아타고 본대 선두를 지나 빠르게 앞으로 달려 나갔다. 호위대가 그 모습을 보고 함께 속도를 높였으나 결국은 둘만 멀리서 윤해를 뒤따르고 나머지는 속도를 늦춰 도로 본대와 합류했다.

윤해는 정면에서 불어오는 봄바람을 느꼈다. 하늘이 점점 제 빛깔을 찾아가고 바람에는 드문드문 꽃향기가 실렸다. 윤해에게는 지금 당장 해야 할 일이 없었다. 이제 더는 이겨야 할 싸움이 없었다. 재앙에서 살아남은 다른 모든 것과 마찬가지로 새로운 보금자리를 찾아 일상을 꾸리는 일 말고는.

윤해를 태운 말이 바람을 가르며 들판을 질주했다. 윤해는 등자에 발을 깊이 찔러 넣었다. 등을 비스듬히 앞으로 구부리고 말의 움직임에 맞춰 몸을 들썩였다. 말과 한몸이 된 듯한 자유가 느껴졌다. 말 위에 오르면 머릿속이 텅 비는 이유를 알 것 같았다.

그래도 윤해는 생각했다.

'내일은 활쏘기를 배워야겠어. 달리는 말에서 뒤로 돌아

화살을 쏘는 건 몇 년이나 배워야 할 수 있을까? 마흔 전에는 하게 되겠지? 가르쳐달라고 해야겠다.'

윤해는 멀리 앞을 내다보고 달렸다. 낮은 언덕을 넘자 약속한 초지가 보였다. 오름이 들어설 자리에 하얀 천막 몇 개가 세워져 있었다. 술름 마군 선발대가 자리 잡은 곳이었다.

파멸의 신전이 열렸다 닫힌 날, 소환된 예언자들이 속속 자기 세계로 돌아갔다. 불려 나온 순서의 역순으로 하나씩. 자기가 속한 시간으로 돌아가기 전에 미래의 윤해가 말없이 윤해를 꼭 안아주었다. 미래에서 왔으니 긴말은 하지 않는 게 좋겠다는 말뿐이었다. 그 말은 사실이었다. 그 윤해의 존재를 보는 것만으로도 윤해는 아직 살아보지 않은 미래를 엿볼 수 있었다. 내용을 세세히 알 수는 없지만, 지금부터 윤해 앞에 펼쳐진 길이 얼마나 다채롭고 풍요로운지는 한눈에 보였다.

미래의 윤해는 미래에서 온 비석이었다. 윤해는 미래의 자신에게 꼭 안겼다. 꼭 안아주었다. 둘은 언젠가 다시 만날 것이다. 오래 살아남아서 그 비석의 내용을 스스로 다 채우는 날에 두 사람은 자연스럽게 하나로 합쳐질 것이다. 움츠린 어깨로 살아온 윤해에게 그 깨달음은 어마어마한 위로가 되었다.

모두가 사라지고 마침내 마로하 하나만 남았을 때 마로하가 말했다.

"너는 너를 구해서 세상을 구한 거야."

꿈속에서 늘 그랬듯, 맥락을 생략하고 요점만 짧게 툭 던지는 말투였다. 윤해는 그 말에 눈물이 쏟아졌다.

"덕분이야. 고마웠어. 나와 함께해줘서. 너도 이제 너를 구해."

"그래, 나에게도 구해야 할 세상이 있지."

"또 볼 수 있을까?"

"글쎄."

"보고 싶을 거야."

"나도."

"잘 가."

"안녕."

그게 마지막이었다. 마로하는 윤해 바로 앞으로 성큼성큼 걸어와 뒤편으로 사라졌다. 문을 지나듯. 윤해가 문이 되어 마로하를 자기 세계로 보내주었다.

윤해는 다시 혼자가 되었다. 언젠가 둘은 또 만나겠지만, 미래의 윤해가 과거의 마로하를 만나거나 미래의 마로하가 과거의 윤해를 만날 뿐, 지금의 두 사람이 이대로 다시 만날 수는 없을 것 같았다. 예언자의 직감이었다.

그래도 윤해는 외롭지 않았다. 윤해에게는 이제 삶의 초원을 함께 살아갈 사람이 있었다. 혼자 버려진 윤해를 도와 날개가 되고 말이 되어준 사람.

다르나킨이 말을 타고 달려오고 있었다. 그날 초원에서 살아남은 5천 몇백 명 중에 그 사람이 포함된 건 정말 큰 선물이었다. 윤해는 생각했다. 그래, 그거면 됐어. 이 사람만 있으면 어떻게든 다시 살아낼 수 있겠지. 다르나킨 또한 비슷한 생각을 했다. 이 사람이 접어놓은 초원에서라면 언제까지라도 행복할 수 있을 거야.

먼 길을 달려온 기병과 마법사는 마침내 온전한 안식에 이르렀다.

작가의 말

여기가 원본인 판타지

 올해로 데뷔 이십 년이다. "등단" 제도로 데뷔하지는 않았으니 소위 "문단"의 셈법으로 환산했을 때 맞아떨어지는 경력은 아니다. 데뷔 전에도 쓰고 있었고, 데뷔하고 삼 년 정도는 '내가 작가가 맞나?' 고민하고 있었으니 20이라는 숫자 자체도 큰 의미는 없다. 중요한 건 내가 아직 지치지 않았고 뒤로 물러나고 싶은 마음도 별로 들지 않는다는 점이다.

 그런데 이건 혼자서 어떻게 해볼 수 있는 게 아니라 느슨하게 이어진 동료 집단의 연대 가운데에 있기에 가능한 일이다. 나는 사십 대가 되어서야 내가 뭘 쓰고 있는지 정리된 표현으로 말할 수 있게 되었다. 내가 쓰는 건 '작동하는 세계와 인간의 이야기'다. 단순히 배경으로 놓인 게 아니라 스스로 움직이는 세계와, 그 안에서 살아가는 인물이 서로 만나는 이야기다. 나의 이십 년은 나를 둘러싼 세계의 이십 년이기도 하다.

든든한 버팀목인 정세랑 작가와는 소설의 소재 하나를 나눈 적이 있다. 『옥상에서 만나요』에 수록된 「이마와 모래」를 기억하는 독자라면, 거기에 등장한 '화살 편지'라는 소재가 이 책 2장에서는 어떤 모습으로 펼쳐졌는지 비교해보기 바란다.

김초엽 작가는 신기한 동료다. 경력이 늘수록 '이게 소설이야, 논문이야?' 싶을 만큼 소설 한 편을 위한 연구 분량이 많아지는 신세를 한탄하고 있을 무렵에 나타나, 그런 방식으로 쓰는 사람이 또 있다는 걸 보여준 작가다. 이 소설 집필 기간에 우리는 전쟁 이야기를 즐기는 일에 관한 대화를 나누었다. 김초엽 작가의 『아무튼, SF게임』에 수록된 「전쟁 게임을 즐기는 평화주의자」라는 소제목에 빗대자면, 나는 '전쟁 소설을 쓰는 평화주의자'다. 이 입장의 모순에 대해 꽤 고민했는데, 그렇다고 소설가가 전쟁 장면을 일부러 밋밋하게 쓸 수는 없으니 일단 열심히 쓰자는 게 내 결론이었다. 이 책의 영향을 받은 누군가가 현실에서 기병 전투를 시도하는 일은 좀처럼 일어나지 않을 것 같기도 했다.

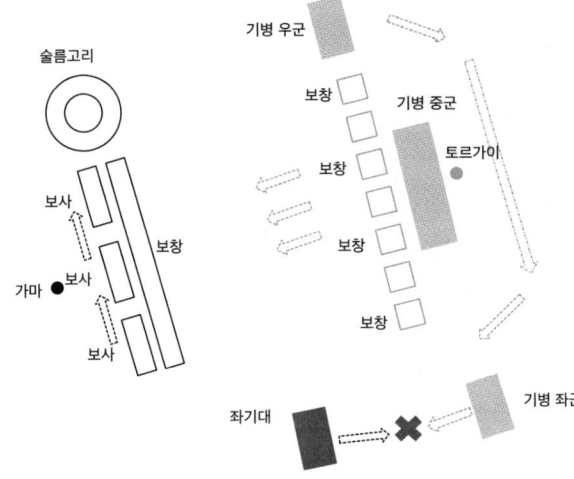

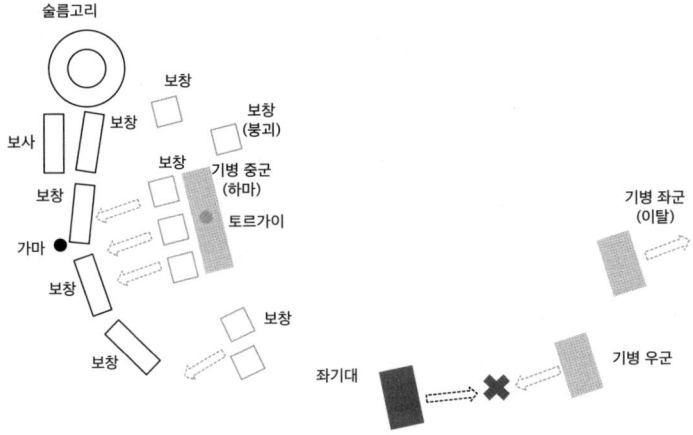

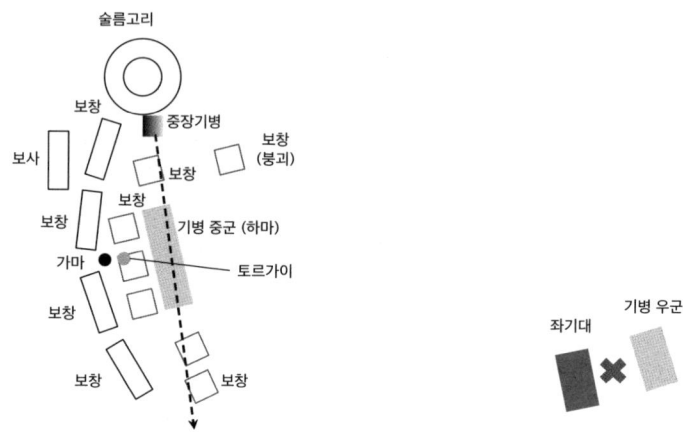

앞의 그림들은 3장의 전투 상황을 편집자에게 정확하게 전달하기 위해 내가 그린 그림이다. 그러니까 이렇게 자세하게 들어갈 수 있는데 일부러 안 하는 건 창작자로서 좀 이상한 선택 같다는 게 내 판단이었다. 아무튼 나는 내가 평화주의자라고 믿는다.

영향을 주고받는 동료는 그 외에도 많다. 정소연 작가처럼 보는 눈이 높은 사람이 근처에 있으면 잊고 지내다가도 문득 등골이 서늘해져서 눈이 좀 침침해져도 안주할 마음을 먹기가 어렵다. 몇 년째 함께하는 최지수 작가의 표지를 보면서는, 이런 표지를 얻을 수 있다면 앞으로도 소설을 계속 써야겠다고 여러 번 다짐했다. 그래서 나에게 이 소설은 동료를 만나고, 서로에게 자리를 내어주고, 멀리서나마 연결되는 일의 소중함을 담은 이야기이기도 하다.

소설의 제목인 '기병과 마법사'는 다르나킨과 윤해를 지칭하는 말이지만, 또한 '판타지 소설'이라는 말을 풀어 쓴 의미도 있다.

서양 중세 배경의 판타지 소설은 '기사와 마법사'의 이야기다. 그런데 이 '기사' 부분은 창작에 묘한 걸림돌이 된다. 소설에 기사가 등장한다는 건 그에게 귀족 신분을 부여하는 사회 제도와 그에 따른 정치, 군사 제도가 함께 나와야 한다는 뜻이 된다. 공부해서 채워 넣을 수는 있지만, 아무리 열심히 해도 이 작업에는 근본적인 한계가 있다. 내가 속한 문화권이 판타지 세계의 원본에 해당하는 지역이 아니어서, 창작이 거듭될수록 오히려 해상도가 떨어진다는 점이다. 즉, 원본을 직접 참조할 수 없는 문화유산의 제약 때문이다. 이게 이 소설의 집필 배경 중 '연구' 부분의 동기다.

해결 방법은 '기사와 마법사'의 '기사' 부분을 떼어다가 한반도 일대가 원본인 사회 문화적 맥락으로 바꾸는 것이다. 이건 또 다른 형태의 공부가 필요한 작업인데, 그래서 이 소설을 쓰기로 마음먹기까지 시간이 오래 걸렸다.

하지만 다음 과정은 의외로 막막하지 않았다. 한번 살펴나

볼까 하고 학술 자료를 검색했더니 한반도 지역의 기병에 관한 역사학과 군사학 분야의 논문 수십 편의 목록이 나왔다. 그중 서른 편 정도를 추려 정독하는 동안 소설의 주인공이 발을 딛고 설 사회 문화적 배경이 머릿속에 그려졌다. 태어나 처음으로 한겨울 온돌 위에 맨발로 올라선 다르나킨이 느낀 당혹스러운 행복감은 그렇게 해서 만들어진 감정이다. 또한 소설에서 마목인으로 표현한 유목민과 초원에 관해서는, 중앙유라시아사 분야의 세계적인 권위자인 김호동 교수님의 연구에서 간접적인 영향을 받았다. 1998년에 중앙아시아사 수업을 들은 이후 유목과 초원은 내 소설의 오랜 탐구 주제 중 하나가 되었다.

이 소설의 어딘가에서 왠지 모를 생생함이 느껴졌다면, 그건 이 이야기의 숨겨진 지향점이 '바로 여기가 원본인 판타지'이기 때문일지도 모른다. 숨겨둔 지향점이므로 독자가 자세히 알 필요는 없지만, 다른 창작자나 미래의 연구자는 궁금해할지도 모르기에 기록으로 남겨둔다. 지금도 많은 문학인이 "소설은 결국 인간에 관한 이야기"라고 규정하지만 내 소설은 어디까지나 "작동하는 세계와 인간의 이야기"이며, 이 소설에 담긴 세상의 작동 원리를 구상한 배경은 위와 같다.

2025년 한국은 가만히 앉아 있어도 멀미가 날 만큼 덜컹거리는 공간이다. 이보다 엄혹한 세상이었다면 이 원고를 들고 어딘가에 출판 허락을 받으러 다녀야 했을 북하우스 출판사와 담당 편집자에게 감사한 마음이다. 나에게는 여기가 술름 같은 곳이다. 마지막으로 이 어지러운 혼란 속에서도 기꺼이 내밀한 공간과 시간을 마련해 이 책을 펼쳐준 독자에게, 이 이야기가 하루를 살아갈 위로이자 즐거움이었기를 바란다. 당신이 나의 성벽이고 나의 고리다.

배명훈

기병과 마법사
© 배명훈 2025

1판 1쇄 2025년 5월 27일
1판 2쇄 2025년 6월 5일

지은이 배명훈

책임편집 허정은 | **편집** 허영수
디자인 이강효 | **표지 일러스트** 최지수
마케팅 이보민 손아영

펴낸곳 (주)북하우스 퍼블리셔스 | **펴낸이** 김정순
출판등록 1997년 9월 23일 제406-2003-055호
주소 04043 서울시 마포구 양화로 12길 16-9(서교동 북앤빌딩)
전화 02-3144-3123 | **팩스** 02-3144-3121
전자우편 editor@bookhouse.co.kr | **홈페이지** www.bookhouse.co.kr
인스타그램 @bookhouse_official

ISBN 979-11-6405-318-6 03810

이 책의 판권은 지은이와 북하우스에 있습니다.
이 책의 내용 전부 또는 일부를 재사용하려면 반드시 양측의 서면 동의를 받아야 합니다.
이 책은 AI 학습 데이터 활용을 금지합니다.